船娘好威

2

文創風 484

翦曉 著

目錄

第三十一章

允瓔的船落在焦山後面有些距離，這會兒烏承橋加快速度，也只是稍稍快些，這次船上裝的貨物多，吃水深，一時半會兒的想追上也是有心無力。

允瓔鑽過船艙，到了前面船板上，雙手攏作喇叭狀，衝著前面大聲喊：「焦大哥！」前面，焦山似乎慢了些。

「焦大哥，等等喔！」允瓔又喊了一句。

這次，前面傳來船家們哈哈大笑聲，有人玩笑似的重複了一句：「焦大哥，等等喔！」

允瓔頓覺滿頭黑線，她怎麼把這些船家們愛開玩笑的事給忘記了，剛剛喊的那句……呃，確實容易遭人笑話。

允瓔到底不是陳四家的，這會兒無端就是一窘，忙攏著手大喊道：「前面幾位大哥走慢些呀，有事要和你們商量呢！」

「烏家小娘子，啥事呀？」前面的速度這會兒都慢下來，允瓔的船跟上去，距離縮短許多，焦山帶著笑的大嗓門響起來。

「幾位大哥，今天這是最後一趟了，這些日子承蒙大哥們照應，我們當家的說，今兒中午請大夥兒吃飯。」允瓔說到這兒，臉上還是一燙，這樣大聲說烏承橋是她當家的，還是頭一次，可這會兒也沒有別的辦法，總不能大聲嚷嚷糧食有問題吧。「我想問問，大哥們想吃點什麼呀？」

「烏兄弟客氣啦。」焦山幾人大笑，紛紛說道：「小娘子手藝了得，做什麼我們吃什麼，這被人請客，我們總不能還挑嘴吧？哈哈——」

說話間，允瓔的船已經追到焦山後面，烏承橋一使力，船頭略略超越焦山的船稍許，允瓔站的位置已經和焦山並行。

「焦大哥。」允瓔放低聲音，斂了笑容。「我有件急事要跟你說。」

「啥事？」焦山一見允瓔這神情，不由愣了一下。

「我剛剛發現船上的糧食有問題。」允瓔直截了當地說。「除了上面兩層陳米，下面的全是沙泥，只怕我們這樣去交糧，會出事。」

「什麼?!」焦山大驚。

「焦大哥小聲。」允瓔左右看了看，忙提醒道：「我不知道你們的是不是也這樣，所以……」

「多謝小娘子提醒。」焦山也不是不知輕重的人，瞬間便鎮定下來。「既然妳船上都是，我們的船上也絕不會例外，老喬頭……找個地方，我們好好看看，既然知道了，就不能讓兄弟們出事。」

「好。」允瓔點頭，又擔心地問道：「不知道老喬頭有沒有派人跟著，我們這樣大張旗鼓地查，不好吧？」

「放心，我有辦法。」焦山搖頭，高聲對前面的船隻喊道：「欸——兄弟們，烏兄弟請客，咱們先歇會兒吧？吃飽喝足了再上路。」

「好嘞——」前面的船家們一聽，紛紛高聲附和，接著相繼傳開。「前面的兄弟慢些，烏兄弟請客吃飯啦——」

「前面的兄弟慢些，烏兄弟請吃飯啦——」

「前面的兄弟，烏兄弟請飯啦——」

一句接一句傳遠，一句比一句簡短，要不是遇到這樣嚴重的事，允瓔真會笑出聲來。

沒多久，所有船都停下來。

「別停在這兒啊，走，那邊有個地方，我們去那兒好好歇歇。」焦山穿行而過，領著他們往前行去，沒多遠，他拐進左邊的分岔，來到一片水草叢中。

「焦山，吃個飯來這兒做什麼？」有人不解，笑罵道。

「你個吃貨，就知道吃。」焦山不客氣地笑罵回去，緊接著說道：「行了，大家注意著外面，別讓人跟過來。」

「焦山，這是做什麼？」眾人不解。

「烏家小娘子，妳說的東西呢？」焦山不理他們，停好了船，轉頭看向允瓔。

「在船上。」允瓔指了指船艙。

「什麼東西？」眾人驚訝。

焦山跨到允瓔船上，進船艙把還開著口的袋子搬了一袋出來，臉色鄭重。「大家都看看，這就是烏兄弟家發現的，這船上的糧食全他娘的是沙泥。」

「什麼?!」眾人頓時大驚。吃飯事小，這船上的糧食出問題才是大事啊，要是讓喬家訛上，他們傾家蕩產也湊不出幾袋來。

「大家都看看自己船上的糧，要都是沙泥，我們這趟去交糧，肯定是有去無回。」焦山扔下袋子，大步回自己船上去了。

眾人紛紛行動。

「大家別把袋口弄壞了。」允瓔忙提醒。「萬一是糧食，一會兒繫不回去，交糧一樣麻煩了。」

「烏家小娘子說的有道理，大家都小心些。」焦山也提醒道。

眾人應下，各自檢查去了。

沒多久，各船傳來紛紛的咒罵聲，顯然，所有人都沒能倖免。

「他娘的，太黑了！」眾人沒拆完，都冒出頭來，大罵著老喬頭的狠毒，尤其之前被扣過錢的那幾位猶顯激動。

「這事怎麼辦？」焦山倒是比他們冷靜些，只是一時半會兒的也想不到辦法，商量的目光便轉向烏承橋。他們是第一個發現事情不對勁的，而且這段時日的相處，他也覺得烏家夫妻應該不是一般的船家。

「大家莫慌。」烏承橋掃了眾人一眼，安撫地說道：「現在我們只是猜測，之前我們運的每一船糧裡，除了陳米，還有一些半袋白米半袋沙的，或許他們這樣做也只是應付賑災、中飽私囊，我們要是暴露了我們知道其中有貓膩的話，說不定還會招禍。」

「烏兄弟，你們怎麼知道每船都有沙？難道你們船船都查？」有人疑惑地問。

「這事是這樣的。」允瓔接過話。烏承橋的事不能暴露，還是她攬著比較好。「一開始也是我無聊，不小心扯壞袋口，發現裡面的米都是陳米，要知道，這可是賑災用的，之前我們收的可都是新糧，所以我就不服氣，把袋子全看了一下……會發現這些，完全是意外。」

「原來如此。」

「多虧了烏家小娘子，要不然我們還被蒙在鼓裡呢。」

「這喬家太損了！賑災的糧居然用陳米，還用沙……這讓我們小老百姓怎麼活！」

一時之間，眾人抱怨連連。

抱怨歸抱怨，接下來怎麼做，卻還是需要有個打算。

「我覺得，我們大家還得繼續上路，先看看情況再說。」允瓔猶豫著提議。

「萬一他們在那兒等著我們呢？我們不是送上門讓他們訛嗎？」有人反對。

「可我們不去，那老喬頭通知喬家船隊追擊我們怎麼辦？難道我們以後不在這一帶混了？」也有人擔心以後的生計。

去了，可能被訛、可能被栽贓；不去，又要被喬家船隊封殺追擊……無論哪個，對他們都極不利。眾人頓時沈默。

烏承橋略一沈吟，說道：「他們既然把所有糧食都換上沙泥，這一趟必有所動作，然，讓我們去交糧的時候查出來，有些不合邏輯，也沒有必要如此大費周章，畢竟我們一無所有，他們也是知道的，訛我們能訛出什麼東西來？」

「烏兄弟說的有道理，可是他們不在交糧的時候查，那什麼時候查？」焦山連連點頭，問著自己的疑惑。

「那時候查，除了讓我們賠糧之外，還有個可能，就是抓我們去頂包。」烏承橋轉念間已經分析出許多。「可這樣於喬家沒有好處，還會落人口實，他們應該不會那麼傻。」

「那他們想幹什麼？」船家們心急，紛紛催問。

「很有可能，他們會在路上動手，製造意外……」烏承橋說到這兒，停了下來，垂眸思索著怎麼措詞。

允瓔卻是靈光一閃，想起某些電視劇橋段，脫口說道：「他們不會是想訛官府吧？」

「小娘子說的好笑，他們和官府本來就是一夥的，誰訛誰？」焦山連連搖頭，沒把允瓔的話放在心上。

「我說是的官府，是朝廷。」允瓔忙解釋。

「我只是猜的，以前……聽戲文，不是有這樣的段子嗎？那些個昏官、貪官藉著賑災的名號，謀取銀錢，上報朝廷說，百姓受災，等到朝廷發了賑災糧，他們就層層地摳，摳到百姓手裡，也就那麼一丁點東西；還有，他們還會向上稟報，說賑災糧出了事，好讓朝廷再發一次……」

「小娘子說的完全有可能！」焦山聽到這兒，一拍大腿，連聲說道：「看來，他們打的就是這樣的主意。」

「等等，焦山，我沒聽明白啊，什麼主意？」邊上一漢子連聲問道，很是著急。

「讓糧食出事。」焦山神情沈重，抬頭看著烏承橋。「烏兄弟，你覺得有沒有可能？」
「很有可能。」烏承橋正驚訝地看著允瓔，聽到焦山問話，才轉了目光，點點頭。
「那我們怎麼辦？」焦山有些慌，他是小老百姓，一直都是老老實實地行船、打魚、做工，可沒遇到過這樣的事。
其他船家們也都有些慌亂，面面相覷，不知如何是好。
「我覺得，且行且看。」
「烏兄弟，我們都是粗人，你說得文謅謅的，我們聽不明白呀。」焦山直接吐槽，苦著臉說道：「你還是直說怎麼辦吧，我們都聽你的，要是過了這關，你們夫妻就是我們的恩人，以後有什麼事，我焦山一定做牛做馬報答。」
「沒錯，我們也是！」眾人紛紛附和。
「我的意思是，我們就當什麼事也沒發生過，一會兒吃了飯繼續上路，這一路大家警醒些，一有不對馬上棄船逃離。」烏承橋叮囑道。他也是猜測，可這會兒卻顧不得什麼，人命關天，要真如之前那樣，他就真罪過了。
「棄船逃離？有那麼嚴重？」有人猶豫了，這可是他們賴以吃飯的船啊。
「那些人可是鐵了心弄出點什麼，我們活著不是給他們留把柄嗎？」允瓔看了烏承橋一眼，接著話說道。她明白了他的心思，他是把這事跟他聯想在一起了。「大家都有一身好水性，一有不對勁，棄船先離開，等事情過了，船還能找回來；再說了，只要人在，什麼東西不能重新掙回來？」

「小娘子說的有理。」焦山沈吟著，好一會兒才點頭。「我們也沒別的路可走了，不如就試試，說不定都是自己疑心太重，其實什麼事也沒有就過去了呢？」

焦山抱著僥倖心理，毫無疑問，其他人也是如此。

「也是，我們只是猜測，路上無恙最好，交完這一趟，大家都早些回家，要是有個什麼事，大家警醒些，務必減少損失。」烏承橋點頭。他們也是猜測，說多了反而惹人疑心。

「就這麼辦，一會兒大家別離得太遠，有個風吹草動的，好有個照應。」焦山點頭，對著眾人說道。

眾人對焦山也很信服，紛紛點頭。

「現在出去？」焦山又轉向烏承橋，看得出，他還是緊張。

「出去吧，進來有一會兒了，要真有人跟著，反惹人嫌疑。」烏承橋點頭，他還是覺得這最後一次交糧不會很順利。

「剛剛後面倒是有幾條船，不過，可能是過路的。」允瓔接話。

「不管了，我們出去，也不急著走，先捕些魚來，中午好好吃一頓，吃飽了才有力氣鬥一鬥。」眾人紛道，既然躲不過，那就鬥吧。

於是，船又相繼出了草叢，分散到外面的水道上，眾人都拿出魚網，有模有樣地說話，只是在撒網時，偶顯緊張。

允瓔把灶火生了起來，開始做飯。他們既然捕魚了，那中午就燜上米飯，好好做一餐全魚餐吧。

烏承橋坐在船尾，手穩著槳，目光四下張望，突然，定格在某處，低低開口問道：「妳說的船，可是那些？」

「嗯？」他說得輕，允瓔沒聽清楚，轉頭看過去。

「看那邊的船，可是之前跟在後面的？」烏承橋重複著。

「哪邊？」允瓔嘴上問著，身子卻已經轉過去，她看到前面不遠處，兩條小船正靠在岸邊，兩名船家打扮的人正坐在船頭吃乾糧，她瞇了瞇眼，這船都長一樣，她哪想得起來是不是之前的船？

「是他們嗎？」烏承橋追問。

「太遠了，沒瞧真切，不敢確定。」允瓔搖頭。看著有些像，又似乎不像，她不敢確定，怕引起眾人驚慌，萬一不是，他們草木皆兵的，不是徒惹麻煩？

烏承橋點頭，沒再說什麼。

允瓔繼續做飯。

「烏家小娘子，來，這魚夠大。」焦山拉上一網，揀了最大的一條扔到允瓔腳邊，其餘略小些的魚全扔回水裡。

允瓔笑了笑，著手收拾魚兒。

沒一會兒，眾人紛紛扔魚過來，數著差不多，他們才收了網，坐在船頭閒聊，一邊暗暗打量四周情況。

飯很快就做好了，允瓔把所有魚清理妥當，魚肉製成魚丸湯，魚頭魚尾紅燒，加上她的野菜，香噴噴的中飯就這樣解決了。

小半個時辰後，眾人吃飽喝足，才慢悠悠地開始啟程，而前面的那兩條小船，也直到這個時候才先他們一步不見了。

烏承橋和允瓔都留意到了，兩人互相看了一眼，彼此的目光裡都多了一分凝重，那絕對不是普通歇腳的船家。

「一會兒，妳跟他們先走。」烏承橋示意允瓔過去，一開口便是這一句。

「然後呢？你留下當英雄？」允瓔似笑非笑地瞥著他，上一次，他不就這樣趕她嗎？

「我沒想當英雄。」烏承橋一滯，被她看出來了。

「我告訴你，我不會游泳。」允瓔撒謊，她當學生時，可是游泳校隊。

烏承橋明顯驚訝，隨即，他想起那晚，他推她入水，她還真的就這樣沈下去了，要不是那些人退得快，要不是田娃兒恰巧經過，她……一想到這兒，他便愧疚。

「所以你不能扔下我。」允瓔抬了下巴，理直氣壯地瞪著他說道：「你也別想讓別的男人帶我走。」

「好。」烏承橋凝望著她，半晌，他吐了一個字，心裡浮現那一次柯家人來搜船時她表現出來的倔強和膽大，到底還是妥協了，與其讓她到時候亂來，還不如帶在身邊。

允瓔睨著他，滿意地笑了，想撇下她？休想！

第三十二章

允瓔說得那樣自然，她似乎忘記了，之前她還曾想著等他傷好了就分道揚鑣，這會兒她滿腦子想的都是不能讓他去逞英雄，反倒忽略自己的舉動是不是變得奇怪。

船隊緩緩而行，那兩個歇腳的人這會兒已經遠遠超了過去，很快沒了蹤影。

奇怪的是，這一路過來，一直都是風平浪靜，沒有一絲異樣。

允瓔和烏承橋都皺了眉，互望一眼，心裡更是警惕。

「你說，會不會是我們多心了？」允瓔有些沈不住氣，坐到烏承橋那邊低聲問道。

「應該不會，那兩人不會無緣無故出現，我們去裡面有一會兒，出來做飯、吃飯又花了那麼久，他們早不走晚不走，本來就是蹊蹺事。」烏承橋搖搖頭。「再看看，莫急。」

允瓔點頭，這會兒也只能沈住氣了。

就在這時，前面焦山的船突然停下來，只聽焦山喊了一聲。「船被人破了，大家小心！」

船破了？允瓔和烏承橋一驚，也停了下來。

允瓔忙去檢查自家的船，船艙倒是還好，可焦山的船卻以肉眼能看見的速度往下沈了下去，船艙進水，船上又這麼重，下沈根本花不了幾分鐘。

焦山喊完之後，直接跳進水裡。

允瓔在這邊看著，只見焦山深吸一口氣便直接潛了下去。

其餘的船家們也紛紛停下來，各自檢查船艙，同焦山一樣，有兩條船也遇到一樣的事情，船正迅速下沈，這兩位也沒有猶豫，直接鑽進了水裡。

就在這時，允瓔感覺到船身晃了晃，船底似乎被人動了，她頓時大驚，那些人果然動手了！

她直接提了網想也不想地撒了下去，自家船上有三張漁網，她直接從船兩邊撒下去。其他船家見狀，連連仿效。

過了一會兒，網便傳來了動靜，允瓔慌忙往上拉。

漁網掙扎得厲害，她拉得很吃力，甚至隱隱地有被拽下去的感覺，允瓔連忙蹲下去，身子後墜防止自己被拉下去。

可是，縱然她使盡全力，也難敵水下傳來的力道，魚網在瞬間脫了手，沈了下去。

允瓔憤憤地看著水面，四下一瞧，只見對面那些船家已拉起一個魚網，裡面網著的大活人這會兒正在奮力掙扎著。

她想也不想，站起來就去抽竹竿，用力往水裡打去。第一竿打在水上，什麼也沒有；第二竿正要下手，只見水面上鑽出三個人，還好允瓔眼明手快，偏了力道，要不然這一竿直接落到焦山頭上。

焦山和另一位船家一左一右反扭著一個家丁冒出水面。

被押的這一個正是之前他們看到的兩人之一。

「水裡就兩個。」焦山甩甩頭，帶著火氣地拍了那人的後腦勺一下。

那人興許喝了不少水，這會兒被焦山一拍，不由劇烈地咳了起來。

「王八蛋！」那邊，那幾人已經開始對網裡的人拳打腳踢起來。船對他們來說，是生計的來源，更是他們的家，如今卻被人惦記上了，還動了手，若不是烏家夫妻倆機警，他們的船只怕也會遭殃，想到這兒，眾人更是憤憤不平，下手一點也不手軟。

那人被揍得連連求饒，卻沒換來一絲同情，他只好抱著頭蜷起了身子。

「說！你們是什麼人？」焦山的船被沈，正在火氣上，一巴掌搧了過去，力道之大，讓那人直接仰倒，險些帶翻了另一位船家漢子。

「你們敢對我們出手，我們主子是絕不會放過你們的！」那家丁倒是有些骨氣，被踢成那樣居然還能嘴硬放狠話。

「你們主子是誰？」焦山這會兒狠起來，也顧不得會不會被喬家船隊追擊，又是一巴掌搧了過去。

「不說就直接打死你們，綁上石頭沈了。」另一位漢子順手也是一下，他們幾個的船都沈了，個個都在氣頭上。

「饒……命！」焦山手裡押著的這個便沒骨氣了，只挨了五、六下便有些受不住，含含糊糊地求饒道。

一扭過頭，允瓔頓時嚇了一跳，焦山幾人的力道還真不小，只這麼幾下，就把人的臉打成了豬頭般，嘴角還不斷流血，看著很嚇人。

「說！」焦山嘴上說著，巴掌又搧了過去。

「偶都要說了……」那人差點沒哭出來。

「說！誰派你們來的？」另一邊的漢子高高揚起了手。

那人一見，腦袋一縮，連聲喊道：「你們再打就什麼也別想知道了！」

「焦大哥，先讓他說吧。」烏承橋這時才開口說道。

「說！」焦山點頭，喝了一句，總算停下了手。

「是我們爺讓我們這麼幹的。」那人縮了縮腦袋。

「你們爺是誰？」焦山瞪眼。

「我們二爺，就是喬家新任的家主。」那人興許是被打怕了，交代得倒是挺清楚，一點也不含糊地就把喬二公子給出賣了，他生怕幾人不相信，忙解釋起來。「我們二爺和縣太爺那天在天香樓聚了一次，回來就接了這趟差事，其餘的我們也不知，我們的任務就是在你們最後一次交糧時在路上埋伏。」

「埋伏我們做什麼？」允瓔皺眉。「難不成你們想謀命？」

「當然不是，我們爺跟我們說，只要我們在水底把船弄破就行，沒說要謀你們的命。」那人又是搖頭又是擺手，緊張地否認他們要謀命的說法。

「我呸！」眾人大罵。「沈了我們的船還說不是要謀我們的命？那我們打斷你們的手腳扔河裡，也不算謀命？」

「饒命！」那人嚇了一大跳，求助地看向烏承橋。

他倒是機靈，烏承橋剛剛才說了一句話，他便察覺到烏承橋在這些人中的分量。

「為何要沈了我們的船？」烏承橋也沒讓他失望，在他目光投過來的片刻，就開口問道。「我們好好地行船送糧，賺的是辛苦錢，與喬家也是無怨無仇，我們哪裡礙著他們了？」

「這個……」那人為難了。

「說！」焦山很不客氣地一巴掌拍過去，拍在那人後腦勺上。

「你可要想好了。」允瓔忍不住開口。「你們既然選擇在這兒動手，想來也是看中了這兒鮮少有人往來吧？現在我們就是沈了你們，同樣也沒有人能知道。生，還是死，全在你一念之間。」

允瓔這話說得，讓人選擇生死就好像好討論天氣那樣隨意，除了讓眾人投來驚訝的目光之外，連烏承橋也抬頭看了她一眼。

「我們……」那人猶豫。

「你們什麼？」允瓔挑眉，手一伸，把菜刀拿出來。「焦大哥，他敢囉嗦一句，就抹了他直接沈了，反正這兒也沒別的人來，沒有人會知道的。」

「好！」焦山一愣，立即明白過來，抓著那人便往允瓔的船游了過來。

「我說！我說！」那人一瞧，嚇得魂飛魄散。

「上來說。」允瓔讓到一邊。

這下，不用焦山等人催促，那人很自動地就爬上來，趴在船板不斷喘息著。

「現在，可以說了嗎？」允瓔蹲下去，手中的菜刀有意無意地往那人的脖子上滑去。

「他們……只是想沈了這一批糧……說是可以上報……」那人緊張地看著菜刀。

允瓔聽罷，忍不住往烏承橋那邊看了一眼，之前她說的只是猜測，沒想到竟成了真。

烏承橋坐在那兒，手裡把玩著他的彈弓。

就在這時，他突然舉起彈弓往她這邊彈出一粒小石子，她不由一愣，還沒等她反應過來，她手中的刀被打落在水裡，而面前那人也慘叫一聲摔回船板上。

船不斷地搖晃，允瓔不敢大意，忙挪到一邊，穩住了身子。

原來，剛剛那人竟趁她分神，想奪她手裡的菜刀，所幸烏承橋一直注意著，要不然她就可能成了人質了。

對他客氣還真以為是他的福氣！

允瓔想也不想，抬起腿就把人給踹下船。

她這突然來這一腳，焦山等人都愣住了。

這大半個月相處下來，她給人的感覺就是溫婉，也從來沒聽她大聲說過話，沒想到她居然也可以這麼狠。

那人一頭栽了下去，焦山等人倒是迅速，很快就跟著潛下去，這會兒事情還沒解決，可不能讓那人從水裡遁走了。

允瓔氣呼呼地站在船頭瞪著那水面，踹完之後，她才有些懊悔。那些人能神不知鬼不覺地躲在水裡對他們的船做手腳，水性必然不差，她這一踹爽快是爽快了，卻也有可能幫了那人乘機逃跑。

所幸，焦山幾人很快就把那人從水裡揪了出來。

那人似乎也筋疲力竭，由著焦山幾人揪著，放棄了掙扎。

「說說，他們準備怎麼做？」烏承橋把船往前移了移，到了焦山幾人面前，看著那人繼續問道：「你也不用怕，我們求的無非就是條生路，只要你把事情細細告訴我們，我們也可以給你們一條生路，大家各走各的。」

「哼，既然被你們發現了，我們回去也是死路，有什麼好說的？」那人似乎絕望，也沒了求饒的想法，不屑地回答。

「你剛才說了，你們是奉命來沈這些糧食的是不是？」烏承橋沒理會那人的話，繼續問。「他們的目的，無非就是製造一場意外，然後上報朝廷好再次要賑災糧是不是？」

「是又如何？」那人不解烏承橋的用意。

「如果是，就好辦了，我們合作。」烏承橋微微一笑，散落的髮絲擋去了他大半張臉，卻掩不住他的笑顏。這一笑，曾迷了允瓔的眼，這會兒也毫無意外地晃了那人的眼睛。

他愣了一下，目光定在烏承橋臉上，帶著疑惑。

允瓔一看，頓覺不妙，想也不想，直接拿著那竹竿，裝腔作勢道：「最好識相點，要不然真沈了你。」

說罷還狠狠拍了一下水面，反正狠也狠過了，沒必要再裝淑女。

那人被允瓔嚇了一跳，縮了縮脖子。

「只要你們答應合作，我們就放了你們，如何？」烏承橋含笑看了看允瓔。

「怎……怎麼合作？」那人還沒說話，那邊船上被網著的那個人著急地開了口。

「你們的目的是沈船，現在船也沈了三條，不如剩下的就別動手了，就此回去覆命，告訴他們事情辦妥就是了。」烏承橋好脾氣地提議。「只要你們不說，我們不說，你們走你們的陽關道，我們還搖我們的小木船，大家互惠互利，如何？」

「相公，你跟他們廢話這麼多做什麼，瞧瞧他們這蠢樣，聽得懂人話嗎？」允瓔很不屑地瞥著那兩人，她這是鐵了心要扮演壞女人的角色了。

「我們……我們懂了，懂了！」網中那人被打得怕了，巴不得早些離開，聽到這話，慌忙點頭。「我們保證不提這些，只要能給我們留條活路，你們怎麼說都行。」

「你呢？」烏承橋看了看水裡那個，確認道。

「好，只要放了我們，今天的事，我們一個字也不會提，船上那些東西也全歸你們，你們也不能向任何人說起今天的事，要不然大家都是死。」那人糾結了好一會兒，總算咬牙點頭。

「說得好笑，今天的事傳出去，我們大不了就是不在這一帶搖船了，而你們卻是必死無疑。」允瓔涼涼地說道。

雖然她不太懂這個世界的規矩，可是電視劇和小說裡不是說了，像他們這樣能被派出來做缺德事的，要麼就是心腹，要麼就是簽了死契的下人。

那人駭然地看著允瓔。

「看什麼？我說錯了嗎？」允瓔撇嘴。「你們若想活著，就只有一條路，那就是告訴你們主子，任務完成了，要不然你們也少不了一死，而且還不能對我們做什麼，因為我們這些人要是出事，那麼你們被滅口的日子也就不遠了，所以你有什麼資格和我們談條件？」

「那你們想怎麼樣？」兩人愣了好一會兒，垂頭喪氣地問道。

「我們也沒想怎麼樣，求的不過是個安穩日子。」允瓔指了指所有人。「要不是你們多事，我們早就送完這一趟回家去了，用得著這樣麻煩？」

「妳想怎麼樣？」那人一臉無奈。

「我不想怎麼樣，你們的話我不太相信罷了，口頭保證有什麼用？除非你們能留下讓我們相信的東西。」允瓔挑眉，剛剛還想襲擊她來著，信他們才是傻子。

「我們……」

「你們可以先商量商量，不用急著回答。」烏承橋打斷他們的話，轉向焦山等人。「焦大哥，不如先把他們給綁了，我們想辦法把船弄上來吧。」

「好。」焦山等人點頭，把水裡那人也弄上船，拿網把人裹了個嚴嚴實實，便由著那兩人扔在船板上，留下一人看著，其他人紛紛下水。焦山等人的船壓了太多東西，他們得把東西搬下來，才能想辦法把船重新拖出水面。

費了好大的勁，焦山的船總算先翻了上來，只是船上的東西全部浸了水，船家們分作兩撥，一撥幫著修復船隻，一撥繼續清理餘下兩條船。

等到兩條船翻了上來，那兩人才有了決定，開口要求與烏承橋談話。

「你能作得了他們所有人的主嗎？」

烏承橋聞言一笑。「你可以問問他們。」

焦山等人當然不會有異議，他們都不是窮凶極惡之人，圖的也只是個安逸，要不然也不會被老喬頭一塊木牌給拴住這麼多天。

不過，他們還是配合著嚇了那兩人一頓，才狀似很勉強地點點頭。

「會寫字嗎？」烏承橋等他們說完，才繼續開口。

「不會。」

「認識字嗎？」烏承橋若有所思。

「不認識。」兩人連連搖頭。

「那好，我寫份契約，你們倆一會兒按上手印。」烏承橋朝允瓔點頭。「英娘，拿根燒過的樹枝過來。」

允瓔從灶裡抽出一根未燒完的樹枝，鑽過船艙口到了那頭，把樹枝遞了過去。

烏承橋又讓她尋了一小塊白布條出來，在上面寫了長長一行字——

今，奉喬二公子之命，潛伏水中，對往來送糧船隻下手，致使船隻沈沒，毀船毀糧，無奈被人發現受制，特寫下此悔過書，以求脫身。

允瓔在邊上看著，心裡小小地驚訝，他這是想藉機坑喬二公子呀。

「瞧好了。」烏承橋把船靠過去，把手中的布條展開面向那兩個人。「要不要我讀給你們聽？」

兩人互相看一眼，他們不識字，也不知道他寫的什麼，可這會兒也不能胡亂應吧？當下連連點頭。

「今，奉命潛伏於水中，毀船毀糧，無奈被人於中途發現，雙方經過商議，互相約定，今日之事必不外洩，特寫下此契約書，以證誠心。」烏承橋面帶著笑，唸出一段與寫的完全不一樣的話。

允瓔在邊上聽得想笑，卻硬是忍住了。他真的在坑喬二公子，只要這兩人按了手印，他就算是保存了喬二公子一條罪狀，雖然手段有些不光明，不過對付那些陰險小人，也無傷大雅吧？

那兩人聽罷，有些小小的猶豫，彼此看了一眼，又看了看那布條上的字。

第三十三章

「沒聽明白嗎？」允瓔撇嘴，指著布條上的字，她的記憶力一向不錯，加上刻意而為，她指得慢、唸得慢，一字一字的便把烏承橋剛剛說的話重複了一遍。

那兩人見烏承橋和允瓔唸的都與布條的字數相合，也就信了，伸出手問道：「怎麼按？」

沒有印泥沒有朱砂，這按手印確實有些困難。

允瓔想了想，說道：「你們叫什麼名字？」

「我叫喬冬，他叫喬夏。」

「我在這邊寫了，你們照著畫上去。」允瓔接了筆，尋了一塊木板在上面寫上喬冬、喬夏的名字，讓兩人依樣畫葫蘆。

喬冬、喬夏照著做了。

允瓔又把那樹枝遞過去，讓兩人在手指上塗上黑色，在布條上按下指印。

「行了。」允瓔把布條收回來，遞給烏承橋。

烏承橋細細看過，臉上浮現笑意，聲音也溫和了許多。「好了，君子一言，駟馬難追，你們回去之後，就說任務完成，船夫們跳船離開不知去向就好，我們這兒自己會處理，之後誰也不會再提今天的事，希望你們也能做到。記得，小命還是該自己好好珍惜，好死不如賴活，不是嗎？」

「是是是，我們明白。」兩人連連點頭。

「走吧。」烏承橋點點頭。

一旁的船家立即解了他們身上的網，一人身上踢了一腳，罵道：「趕緊滾！」

兩人迫不及待的滾下了船，鑽入水中遁去。

等那兩人遠遠地出現在別處，允瓔等人才鬆了口氣，繼續做事。他們已經不需要送糧去昭縣了，所以也有充裕的時間整理船艙。

焦山的船已經簡單地修復，其他兩人的船也翻了上來，這會兒正在修補。

「這些怎麼辦？」有人指著船上的糧袋問道。

「扔了吧。」

「不能扔這兒吧？下面沈了不少，再扔下去，我們行船也不方便。」焦山搖頭，這些一袋一袋的砂石扔下去，這一段的河道就會比別處淤積得多，以後自己行走這一帶，很有可能變得麻煩。

「也不能扔到岸上，以免被喬家人看到，我們之前和那兩人的約定就穿幫了。」允瓔看了看兩岸，這一片全是水草叢，往邊上一倒，也很顯眼，誰知道喬家人會不會過來查看呢？

「那怎麼辦？」漢子們有些苦惱。

「要不，我們進去草叢裡面，找個隱密的地方，他們總不會一處處找吧？」焦山建議道。

這倒也有道理，眾人也沒有異議，當下，留下幾個人幫著修補船隻，其餘人都搖著船再次進入草叢。

這一片水草叢裡面的水道也是四通八達，不過越往裡，水道越窄，他們很快就到了最裡面，船再不能行進一步，才停下來。

眾人齊齊動手，把米留下來，所有的沙泥搬出去。

允瓔拿著菜刀，費力地把袋子挪到船邊，然後用菜刀割開袋口，把袋子留下來。

「烏家小娘子，妳這是幹麼？這些袋子又沒用。」其他人看到不解地問。

「有用的。」允瓔笑道。「帶回去裝裝東西也好。」

「上面都有印記呢，妳不怕帶著惹麻煩？」細心的人也考慮到袋子上的印記，好心地提醒道。

「不讓人看到就好了，再說，這樣也能檢查一下，免得扔錯了糧食。」允瓔笑了笑，趁著烏承橋在那頭倒沙泥沒注意的空檔，迅速把上面幾袋米移進空間。

一來一往很快她就移了十袋米進去，接著，那些漢子們已經搬完自己船上的東西，紛紛過來幫忙。

「我去那邊一下。」允瓔見人多，她也插不上手，便過去和烏承橋說了一聲，跳下船往水草叢中走去，她想方便一下，二來也想看一下水草叢裡有沒有野鴨蛋？

水草叢有些茂密，下面的土壤倒是結實，允瓔小心翼翼，折了一根比較結實的水草稈，邊甩邊走，走了一段路，確定外面的人看不到這邊，才蹲了下去。

方便時，她還不忘四下打量，果然看到前面不遠處有幾顆橢圓形的東西。真有野鴨蛋！

允瓔一喜，整理好衣衫，甩著那水草稈往那一處走去，六顆野鴨蛋靜靜地在那兒等著她。

不過，她也沒敢耽擱太久，烏承橋還在外面等，而日頭也正慢慢西移。

允瓔順著原路被壓倒的水草叢痕跡退了出來，很快就回到船邊，船家們都已經收拾好了，正坐在各自的船上等著她。

「讓大家久等了。」允瓔不好意思地笑了笑，提著袋子上了船，也沒說自己撿到野鴨蛋，她有些小小的私心。

眾人紛紛回應，並不在意。

再回到外面，焦山等人的船都修補妥當，這麼多人，就他們三個的船沈了，損失慘重。

「英娘，我們船上的這些糧食，分些給焦大哥吧？」烏承橋看了看一臉黯然的焦山，轉頭和允瓔商量。

「好啊。」允瓔點頭。她已經轉移了十幾袋，餘下的也不過二十來袋，更何況，這些也算是「橫財」了，分一些就分一些，用這些東西換一個朋友，也是很划算的。

「焦大哥，來。」烏承橋把船靠過去，笑道：「這些也算是意外所得，我們大家同進同出的，也不能讓你們幾位吃虧了，我船上這些糧雖然不多，好歹也是個意思，你們拿去分了吧。」

「那怎麼行。」焦山連連搖頭。他的船沈了，是他倒楣，哪能分別人的東西呢？
「焦大哥，烏兄弟說的有理，我們同進同出的，不能讓你們吃虧。依我看，大夥兒都把船上剩的數一數，按人頭分了，這樣誰也不吃虧。」另一個漢子贊同地應道，說罷馬上便回身去清點自己船上的糧食袋數。「我這兒四十四袋。」
「我這兒三十六袋。」
「我這兒二十八袋。」
數到最後，也就允瓔船上少些，二十四袋，她有些汗顏，她這是動了手腳的呀，可這會兒烏承橋看著，她也不能當著他的面把糧袋拿出來，只好硬著頭皮裝淡定。
十幾個人，集中到一塊再分攤，每人分到二十五袋糧食，烏承橋本意是把自己的糧食分給焦山幾人，卻沒想到反而從他們那兒分了一袋回來。
允瓔也是尷尬，連連拒絕，卻敵不過船家們的盛情，他們幾乎是不由分說就把糧食搬到她船上。
「那，晚上的飯，我們家出。」允瓔很不好意思，無奈她的空間是個秘密，她再怎麼不好意思也不可能暴露了，只好換一種方式補償。「這些日子多虧諸位照應，今日之後，只怕大家也難有機會聚在一起，我也不會別的，大家莫嫌棄才好。」
「烏家小娘子的手藝，我們大家都是知道的，依我說，開餐館生意一定好。」焦山笑道。「不過，晚飯就免了，我出來也有近一個月了，怕家裡人擔心，我得馬上趕回去。」
「我也是，出來有二十來天了，之前跟婆娘說好半個月就回，這一耽擱，她一定著急了。」另一位也接著說道，語氣中帶著深深的思念，那是對家的眷戀。「下次有機會，我們一定不會客氣的。」

「是呀，下次吧，我出來也有近一個月了。」

眾人歸家心切，紛紛婉拒。

「那……我就不攔著各位了。」允瓔見狀，也不好多說。

她想起了陳四家的，那會兒陳四晚歸家，陳四家的擔心成那樣，將心比心，如果是她，應該也會……允瓔情不自禁地轉頭看向烏承橋。

烏承橋會錯意，以為允瓔是徵求他的意見，便笑著點頭。「那就下次再聚，我夫妻二人打算在碼頭那兒開一家餐館，到時候大家來了，記得來找我們。」

「這主意好。」焦山連連讚道。「小娘子手藝好，價又公道，一定能做得比喬家麵館要好。」

「是呀，我們在這兒先預祝兩位發財。」眾人齊齊笑道，奉上祝福。

此時，天邊的雲已然映染滿天，紅紅的煞是好看，卻也提醒著眾人時辰不早。

焦山等人紛紛告辭，三三兩兩地離去。

允瓔和烏承橋落在後面，他們倒是不急，又不急著回苕溪灣，又沒有家人在等待，一條船兩個人，哪裡都是家。

「這麼多東西，我們能放哪兒呀？」允瓔坐在船頭生火做飯，一邊回頭看著艙裡的糧袋，有些發愁，這些都是過了明路的，她也沒敢搬進空間，要不然他問起，她怎麼解釋？

「英娘，我想……回一趟苕溪灣，把這些分給大夥兒吧。」烏承橋想了想卻說道。「而且，我想去查一查柯家賑災的事，一條人命才一擔糧食，這中間一定有貓膩。」

「怎麼查？」允瓔有些猶豫。她不想摻和這些事，這些日子下來，她也看明白了，自己沒有絕對的實力，想和那些有錢人家鬥，無疑是以卵擊石。

「我也不知道，我只是……」烏承橋一臉黯然。是呀，怎麼查？他想查，可他的腿還沒好……讓她去嗎？

「你和喬家……到底是什麼關係？」允瓔轉頭看了他一眼，略一沈吟，轉回目光看著鍋裡，低低地問了一直想問的話。

她不問，他不說，到底什麼時候他才會告訴她一切？

還是說，他壓根兒就沒想告訴她？

烏承橋聞言，沈默了。

他要怎麼回答？告訴她，他是喬家大公子？告訴她，那個做壞事的可能就是他同父異母的二弟？

他說不出口。

「算了，我只是隨便問問，你不用為難。」允瓔沒回頭，聽不到他開口，她的心已經沈了下去。

她有些難過，心尖上又酸又澀，也許，並不是她喜歡上他就能換得他也喜歡她的；也許，他對她的好只是出於責任與愧疚。

他是喬家大公子，她如今只是個小小的、無依無靠的船家女，大家公子又怎麼會真的看上船家女呢？

允瓔苦澀地笑了，伸手揭起鍋蓋，升騰而上的熱氣掩沒她的表情，只是片刻，霧氣散去，她已淡然。「吃飯了。」

在允瓔的心裡，因為自己穿越而來頂了別人的軀殼，她多少有些心虛，而如今面對烏承橋，她猛地發現自己心裡有了他的影子，心裡便滋生出種種複雜心緒，他對她的好，便不由自主往邵英娘身上想，而這會兒他的沈默，也令她往消極的方向想。

她渾然忘記了，在烏承橋眼中，她一直就是邵英娘。

吃飯的時候，兩人各懷心事，誰也沒有開口說話；允瓔感到鬱悶，悶頭收拾著東西，收拾了船艙裡的糧袋，把被褥鋪在糧袋上方，悶著被子倒頭便睡，也沒去管今夜船停在哪兒會比較安全。

烏承橋知道她生氣，卻也只能嘆氣，他還沒想好要怎麼跟她說他的事。

在他心裡，一樣有些忐忑，他不知道把過去告訴她之後，會不會被她看不起？畢竟，那時的他……她能接受他當初的年少輕狂嗎？

夜幕慢慢垂下，烏承橋靜靜地搖著船拐進了一處水草叢中，那兒有一片不小的水灣；曾經，是他們拜堂的地方，也是他害她一家人天人永別的地方。

憑著記憶，烏承橋把船搖了過去，卻遠遠地停在入口處。

他不知道她看到這兒後會是什麼反應，會不會更加勾起對他的怨恨？

他不能冒這個險……烏承橋嘆氣，放下槳，慢慢地移了過去，自己打水洗漱、收拾東西後，才緩緩地回到艙裡，側身躺下看著她的睡顏。

允瓔其實並沒有睡著，她只是鬱悶，不想理他罷了，聽著他磨磨蹭蹭地移過去，又移過來，感受著船輕輕的晃，她有種裝不下去的感覺，卻又生生忍住。

「英娘，對不起。」烏承橋伸手緊緊抱住了她，唇就貼在她耳邊。

允瓔頓時僵住了。

「等我……總有一天，我會把一切都告訴妳……」烏承橋長長一嘆，在她耳邊低喃。

允瓔繼續沈默，好吧，她就等著，看他會等到哪天才告訴她。

這一晚，倒是安安靜靜地過去。

一早起來，允瓔倒是恢復了往日淡然，洗漱做飯、清理船艙，烏承橋很自動地讓到船尾坐著，時時留意著允瓔的舉動。

允瓔站在船頭，打量四下，她覺得有些眼熟，不過也沒說什麼，轉頭對烏承橋說道：「欸，你不是說要把這些糧送回去的嗎？」

「妳不是……沒同意嗎？」烏承橋小聲應道，討好地笑著。「要回去不？妳不是說要改一下那些灶，不如我們先回去，整頓好了再出來。」

「行。」允瓔聽到他這番話，心裡倒是好過了些，瞧他說得那樣委屈，她沒同意他就不敢回去了？

「好。」烏承橋見她開口，心裡高興，立即點頭，坐直身子開始搖船。

一路上，允瓔端坐船頭，拿著一枝未燒完的樹枝在船板上寫寫畫畫，一隻手拿著抹布，寫錯了就拿濕抹布擦去。

烏承橋有些好奇，只是她背對坐著，從他的角度也看不到她在做什麼，看了半天，只以為她還在生他的氣，心下愧疚，偏偏又不知道怎麼哄她，只好沈默。

黃昏時分，他們回到了苕溪灣。

允瓔站了起來，遠遠地就看到陳四家的站在田娃兒的船頭說笑，戚叔的船興許是剛剛回來，就行在他們前面。

有段日子沒看到他們，這會兒再見到他們，允瓔心裡湧上喜悅，她站在船頭，高興地朝著他們揮手，大聲喊道：「戚叔、陳嫂子、田大哥！」

「呀，大妹子回來了。」陳四家的轉過身來，笑著回應。

「烏兄弟。」田娃兒則笑著朝烏承橋揮手。

「回來了。」戚叔滿臉的笑，點了點頭。

船還是停在老位置，在田娃兒和陳四家的熱情幫忙下，停好了船。

陳四家的迫不及待地問道：「烏兄弟、大妹子，那個老喬頭有沒有為難你們？」

「說來話長，一會兒慢慢告訴妳。」允瓔輕笑，陳四家的話中的關心讓她心裡暖暖的。

那邊，戚叔等人也聚了過來。

烏承橋移到船頭，第一眼就去看允瓔畫的東西，不由一愣，她的畫功不怎麼樣，可畫出來的東西卻是有模有樣。

只是，一個船家女怎麼會這些？

「烏兄弟，聽陳四哥說，你們遇到喬家的老喬頭了？」田娃兒心急，大聲問道。

「烏兄弟，你們沒事吧？」戚叔也關心地問。

「倒是沒什麼大事。」烏承橋笑著朝幾人拱手，側身指了指船上的糧袋。「這兒有些陳米，是我們的一點心意，大家莫嫌棄才好。」

「陳米？」戚叔驚訝地問。

烏承橋點頭，把這些天發生的事一五一十地告訴戚叔，聽得眾人連連唏噓。

「這喬家也太可惡，難怪柯家也這樣無法無天。」田娃兒氣得一拍大腿站了起來。「烏兄弟，你不知道，你們走了以後，那柯家都幹了什麼！」

「他們做什麼了？」烏承橋驚訝地問。

允瓔和陳四家的站在一起，聽著陳四家的嘀嘀咕咕說著最近發生的瑣事。

第三十四章

原來，他們離開之後，柯家又來了兩次，問的都是同樣的話——有沒有死人。

聽那意思，好像不管什麼人，只要是死的就能換取糧食。

最後一次來的時候，惹怒了眾人，被阿康等人趕了出去，後來再沒有來過。

但沒幾天，出船的船家便帶來了外面的消息——柯家人尋到很多屍體，抬著上報了衙門，據說，他們還在河裡打撈了一對被泡得面目都看不出來的夫妻，那對夫妻看似也有五、六十歲了，泡成那樣，一看就不像是這次颱風出事的。

「什麼夫妻？」烏承橋突然問道。

「我們也沒瞧見過，聽阿康說的，他看到了。」田娃兒等人搖頭。

「是呢，阿康兄弟回來說的時候，我正吃飯，哎喲，聽得我都快吐了！」陳四家的一臉嫌棄，隨即又嘆氣。「不過說起來也挺可憐的，阿康兄弟說，那老夫妻應該也是行船的船家，穿著粗衣粗褲的，只是泡得久，頭髮都掉了，那些打撈的人又粗手粗腳的，唉。」

「阿康兄弟在嗎？」烏承橋轉頭看了看允瓔，急急問道。

「出船了，好像沒回來吧。」陳四家的搖頭。「我下午一直在家，沒瞧見他呢。」

「怎麼了？」允瓔奇怪地看著烏承橋，她根本沒多想，只以為是他認識的人。

「我覺得……」烏承橋頓了頓，擔憂地看著她。「那很可能是……岳父、岳母。」

「……什麼……」允瓔愣了一下，誰家岳父、岳母？

「英娘，妳放心，如果真是岳父、岳母，我一定想辦法接他們回來……入土為安。」烏承橋內疚地看著允瓔，保證道。

邵家父母?!允瓔頓時傻眼了，她怎麼沒想到呢！

「這是怎麼回事？」陳四家的等人面面相覷，驚訝地問。

「不瞞幾位，我們夫妻之所以落難，就是因為偶然間撞見喬家的醜事，遭來了報復。我們成親那天，喬家派人暗殺……我岳父、岳母……」烏承橋嘆著氣，含含糊糊解釋。「方才聽你們說的，那很可能就是我岳父、岳母。」

「這群天殺的，居然做出這樣喪心病狂的事！」陳四家的一聽，破口大罵。

「這喬家怎麼會變成這樣……」戚叔也是連連搖頭。「以前的喬家，那可是出了名的仁義之家，往來船隻無論是有錢沒錢的，他們都會伸出援手，所以才打造那麼大的船塢，建起那麼厲害的船隊，可現在……唉。」

「喬家已經換了家主。」允瓔淡淡地瞥了烏承橋一眼。「又或許，是底下那些人狐假虎威……也不是不可能的。」

「如果是下人，怎麼可能替柯家撐腰？」陳四家的卻不屑地應道，伸手拍拍她的肩。「大妹子別難過，這件事我們會幫妳查清楚，如果真是妳爹娘，我們一定想辦法把人偷回來，給二老好好辦個後事。」

「謝謝。」允瓔除了道謝，也沒有別的可說，她能說那不是她爹娘嗎？她現在占了人家的軀殼，代替邵英娘活下去，若真的尋到邵家父母，替二老完善後事，她責無旁貸，只是悲傷……卻不是她能表現得出來的。

允瓔的神情有些淡漠。

看在烏承橋眼裡，卻自動尋了答案，愧疚再一次湧上心頭。

「沒錯，等阿康回來，我去好好問問他，烏兄弟的腳傷還沒好，可不能累著，到時候我們去幫忙。」田娃兒拍著胸膛一力應承。

「多謝。」烏承橋朝田娃兒抱拳。

「行了，既然被我遇上，說明我們也是有緣，這大哥兄弟的都喊了有陣子了，一家人還道什麼謝？」田娃兒爽朗地笑。

「戚叔，這船上有二十五袋米，雖然是陳的，卻也是米，您麻煩一下，讓大夥兒來分了吧，要不然我夫妻二人又沒地方歇了。」烏承橋指了指船艙。「如田大哥所說，一家人不說二話。」

「成。」戚叔看看他，爽快地點頭。「娃兒，去找人過來分糧；陳四家的，去我家一趟，給烏兄弟和小娘子端些飯菜過來。」

「戚叔，瞧您說的，這飯菜我家沒有嗎？還跑那麼遠去你家端。」陳四家的眼刀子一飛，笑著轉身。「包在我身上了。」

說罷，快步往家走去。

小半個時辰後，陳四家的就端來了飯菜，三菜一湯，一甕滿滿的飯，一看就知道是她回去現做的。

允瓔道謝，接下了飯菜。此時，船上的陳米已經卸去七成，餘下的，戚叔等人卻是說什麼也不搬了。

允瓔和烏承橋也不勉強，他們都懂戚叔等人的意思。

吃過了飯，允瓔清洗好盤子給陳四家的送過去，回來時，便看到阿康等人正和烏承橋討論著——

「那些人都扔在縣郊外的義莊裡，只有義莊的老頭子看守，去看倒是容易得很，但把人弄出來……有些難。」阿康撓著頭，一回頭就看到允瓔，咧嘴笑了笑，打住了話題。

「英娘，妳去王叔家幫我請王叔來一趟，我這腿傷也有些時日了，想請他看看能不能動。」烏承橋含笑對允瓔說道。

「傷筋動骨一百天，這才多久。」允瓔有些疑惑地看看他們。

他們這是明顯地支開她，是在討論什麼了不起的大事嗎？

不過，她還是轉身往浮宅走去。他的傷也確實要看一看了，算算日子，也有兩個月了，也不知道骨頭長正了沒？

此時老王頭家的門開著，允瓔順著浮排到了跟前，便看到老王頭坐在門邊整理草藥，於是忙笑著招呼道：「王叔，在忙呢？」

「烏家小娘子回來了。」老王頭應聲抬頭，看到允瓔，臉上堆了笑，親切地回道：「剛回來？」

「剛剛回來有一會兒了。」允瓔點頭。「王叔，我家相公的腿傷也有兩個多月了，他有些心急，您能不能走一趟幫他再看看？」

「當然能。」老王頭笑著點頭，指了指面前的草藥。「等我一會兒，先把這些收拾了。」

「好。」允瓔當然不會反對，說著走進了門，幫著老王頭收拾草藥。

這些都是剛採回來的，老王頭正一點一點清理著根部的泥土，去除夾帶的雜草。

允瓔虛心請教，老王頭也是知無不言。

直到天色漸漸暗了下來，屋裡也有些看不清楚，老王頭的草藥才收拾完畢。

「走吧。」老王頭把東西放好，尋了他的草藥簍子出來，裡面有他給人看病的工具，來到門口對允瓔說道：「還勞妳幫個忙。」

「王叔，您可是我家的救命恩人，我幫您這些，哪算什麼事呀。」允瓔笑著搖頭，伸手要接過老王頭手中的草藥簍子。

「不用不用。」老王頭擺擺手，自己揹上簍子，朝允瓔揮了揮手，帶上了門走在前面。

回到允瓔家的船邊，只剩下田娃兒和阿康陪著烏承橋說話，看到允瓔和老王頭過來，阿康站了起來，朝允瓔笑了笑，轉頭看著烏承橋說道：「烏兄弟，我先回去了，明兒一早我們來尋你。」

「好。」烏承橋點頭。

「王叔。」阿康朝老王頭打了個招呼，快步離開。

只剩下田娃兒坐在自家船頭，笑呵呵地和老王頭打招呼。

允瓔有些疑惑地看了看阿康的背影，剛剛他們看到她就是這樣，烏承橋還特意支開她，這會兒又是如此，令她心裡有些小小的不舒服。

有什麼事可以和他們商量，卻偏偏瞞著她？

她在烏承橋心裡就這樣不值得信任？

「烏兄弟，心急了？」老王頭笑呵呵地坐在烏承橋對面，放下草藥簍子，開始幫他拆開腳上的木板。

腿傷原本就已結痂，不用天天敷草藥，只需用木板固定，又加上允瓔細心的照顧和烏承橋自己的多方注意，此時拆去木板，表面已無大礙了。

老王頭在烏承橋腿上按了幾下，問道：「怎麼樣？」

烏承橋搖頭。「已經不疼了。」

「你的傷在膝蓋，不疼也不能亂動。」老王頭還是搖頭。

烏承橋抬了腿，試著彎了彎，果然，膝蓋處還是不能彎曲，不由皺了眉。

「腿是你自己的，沒好就別亂動。」允瓔還在為烏承橋不信任她的事不舒服，說話也帶了幾分火氣。

「是呀，小娘子說的沒錯，烏兄弟，你可不能大意，還得好好養著，養好了，這個家還不是得靠你撐起來？那樣小娘子也能輕鬆些不是？」老王頭笑呵呵的，一邊替烏承橋檢查著腿，一邊調侃。

「王叔說的有理，確實是我心急了。」烏承橋抬眸看允瓔一眼，有些無奈，她還是不高興。

老王頭檢查得很細，幾乎是一寸一寸地捏過烏承橋的腿，也沒見烏承橋喊哪裡疼，才把木板綁回去，笑道：「還不錯，不過這木板還是要綁著，省得有時候忘記這條腿不能使力，要是再弄傷，可就更麻煩了。」

「好。」烏承橋點頭，他也不想廢了腿，只不過有些心急罷了，尤其是每次看到允瓔辛苦，他就更坐不住。

明天……興許她對他的怨會減輕一些吧？

烏承橋收回了目光，明天的計劃不能讓她知道，要不然，她一定會跟著去，他擔心她看到她爹娘變成那個樣子會受不了……

「多養養，沒什麼大礙。」老王頭揹著簍子離開。

允瓔也不看烏承橋，鑽進船艙收拾，船艙裡還剩下七袋米，也被戚叔等人搬到了艙房外，她要做的就是把船艙清理一下。

「生氣了？」她聽到田娃兒壓低聲音跟烏承橋嘀咕。

烏承橋說了什麼，允瓔卻是沒聽到，心裡的不舒服正漸漸擴大，她沒有停歇地把船艙收拾乾淨，鋪上被褥，逕自打水洗澡，再去船尾洗衣服，最後躺下休息。

烏承橋坐在外面和田娃兒嘀嘀咕咕許久也沒進來。

允瓔不由撇嘴。這人，說話真不可靠，最初還讓她離那田娃兒遠一些，如今自己倒是打得火熱了。

鬱鬱不平中，允瓔迷迷糊糊地睡了過去，又在迷迷糊糊中，聽到烏承橋在她耳邊喊——「英娘，英娘。」

「別吵我。」允瓔一聽到「英娘」兩字，更鬱悶了，皺著眉就抬起手，趕蒼蠅似的揮著，只聽啪的一聲，似乎打到他，允瓔愣了一下，卻沒反應過來，又迷迷糊糊地睡了過去。

烏承橋的聲音果然沒再響起，只不過，她感覺到船在輕輕地晃，令她睡得有些不舒服，卻堵氣似的懶得睜開眼睛看他。

等她意識到不對而醒來的時候，天已經大亮，身邊也沒有了烏承橋的身影。

允瓔揉了揉眼睛，伸手撩起布簾，船頭也不見人影。她再坐了起來，移到另一邊撩起布簾看了看，依舊無人。

人呢?!

允瓔徹底清醒了，想起了那迷糊中聽到的聲音，難道是出了什麼事？

她迅速穿好衣服，披頭散髮出了船艙，來到船頭，一旁，田娃兒的船早已出去，這會兒停在原地的船，也是寥寥無幾。

「去哪兒了？」允瓔皺著眉嘀咕了一句，左右瞧了瞧，無奈一嘆，看來，他們昨天瞞著她的就是這個，只是他去哪兒？有什麼不能對她說的嗎？

心裡的鬱悶越發地氾濫。

允瓔氣呼呼地在船頭站了一會兒，伸手抓了抓自己的頭髮，開始梳洗，收拾好自己後，又氣呼呼地去解了船繩，撐著竹竿往取水的地方行去。

他又不是真是她的誰，管他去哪兒，最好就這樣分道揚鑣，她一個人還輕鬆自在些。

「哼，走吧走吧，沒了你，我還省心了。」允瓔哼道，心裡卻忍不住酸澀。

允瓔來到之前取水的地方，遇到原本就曾經見過的大嬸們，她們看到允瓔，一個個熱情地打招呼。

「以後這兒就是妳的家，有什麼需要，只管和大家說，不要客氣。」幾位大嬸的話有些奇怪，她們也不是第一次見面，之前都是自自然然地寒暄問好，可今天為什麼突然說這些？

允瓔聽得有些奇怪，不過，面對她們的熱情，她也只能微笑接受。

在眾人的熱情禮讓中，允瓔打了兩桶水，告別下山，回到船上時她還在疑惑。

但這會兒，沒有人能為她解答。

放好了清水，允瓔直接搖著船出了水灣，她得去鎮上置辦東西。

順著熟悉的河流，很順利地來到之前賣過魚的地方，這會兒埠邊也只有三、四條船，人也不多。

允瓔想了想，趁著沒人注意，把船上的米和家裡值點錢的東西全都扔進空間裡，雖然家裡也沒什麼值錢的，只除了那七袋米和日常用品。

在船裡仔細瞧了瞧，覺得沒什麼可擔心之後，允瓔出發了。

今天集上倒是多了好些攤子，賣的商品也多了不少，允瓔一樣一樣看好，決定一會兒有閒錢了，就好好置辦些蔬菜瓜果回去。

「咦？這位小娘子，是妳啊。」正逛著，邊上響起一道驚訝的聲音。
允瓔轉頭，看到面前站著之前那位換糧給她的中年男人，她忙笑著點點頭。「你好。」
那中年男人看到允瓔似乎很高興，笑容滿面地說道：「小娘子可是有些日子沒來，都在哪兒發財呀？」
「你客氣了，都是混飯吃，哪有什麼財可發。」允瓔淺笑，轉頭打量了一下，才發現自己在不知不覺間，已經走到賣糧的攤子前。
「小娘子這次要點什麼？」中年男人顯得極和善，不等允瓔說什麼，就開始介紹自己的貨。「之前小娘子要的玉米粉，這東西在我們這邊可不常見，我這些還是託了親戚從北方帶回來的，貨不多，都給小娘子備著呢，小娘子看看可好？」
這人倒是熱心……允瓔打量中年男人兩眼，笑著點頭。這些東西她自然是要的，她的麵館要是開張起來，必定要推出特別的料理。
「好，只是，老闆可不能像之前那樣坑我。」允瓔笑道。「我回到家，可被我家當家的好一頓說呢。」
「哪會坑妳呢。」中年男子對之前的事避而不談。「一回生二回熟，我給妳最便宜的價，可好？」
「那就多謝了。」允瓔很乾脆地點頭，當場買下了這些東西，付了錢。她前段時日賺的錢雖然不多，但也不至於像以前那樣尷尬了。
中年男子幫著把允瓔要的東西收拾起來，打量她一下問道：「小娘子，妳也沒帶個簍子，也沒帶個挑擔，怎麼拿這些？要不，妳跟我說妳住哪兒，我派人給妳送過去吧？」

「不用了，我自己拿著吧。」允瓔絲毫沒有壓力。她這會兒是拿著吃力，可一會兒沒人的時候，她大可以直接往空間裡扔嘛。

「沒關係，妳要不放心，我現在就送妳過去，大家做了幾次買賣，也是朋友了嘛。」中年男子很熱心。

「謝謝你，真不用呢，我還得去買別的，還得找工匠，暫時不回家的。」允瓔搖頭謝絕。

「妳要找工匠？找什麼樣的工匠？這地方我住了幾十年，我最熟了，我可以幫妳。」中年男人依然古道熱腸，不由分說地收拾自己的攤子，一邊跟允瓔說起這附近的工匠。「妳是要找泥瓦匠、木匠還是鐵匠？還是箍桶匠？」

第三十五章

望著這人的熱情，允瓔有些無語，不過，她也有些小小的心動。瞧他似乎很懂，或許，她能省心些，早些把這些事搞定了回去，想到這兒，她笑著道謝。「那就有勞大哥了。」

「沒事沒事，咱們做買賣的，不就講究個和氣？大家出門在外的，不就得互相幫手？」中年男人把允瓔買的東西扔到車上，推著車子就催著允瓔。「走吧，妳要找什麼樣的工匠？」

「木匠。」允瓔想了想又說道：「還有鐵匠。」

「木匠和鐵匠是吧？」中年男子確認地問道，也不等允瓔回答，直接決定。「好嘞，往這邊走。」

允瓔看了看他，點頭，跟在中年男人後面走。

中年男人領著她出了市集，七拐八彎地進了鎮，邊走邊熱心地介紹著鎮上工匠的情況。

「錢大哥，真不知道怎麼謝你才好。」一番交談後，允瓔也知道了他的名字，錢發，一個有點好笑的名字。「只是錢大哥，那兩位工匠住的地方還遠嗎？我還得趕回去呢，出來久了，家裡人會擔心的。」

「快了快了。」錢發笑著，推著車走得更快。

允瓔左右打量著幽靜的小巷子，有些疑惑，腳步便慢了許多。

「小娘子，到了。」巷子卻是條死路，錢發停在最裡面的一間院子前，滿臉堆笑地回頭看著允瓔。

「這兒是哪位工匠的家？」允瓔緩步過去，打量著沒有掛匾額的院子。這院子很普通，青瓦白牆，想來建起已久，牆上的白灰已剝落，牆角處泛了青苔。

「先進來吧。」錢發笑了笑，推開門。

允瓔皺了皺眉，怎麼看著更像是他家。

「小娘子莫急，這兒是我家，妳看，我總不能推著貨攤子帶妳到處找人吧？」錢發適時回頭，解了允瓔的疑惑。「容我先把攤子安置好，再帶妳去。」

「好……」允瓔心裡有些不耐煩，不過都跟到這兒了，人家也是好心好意，她總不能……好吧，還是再看看，若真有不對勁，再離開。

錢發朝院子裡喊了一聲，馬上出來兩個人高馬大的壯實下人，他指了指門外，說道：「把東西搬進來。」

「是。」兩人順從地出來，看了允瓔一眼，馬上動手去搬卸錢發的車子。

他有下人可以差使，怎麼也自己出去擺攤賣糧呢？

允瓔心裡的疑惑又重了一層。

那集上的生意，她也是親眼見過一次的，攤子擺個一天，也未必能做出多少生意吧？

「小娘子，進來喝口水吧。」錢發熱情地過來請允瓔入內，又指了指自己身上的衣衫，笑道：「我去換身衣服，我們就走，那韓木匠離這兒不遠，幾條街就到了，這會兒快到吃飯點，我們過去，興許正好能遇到他。」

他說的倒是有幾分道理。

允瓔猶豫了一下，還是點點頭。

「請。」錢發笑得燦爛，他退開一步，伸長手延請，趁著允瓔不注意，目光在允瓔身上轉了轉。

允瓔跟著錢發進了院子，院子裡佈置得倒是雅致，以鵝卵石堆砌的花圃分列兩邊，中間是青石鋪就的半丈寬的路，廊簷下也擺滿了花盆。

「小娘子請稍坐，我去去就來。」錢發引了允瓔進了大廳，便笑著告退。

「請。」允瓔點頭，看著錢發拐進後堂，她一個人留在大廳，選了一張椅子坐下，四下打量起這大廳來。

大廳裡擺著一張長案，長案上方掛著一幅畫，畫上的人……似乎是個財神，手裡還抱著大大的元寶。

長案正中擺著一個香爐，爐中插著三枝清香，清煙裊裊，帶著淡淡的檀香氣。

允瓔打量著那財神圖，突然，她有種錯覺，只覺得那財神在煙霧中竟似動了般，漸漸的，霧濛濛中她有些恍惚。

糟！允瓔靈光一閃，從恍惚中回過神來，可是整個人卻有些無力，眼皮子不自覺地沈下，她咬了咬牙，一手掐在大腿上，疼痛傳來，令她瞬間清醒。

她中招了！

允瓔騰地站起來，快步到了大廳門口，一眼就看到剛剛那兩個壯實的下人站在院門口，一左一右跟門神一樣守著，而那人的攤子就這樣散落在院子裡。

這樣出不去，留下又必定要吃虧，她一個女人家哪裡是三個大男人的對手？況且，她還不知道這院子裡有幾個人呢！

怎麼辦？

允瓔悄悄退回到大廳裡，依著牆站著，思緒飛轉，想著脫身的辦法。

這時，後堂傳來腳步聲，似乎還不是一個人。

絕不能落在他們手裡，要不然她真的就毀了，明明隱隱覺得不對勁，她竟然還被人騙到這兒，真太不應該了。

允瓔咬咬牙，聽著那越來越近的腳步聲，迅速閃身進了空間。

先避過他們，等有機會再跑！

進了空間，允瓔整個人還緊繃著，屏氣凝神聽著外面的動靜。這些人想做什麼？她怎樣才能跑出去？這些都是問題。

只聽錢發一愣之後，怒喝著喊道：「咦？人呢?!」

「錢老四，你不會是騙我的吧？」說話的是個女人，有些尖銳刺耳，就像指甲劃過黑板般，聽得允瓔皺了眉頭。「你說的好貨呢？哪兒去了？」

允瓔瞬間冷汗濕透了背，她無法想像那後果。

「我說的句句屬實，那小娘兒們，從她第一天在我這兒換糧開始，我就注意她了，只可惜她是個船娘，我的人每次跟她到埠邊就沒法子跟下去。」錢發被質疑，憤憤不平地說道：「再說了，有沒有人，問問門口的人不就知道了？那可是妳的人，難道妳不信他們？」

「哼，那你說，人呢？」女人很不高興。

「我……怎麼知道，我剛剛明明讓她在這兒等的。」錢發的氣勢頓時弱了下去。「她中了我的香，肯定跑不遠。」

「你最好不要騙我。」女人的聲音幾乎從鼻子裡哼出來般。「還有，這次的貨，就算找著了，你也別想再沾手了。」

「我可以不沾手，但銀子，一文都不能少！」錢發頓了頓，也是氣呼呼地應著。

可惡！允瓔聽著外面那兩人針對她的一系列討論，氣得鼻子都快歪了，可是，她一無功夫二無特異功能，再生氣也沒法衝出去和兩人對抗，而此時，那可惡的暈眩感再次襲來，眼皮子越來越沈。

允瓔不敢靜立不動，當下左右看了看，發現角落裡還養著一些魚的水桶，顧不得其他，踉蹌著過去，衝到桶邊一頭就浸了進去。

桶裡的魚養了有段時日，雖然時常換水，但水卻還是有些腥味。

這一浸，涼水一激，允瓔的昏沈頓時消退不少，可那水的腥味也直衝鼻子，令她不由一陣噁心反胃，她慌忙從水裡抬起頭來，拿衣袖抹去臉上的水。

然而，水漬可以抹去，氣味卻不容易。允瓔聞著身上的魚腥味，最終還是忍不住就著桶吐了起來，這一吐，在魚腥味和嘔吐物雙重刺激下，更是翻天覆地。

許久之後，允瓔才軟軟地跌坐在地上。

這一番吐，險些連膽汁都吐出來，人一乏力，那香的功效更是起了效果。允瓔這次撐不住，倒了下去，陷入黑暗中。

不知過了多久，她才緩緩轉醒，好一會兒才想起自己的處境。

倒楣！

允瓔晃了晃腦袋，低咒了一句，屏氣凝神地想聽聽外面的動靜。

外面，似乎一片寂靜，只有遠處偶爾傳來的狗吠聲。

沒人？

允瓔眨眨眼，豎起耳朵靜聽，好一會兒，也沒聽到動靜，她這才出了空間。

只見大廳裡一片黑暗，沒有半個人在。

大廳的門開著，外面靜悄悄的。

允瓔伸出頭去，左右打量一番，悄悄來到院子裡，黑暗中，看不清腳下，險些絆倒，她忙用手撐著地，穩定身形後，緊張地蹲著打量四周，還好，沒驚動誰。

允瓔這時才有空低頭去看絆倒她的東西是什麼，模模糊糊的，她看到兩個打結在一起的布袋，那是她今天買麵粉時，錢發給她收拾的，她想也不想，直接扔進空間裡。

這時，她也看到別的東西，沒有任何猶豫，把身邊散落的東西全部掃進空間，便是那車子也沒有放過。

做完這一切，允瓔站起身，快步到大門邊，大門的門閂居然沒插上。

她心裡一喜，正要伸手去拉門時，卻聽到外面傳來腳步聲，她嚇了一跳，忙縮回手，閃身往邊上一避，再次縮回空間裡。

「傳令下去，讓他們給我把眼珠子睜大些，看好那條船，一旦她出現，立即拿下。」錢發惡狠狠的聲音似乎在允瓔身邊響了起來。

允瓔忍不住捂耳朵，往後退了退。

「是。」有人應道。

「咦，院子裡的東西呢？」錢發似乎發現了不對。

「可能是誰收起來了吧。」誰收的？這麼多人誰知道。

「誰收的？你趕緊去查查，明兒我還要出攤呢。」錢發吩咐了一句，便沒了聲音。

接著，腳步聲分散著往遠處走去。

但同時，允瓔也聽到門閂的聲音，她不由一驚，卻不得不按捺著性子等著。

「砰砰砰——」門剛剛關上不久，關門人的腳步聲還沒離開幾步，大門便被重重敲響。

「誰啊？」關門人不耐煩地朝外面大喊了一聲。

「快開門！」外面的人似乎很焦急。

「娘的，都這會兒了還不讓人休息！」關門人嘴上罵罵咧咧的，但還是不敢不開門。

門閂剛剛抽下，門就被人撞開了，來人衝進來，往大廳裡邊跑邊喊。「老爺，出現了，出現了！」

「誰出現了？」錢發還在大廳，聽到聲音沈聲喝道。

誰出現了？

允瓔也有疑問，她人就在這兒呀，難道他們找的人不是她？

再細聽，錢發等人已經噼哩啪啦地往外跑了，沒一會兒，院子便又沈靜下來。

允瓔側耳聽著，也沒聽到大門被關上的聲音，她忙閃身出來，果然大門沒關嚴實，還開著一條縫隙，而院子裡空蕩蕩的一個人也沒有。

機不可失！

允瓔立即拉門擠了出去，黑暗中也記不清路，只記得大概的方向，她迅速穿行在巷子裡，七拐八彎的，也不知道跑了多久，胸口開始隱隱作痛。

她跑得太急太快，呼吸急喘，這會兒有些撐不住了。

撐著膝蓋，允瓔不斷深呼吸，一邊還不忘警惕著周圍。

周圍都是差不多的房子，青瓦白牆，讓她有些迷糊，她不會又回到錢發的院子吧？可看看身處的位置，並不是死胡同，她才略略放心些。

等到稍稍緩過來一些，允瓔強撐著站起來。

她不能留在這兒，萬一錢發他們找過來，她可跑不動，而且她必須回去，這會兒都晚上了，烏承橋也不知道回去沒有，要是他回去看到船不見了，她也不見了，會怎麼想？

允瓔深深地吸口氣，抬頭看看天空，黑黑的夜，連月牙兒也沒有，沒辦法，她只好憑著感覺往前走。

這一次，幸運之神終於眷顧了她，她很順利地來到集市，雖然只來過幾次，不過，路倒是熟了。

允瓔一喜，拍了拍略有些悶痛的胸口，快步往埠頭跑去。

「你們是什麼人？」還沒到埠頭，前面居然傳來烏承橋的聲音。

允瓔一愣，以為自己幻聽，她立即停下來，左右看看，找到一處能藏人的矮牆，快速跑了過去。

「你們又是什麼人？」錢發懷疑的聲音。

「你是什麼人？為什麼會在我家的船上？」烏承橋的聲音漸冷。

真的是他！

允瓔心頭狂喜，她下意識就要站起來，可一瞬間，又冷靜了下來。

錢發他們人多，烏承橋為了護她，肯定會起衝突，他身上還有傷，和錢發等人對上，必定會吃虧。

想到這兒，允瓔縮了回去，躲在矮牆後面關注著那邊的動靜。

「你家的船？」錢發有些意外。

「沒錯，你們是誰？為什麼會在我家的船上？你們把我家娘子怎麼了？」烏承橋一句接著一句問道，他的聲音裡透著冷意和擔心。

他原想著回去給英娘一個驚喜，想著今晚要怎麼安慰她，可沒想到回到苕溪灣時，竟沒有看到船，問遍了所有人，也只有幾位大嬸說起在今早打水時看過她。

這一等，直到天全黑下來，也沒見她回去，烏承橋坐不住了，便拜託田娃兒陪他出來。他記得她畫的設計圖，便試著到這邊來找找，看她是不是來置辦東西了？沒想到，遠遠地便看到自家的船在這兒，而船上竟站著幾個陌生人，她卻不見蹤影，他頓時急了。

「喔，既然是你家的船……那就沒事了。」錢發略略一頓，笑著說道：「你家的小娘子之前曾在我那兒換過、買過糧，今天她也在我這兒買了糧，約好要送貨過來，可我們來的時候，這兒一直沒人，這不，好歹也是見過幾次面的，我便讓人守在這兒，可沒想到……」

「什麼?!」烏承橋大驚。「她人呢？」

「我也不知。」錢發搖頭，說話極是和氣。「喔，對了，之前她跟我打聽過工匠，我還和她說了木匠和鐵匠的住址，你們不妨去他們那兒打聽打聽。」

「多謝。」烏承橋立即說道。

「既然你們都來了，這船也不會有什麼事，我們就先回去了。」錢發笑呵呵的，一團和氣。

聽得允瓔直皺眉，這表裡不一的衣冠禽獸！

錢發等人的腳步聲從她身邊經過，她聽到有個人小聲問道：「老爺，就這樣算了？」

「沒看到他們人比我們多嗎？真要鬧開了，我們也撈不到什麼好處。」錢發壓低了聲音。

「都給我放機靈點，回去路上把招子放亮點，看到人直接打昏了帶回去……」

聲音漸漸遠去。

第三十六章

允瓔躲在矮牆後面，耐著性子等錢發等人消失在集市另一邊的拐角處，她才心急地跳了出來，急急跑向埠頭。

「英娘！」烏承橋第一眼就認出她，大聲喊了一句。

「噓！」允瓔擔心錢發等人沒走遠，聽到動靜會回來找他們麻煩，忙朝烏承橋做了個手勢，才急匆匆地跳上船，七手八腳地去扯船繩。「快走！」

烏承橋看得奇怪，一伸手抓住了允瓔的手，問道：「英娘，妳去哪兒了？出什麼事了？」

「回去再說，快離開這兒！」允瓔一手揮開烏承橋的手，繼續解船繩，也不知道是她太緊張還是夜裡太黑看不清楚，怎麼解也解不好，一著急，一邊抬頭看著集市方向，一邊轉身去尋了菜刀，一刀宰在那繩子上。

船繩斷開，烏承橋等人也看得目瞪口呆。

「我看，我們還是先回去吧，邊走邊說。」田娃兒見烏承橋只皺著眉不說話，忙打圓場。

「是呀，快四更了，我們先回去，有什麼事慢慢說。」跟著一起出來尋人的阿康等人也紛紛附和。

允瓔這時才發現，來的並不只有烏承橋和田娃兒，除了他們，幾乎整個苕溪灣的年輕人都來了。

「對不起，辛苦大家了。」允瓔不好意思地看著眾人。「不過，我們必須先離開這兒，剛剛那個錢發可不是好人，萬一他回來就麻煩了。」

「他對妳做了什麼？」烏承橋眉頭鎖得更深，目光在允瓔身上細細檢查，見她衣衫有些凌亂，臉色越發沈了下來。

允瓔卻沒理會他，直接鑽過船艙，來到船尾處扶起搖槳，一邊還留意著集市那邊的動靜。

「烏兄弟，先回去再說吧。」田娃兒打量著兩人，見烏承橋這樣，忙緩和氣氛。

烏承橋這才點頭，撐起身子就要移回自己的船上。

允瓔見狀，只好停手，耐著性子等他過來。

眾人讓出路來，把允瓔的船護在中間，迅速離岸。

離開埠邊後，走在前面的船才挑起船頭的燈籠，眾人很有默契地排成幾隊，隔幾條船便點亮一盞燈，照亮周圍一片。

烏承橋緩緩地來到允瓔面前，坐在船尾處看著允瓔，低低地問：「英娘，他把妳怎麼樣了？」語氣中帶著隱約的肅殺。

「沒怎麼樣。」允瓔無端覺得煩躁。

昨天有事瞞著她，今早也不打個招呼就走，這會兒知道關心她了？

今天要不是她有空間可以藏身，她只怕已經被毀了，一想到那後果，允瓔冷汗濕透後背，心底的委屈和害怕一下子湧了上來。

「英娘……」烏承橋看到她的臉色瞬間蒼白，不由更擔心。

「對不起，我想一個人靜一靜。」允瓔脫口打斷他的話，語氣很是不耐。

她想家了，想她的爸爸、媽媽，從小到大，她就沒吃過什麼苦，沒受過什麼委屈，可是……不知不覺，她便紅了眼眶，無奈烏承橋就在面前，周圍還有那麼多的船家，她想放聲痛哭一場都不能。

烏承橋瞬間沈默，靜靜地看著允瓔，她的變化，自然全落在他眼裡，不過，他什麼也沒說，過了一會兒，才緩緩地移回船頭上，點燃了灶，倒上水，在那兒默默地燒水。

允瓔沒看他，她只是急著要回去，此時此刻，她只想躺下來，好好地睡一覺。

那迷藥的勁兒十分強勁，這會兒，她的眼皮子又想垂下來了。

幾乎是咬著牙才撐到苕溪灣，允瓔一停好船，也顧不得說什麼，直接回到船艙扯出被褥，倒頭便睡了過去。

「今晚麻煩各位了。」烏承橋一直關注著她，見狀，只好向田娃兒等人致歉。

田娃兒等人笑著擺手。「說什麼麻煩，這是我們應該做的，相信換了我們，烏兄弟一定也會這樣幫忙。」

烏承橋笑著拱拱手，這份情，他記下了，有朝一日，他一定百倍奉還。

眾人紛紛散去。

「烏兄弟，給。」田娃兒從他的船頭抱起一個大陶罐遞過來，笑著說道：「小娘子怕是受了驚嚇，你也別太心急，有話慢慢說。」

「謝謝田大哥。」烏承橋接過，感激地道謝。「我會的。」

「早些歇了吧，天都快亮了。」田娃兒拍拍烏承橋的肩，轉身回自己的船艙去。

烏承橋看看手中的陶罐，又轉頭看了看船艙裡熟睡的允瓔，不由輕輕一嘆。

這陶罐裡裝著邵父、邵母的遺骸，原本，他是怕她難過才留下她的，沒想到她今天卻險些出事，早知如此，他就應該一直帶著她。

烏承橋撫了撫陶罐，找了個地方把陶罐安置下來，取了木盆，兌了熱水，小心翼翼地回到船艙裡，坐在允瓔身邊，絞了布帕替她細細地淨臉擦身，脫去外面的衣衫。

她喜歡乾淨，幾乎天天都要洗澡，像今天這樣連鞋子都沒脫就睡，還真是第一次。

烏承橋伸手撫了撫允瓔的臉，看著她熟睡中依然緊鎖的眉，忍不住皺眉長嘆，那個錢發到底對她做了什麼？

可現在，允瓔沒法給他答案。

烏承橋忍住心頭的煩躁，略掀了被子，伸手脫去她的鞋襪，只見她白嫩的腳底，竟磨起了幾個水泡，他的目光頓時鎖住，心頭的狂躁更甚。

允瓔對這些事絲毫不知，她這一夜，一直在作夢，夢中，她迷失在四通八達又幾乎一模一樣的小巷子裡，到處是死胡同，又到處都是路，周圍沒有一個人，只剩下她不斷地奔跑，不斷地尋找著回家的路。

突然，她的腳被人抓住了似的，腳底傳來一陣刺痛，她不由驚叫，猛地坐了起來。

船一陣搖晃，烏承橋忙安撫道：「英娘，莫動，妳腳上的水泡需要處理呢。」

允瓔滿頭的汗，呼吸急促，恍惚中聽到烏承橋的話，才慢慢靜下心來，看清了自己此時的處境。

她才想起自己昨夜已經安然回來，而此時，烏承橋正握著她的一隻腳，手邊還擺著一碗搗爛的草藥。

「你……」允瓔張了張嘴，想說什麼卻又不知道該說什麼，看著他，就此頓住。

「這是王叔給的草藥，妳腳上起了水泡，得挑破了敷上藥才行。」烏承橋今天顯得十分溫柔，他微笑著朝她說了一句，便低下頭繼續給她敷藥。「會有點兒疼，忍忍。」

草藥敷上，涼意傳來，果然有些刺痛，可允瓔卻顧不得這些，看著他的側臉，無端的，她心裡一酸，有種想哭的衝動。

「怎麼了？很疼嗎？」烏承橋敷完藥，用布條纏好，一抬頭就看到允瓔淚汪汪的，不由一愣。

允瓔聽到這話，更是受不了了，想也不想就撲進他懷裡，緊緊抱著他痛哭起來。

「英娘……」烏承橋無奈地嘆氣，伸手圈住她，輕輕地拍著，吻隨意地落在她額上，低語道：「對不起，我不該留下妳一個人的。」

「我想回家……」允瓔抽泣著，她想回家，回自己的家，可是，她還回得去嗎？

「別怕，我們已經在家了。」烏承橋哪裡知道允瓔話中那麼深的意思，他還以為她昨天受了極大的驚嚇，心心念念想著回家。「別怕，我在這兒。」

「烏兄弟，大妹子。」外面響起陳四家的聲音。

允瓔只顧埋頭痛哭，沒聽到。

烏承橋回頭，剛才他給允瓔清理傷口，挪來挪去的，這邊的布簾也沒放下，一回頭就看到田娃兒和陳四家的站在那邊的船頭上，陳四家的手裡還端著個木盤，不用說，她又給他們送吃的來了。

烏承橋看看懷裡的允瓔，還好，昨夜他只脫了她的外衣，身上的單衣還在。

「烏兄弟，我做了些饅頭，你們一會兒趁熱吃了。」陳四家的什麼也沒說，把木盤放到這邊的船頭上，朝烏承橋笑了笑。

「多謝陳嫂子，又麻煩妳了。」烏承橋客氣地道謝。

「小事。」陳四家的難得沒有八卦，揮揮手便回去了，走的時候還不忘拽走田娃兒。

「英娘……」烏承橋輕拍著允瓔的背，等她稍稍平復些，才低聲說道：「莫哭，以後，我再也不讓妳一個人了。」

允瓔這會兒也緩過來不少，只是，從來沒有在人前這樣哭過的她，覺得有些丟臉，便乾脆埋在他懷裡不肯抬頭。

「英娘……」烏承橋低頭看著她，突然想起那天她說的話，她說……「瓔兒，我有件事想告訴妳。」

瓔兒？緩過神來的允瓔不由一愣，他怎麼突然……允瓔抬頭，雙眼紅腫地看著他，他知道什麼了？

「我找到岳父岳母了。」烏承橋怕她聽到這個消息會受不了，抬手捧住她的臉，用最柔的聲音告訴她這個殘忍的消息。

岳父岳母？

誰啊？

允瓔一時沒反應過來，看著烏承橋傻愣愣地想著。

短暫的失控之後，允瓔很快就恢復過來，同時，她也反應過來烏承橋說的岳父岳母是誰。

「你……找到他們了？他們在哪兒？」允瓔又是吃驚又是忐忑。

「瓔兒，別難過，岳父岳母……他們……」烏承橋有些擔心地看著她，鬆開了手，攬著她的肩，一手指向船頭的陶罐。「在那兒。」

允瓔心裡緊張，強裝鎮定地看向船頭。

「哪兒呢？」

「那天，阿康兄弟說起柯家曾打撈起一對老人，我疑心是岳父岳母，便拜託田大哥他們幫忙，昨兒一早就去了那義莊，我怕妳傷心，才想著讓妳留在家裡……」烏承橋解釋道。

「岳父岳母過世也有段日子，屍身無法……我們只好用了這個辦法，這幾日要是天色好，就安排岳父岳母入土為安。」

過世……允瓔騰地心頭一鬆，可同時，又忍不住難過，說起來，邵家一家人也都是可憐人，而且，要是沒有他們家出事，她可能也遇不到烏承橋……

等等，她不是想回家的嗎？

這會兒為什麼又慶幸起能遇到烏承橋了？

允瓔抬眸看了看烏承橋，見他正目光灼灼地看著她，心裡一亂，想起自己剛剛還不顧形象地撲在他懷裡哭，臉上頓時燒了起來，立即低頭避開他的目光。

「我要換衣服，你先出去。」

「妳當心些。」烏承橋指了指她的腳，倒是沒想太多。

他挪到船板上，還體貼地給她掩上布簾。

允瓔沒有耽擱太久，尋了一套素淨的衣服換上，撩開了布簾。

烏承橋已經把陳四家的送來的白粥小菜和饅頭熱好了。

允瓔坐了過去，吃著早飯，邊主動交代了昨天的事情。

烏承橋安靜地聽著，臉沈如水。

「那錢發，必定不是頭一次做這樣的事，而且他身邊人多，昨晚我真怕你們跟他對上，會吃虧。」允瓔看到他的臉色有些小小不安，忙解釋道。「以後那地方再不去了。」

「嗯。」烏承橋點頭，挾了一筷子小菜到她碗裡，很淡然地說道：「等我們安置好岳父岳母，就回碼頭去。」

錢發……等他傷好，必定要討回她今日受的委屈！

吃過了飯，烏承橋堅持趕了允瓔回船艙睡覺，自己收拾了碗筷。

允瓔回到船艙躺著，昨天經歷的事讓她很疲憊，沒一會兒就睡了過去。

再醒來，又是新的一天，她的精神也恢復了不少。

一起來，她看到自家的船停在山腳下，而陳四家的正提著兩桶水站在船邊往上遞。

「陳嫂子，多謝。」烏承橋帶著歉意地道謝，這兩天，真麻煩他們太多事了。

「說什麼話，大家都是鄰居，有事互相幫忙是應該的。」陳四家的白了烏承橋一眼，問道：「大妹子好些了沒？」

「應該好多了。」烏承橋也不確定，提了水放在船板上，回頭看了一下，正好看到允瓔出來，忙關心道：「瓔兒，可有覺得哪兒不舒服？」

「我沒事了啦。」允瓔搖頭，朝兩人笑了笑。「謝謝陳嫂子關心。」

「你又來了，你們兩口子能不能別把謝字掛嘴上？我聽得好不自在。」陳四家的見允瓔紅腫的眼睛，不由看了看那個陶罐，心裡一嘆，故意玩笑道：「下次再說謝，我可真不理你們倆了。」

「好，不言謝。」允瓔微微一笑，心裡暖暖的。

「行了，妳快洗洗，我再去給你們提水，還有大妹子，把妳家的恭桶提出來。」陳四家的揮著手，豪爽地說道。

「這怎麼行。」允瓔有些不好意思。

「怎麼不行了？」陳四家的又瞪了她一眼。「趕緊，別跟我廢話。」

「那……好吧。」允瓔看看自己的腳，沒辦法，只好點頭。

陳四家的忙來忙去，幫允瓔取了清水、清洗恭桶、拾了柴，還幫著洗了衣服，才搭了允瓔的船回家去了。

允瓔被烏承橋禁在船上，不讓她走路，不讓她做事，更別提她要下船提水做事了，挑水之類的事，由陳四家的主動攬下，而烏承橋則包攬了家務，做飯、燒水，照顧允瓔。

允瓔每每看到他做事的樣子，感嘆不已，如今的他做起這些家務事來，與當初簡直判若兩人。

第三天，風和日麗，一大早，戚叔就搖著船過來了，後面還跟著阿康幾人，田娃兒聽到動靜也從船艙裡出來湊到了這邊。

「烏兄弟，可商量好這後事怎麼辦沒？」戚叔微笑著問。

允瓔正坐在船頭洗漱，聽到這話回頭看了看烏承橋，這兩天也沒聽他提起後事呀，事實上，自大前天他告訴她帶回了邵父邵母後，就沒再提這件事，而她也隻字未問，更沒把這事放在心上。

直到這會兒，允瓔才覺得自己這反應似乎有些過分了，她如今是邵英娘，自己的雙親遺骸被帶回來，身為女兒……

允瓔看看烏承橋，又看了看一直放在那兒的陶罐，一時怔忡，不知道該怎麼表現才不讓人起疑心。

烏承橋帶著歉意的目光看著允瓔。「瓔兒，對不起，我看妳這兩天心情不好，也沒和妳說這事，岳父岳母的後事，我託了戚叔，想把他們安葬在那山上，妳看，可好？」

他是顧忌到她的心情才沒問的？

允瓔有些慚愧，垂眸沈吟片刻，說道：「謝謝你……這事，你看著辦吧。」

「好。」烏承橋點頭，安撫地朝她笑了笑。「妳的腳也不能走路，一會兒我請戚叔他們幫忙，我去處理，妳在家歇著。」

「不行，你的傷不能動，我去。」允瓔哪裡肯，身為女兒的她，只因腳底那點水泡就不去送殯，反讓傷了腿的他去，未免太說不過去了，便是別人不說，她這心裡也過意不去。既然頂了人家的軀殼，那麼，就讓她為原主盡一份心吧。允瓔有了決定，她要以邵英娘的身分為二老送行。

「妳的腳還沒好呢。」烏承橋不同意她去。

「我這才多大點事？有你的嚴重嗎？」允瓔撇嘴，帶著幾分傷感。「而且，這是我最後一次……我想送送他們。」

「……好吧。」烏承橋凝望著她，嘆氣。

「麻煩戚叔了。」允瓔站起來，她腳上的水泡還有些疼，但也不是不能忍，走慢些就是了。

「沒什麼的。」戚叔擺擺手。「烏兄弟、小娘子，節哀順變，人死不能復生，如今你們能做的，也是早些讓二老入土為安，以後好好過日子，相信你們的爹娘地下有知，也會高興的。」

「謝謝戚叔，我們明白的。」烏承橋拱手。

允瓔也是微微彎了彎腰，向眾人答謝。

「那就今天吧，擇日不如撞日。」戚叔抬頭看看天空，說道。

「好。」允瓔立即點頭，這事早處理早了。

「那，大夥兒都去準備準備。」戚叔大手一揮，阿康等人立即應聲，紛紛回去尋找工具。

第三十七章

戚叔等人很快就回來了，各自帶了鋤頭、鏟子之類的工具，還帶了一小塊釘好的木板，戚叔手裡還提著一個裝了十幾顆雞蛋的籃子。

烏承橋的腿傷不能隨意動彈，被允瓔堅持留在山下；而她自己抱著陶罐跟在戚叔後面，田娃兒等人也來幫忙，扛著工具走在後面。

戚叔提著那籃子，東張西望地走在最前面，來到半山腰，他拿出一顆雞蛋，對著陶罐嘀嘀咕咕地說了幾句，又把雞蛋扔了出去。

「戚叔，您這是？」允瓔奇怪地問。

更奇怪的是，雞蛋扔到地上，居然沒碎？

允瓔連連眨眼。

「這是古法，蛋碎葬，蛋不碎不能葬。」戚叔走過去，撿起那顆完好無損的雞蛋。

「走，去前面看看。」

「還能這樣？」允瓔這可真是第一次見識，抱著陶罐緊緊跟在戚叔身邊。

「小嫂子，妳不知道了吧？」阿康幾個之前都跟著田娃兒一起去送過貨，和允瓔也比較熟，聽到她的話便笑道：「我們這兒有老人過世，都是這樣選墳地的，喏，剛剛戚叔不是對著妳爹娘說了幾句話嗎？那就是讓二老自己選地方呢。」

聽他們說的，允瓔低頭看看懷裡的陶罐，縮了縮脖子，心裡嘀咕道：大叔大嬸，我可不是有意要搶你們家女兒身體的，這事我也是被逼的，您二老可別怪我喔，我也不想的。

戚叔走走停停，連續扔了五次雞蛋，雞蛋都奇怪地完好無損，允瓔看得汗毛都豎起來，那種東西真的存在？

她抬頭看看天，雖然天上的雲擋去了日頭，可好歹也是大白天呀。

「啪——」的一聲，戚叔停下來，說道：「就是這兒了。」

允瓔回頭，第一眼就是去看那個被扔了五次還沒碎的雞蛋，此時，已經碎成了蛋糊。

「這兒不錯，後壁直，坐北朝南，是個好地方，就這兒了。」戚叔很滿意這兒的位置，連聲讚道，邊指揮眾人行動。「來，把邊上的草清一清。」

田娃兒等人馬上行動，清草的清草，挖坑的挖抗。

戚叔則提著籃子四下裡轉悠了起來，邊轉邊唸唸有詞。

允瓔什麼也不懂，又抱著陶罐，只好站在一邊靜靜地等，戚叔的神神叨叨，讓她心裡小小地發毛。

以前，她是個無神論者，從不相信這個世間有那種東西存在，便是和閨密們看鬼片，她也從不害怕，可現在自己無緣無故來到這兒，遇到的事情便足夠顛覆她的認知。

「好了。」沒多久，在田娃兒幾人的努力下，一個圓圓的大坑便挖好了，田娃兒提醒了一句，戚叔飛快地走過來。

允瓔收起有些亂的思緒，懷著一顆敬畏的心把陶罐放在木板上，阿康幾人站在坑裡，小心翼翼地接過木板，安置在坑底。
隨著戚叔的口令響起，黃土飛揚，漸漸地填平了坑，沒一會兒，一個尖尖的小黃土包便出現在眾人面前，戚叔在小黃包面前壘起幾塊石頭，插上一根樹枝，在上面放上兩顆雞蛋。
「好了。」做完這些，戚叔才拍拍手站起來。「走，回去。」
允瓔跪在小黃土包前，結結實實地磕了三個頭，在心裡默默地說道：大叔大嬸，安息吧，我好好照顧你們女兒的這副身體，連她的那一份，好好地活下去。
從山上下來，烏承橋還坐在船頭翹首相望。
「辛苦戚叔，辛苦各位兄弟。」等他們到了山腳，烏承橋很鄭重地向戚叔幾人拱手道謝。
「沒啥。」戚叔笑著揮揮手，帶著眾人先離開了。
「來。」烏承橋朝著還站在船邊的允瓔伸出了手。
允瓔看看他，有些猶豫，有些小小的彆扭。
「怎麼了？」烏承橋有些納悶，伸著手等待。「快上來，妳的腳還沒好，今天走這麼多路，別又磨破了。」
允瓔看著那雙手，骨節分明，依然那樣白淨，不由想起他可能的身分，想起他的三緘其口，心裡又微微有些失落。
「瓔兒，妳怎麼了？」烏承橋沒有多想，他只以為她是因為剛剛安置了邵父邵母，心裡難過。

「沒事。」允瓔輕輕搖頭，無視他伸出的手，自己爬上船板，坐在船頭，腳垂在船舷外，低頭查看著鞋底，走了這麼些山路，鞋底沾了不少泥。

「過來。」烏承橋皺眉，她這是還在生他的氣？

允瓔聽到這句近乎命令的話，有些驚訝地側頭，他從沒來沒用這樣的語氣跟她說過話。

「過來。」烏承橋放軟了語氣，看著她。「腳上的水泡還沒好，今天又走路，讓我看看是不是磨破了皮？」

允瓔不以為然，自己坐在那兒脫去鞋襪，看了看腳底。

王叔的草藥還是很管用的，之前起水泡的地方已經消了下去，今天這一番走，也只是破了一、兩處，並不是什麼了不得的大事，過幾天自然就好了。

「瓔兒，妳還在生我的氣？」烏承橋見狀，嘆著氣問道。「我那天不是故意不帶妳去的。」

還知道她生氣？允瓔撇嘴，只不過她生氣的，可不是他把她留在家裡的事。

「瓔兒，妳我夫妻，有什麼不開心的事，都可以說不是？」烏承橋耐著性子哄道。「我哪兒做得不好，妳可以告訴我，別生悶氣，好不好？」

「每個人都有想說的、不想說的，就算是夫妻，不也一樣？」允瓔聽到這兒，忍不住淡淡地反駁一句。既然夫妻可以無話不說，那他呢？問他幾次，他都是迴避又是為哪樁？是她不夠格與他一起分擔嗎？

一想到他的迴避，心底的鬱悶滋長出來，允瓔沒有回頭，盤腳坐在船板上，拿著鞋子彎腰去搆溪水，鞋底的泥還是洗洗吧，免得她忘記了穿著進船艙，還得費力去清洗船艙。

烏承橋沈默地看著允瓔，心情複雜，這會兒，他哪裡還不明白她生的是什麼氣，可是，他的事……

夫妻……烏承橋從來沒像這一刻這樣認真地想他和允瓔的關係，在他心裡，已經實實在在地接受了現在的日子，接受了她是他的妻的事實，如果說，當初和她成親是因為他的萬念俱灰，是因為她的大膽，而現在，他卻是期待和她在一起的每一天、每一刻……

允瓔洗好了鞋子，見他沒再說話，也沒理會他，直接拿起竹竿，撐著船回去。

天空，雲層慢慢起了變化，船行到中間，已然落下幾滴小雨滴。

允瓔抬頭看了看天，嘆氣，又下雨，她還想找人改造她的船頭呢，看來又要耽擱了。

回到了老位置，雨已經淅淅瀝瀝地下了起來。

苕溪灣籠罩在雨中，允瓔坐在外艙，慢慢地洗著衣服，看著外面細雨飄搖，連心情也是濕漉漉的。

「瓔兒。」烏承橋躺在船艙裡，雙手枕在腦後，看著允瓔低低地開口。

「幹麼？」允瓔的手頓了頓，微微側頭睨了他一眼。

烏承橋一動不動，只是看著她，輕聲問：「想聽故事嗎？」

允瓔一愣，有些驚訝，這一次，她正眼看向烏承橋。

「妳猜得沒錯，我不叫烏承橋，我的本名……」烏承橋緩緩說道。「叫喬承塢，那天妳遇到的喬家二公子，叫喬承軒，是我……同父異母的弟弟。」

允瓔放慢洗衣服的動作，支著耳朵聽著他說的一字一句，他終於願意告訴她了！

「我八歲的時候，喬承軒五歲，那天，他跟著他娘來到我家，我娘抑鬱在心，一病不起，就這樣走了，過沒半年，老頭子就把那女人扶正，成了喬家二夫人。」烏承橋看著艙頂，似乎又看到了那個與今天一樣細雨飄搖的下午，語氣淡淡的彷彿在說別人的故事。

允瓔一直沒打斷烏承橋的話，默默地聽著，之前心裡的那點生氣和鬱悶頓時拋在腦後，心裡剩下的只有對他滿滿的心疼，原來，他這麼多年竟是這樣過來的。

烏承橋八歲時，喬老爺帶回一個女人和一個小他三歲的男孩，那個女人就是現在的喬二夫人，那男孩自然就是喬二公子，喬承軒。

喬二夫人掌了權，她極會做人，對烏承橋這個原配所生的嫡長子幾乎有求必應，大把大把的銀子都肯砸在他身上，請最好的西席和武師來教烏承橋，反倒對自己親生的喬承軒十分嚴格，把他送到學堂。

烏承橋拚命地學文習武，只為能讓喬老爺關注到他，可是喬老爺醉心生意，見二夫人如此，更是把家都交給她處理，平日，烏承橋也難得見到他幾次。

漸漸地，烏承橋有些自暴自棄，加上他結識的那些公子哥兒時不時地邀約，他的心思開始轉移到吃喝玩樂上，每日裡和他們賽馬賽鳥賽犬，要麼就是喝茶喝酒逛花街。

有一天，烏承橋遊玩回來，經過喬承軒的院子裡，意外地聽到了喬承軒和喬二夫人的爭執。

「她問他說，一個紈袴，一個才子，哪個更能得到老爺的歡心？」烏承橋帶著一絲自嘲的笑，說道。「我那時才知道，她那麼大方的目的是什麼。」

捧殺！允瓔心疼地看著他。原來，他並不是想像中風光無限的大家公子，他這些年獨自走過的路，比她想像的要艱辛很多很多。

烏承橋語氣平淡，繼續說了下去。

自那天後，他便破罐子破摔，乾脆就順著喬二夫人的安排，天天和那些朋友鬼混，一擲千金，一混就是這麼多年，直到有一天，有人告訴他，他爹死了，他趕回去的時候，卻連出殯都沒趕上……

烏承橋的語氣帶著絲絲悔意，顯然，他很在意這件事。

「也就在那天，我大醉一場，回去的時候，我看到他們在糧袋裡裝泥土，我一時衝動，想要上去問個清楚，沒想到反被他們關了起來。」烏承橋說到這兒，語氣才有些波動。「第三天夜裡，糧倉起了大火，數萬石糧食燒成了灰燼，第五天，我被帶到了宗祠，他們……呵呵，什麼都沒說，就把我從宗譜上除了名……」

「為什麼？」允瓔皺起了眉，直覺這是場陰謀。

「我也想知道為什麼，之前一直想不通，可最近我有些明白了。」烏承橋嘆了口氣，緩緩坐起來。「因為我擋了他們的路……」

「所以，你就離開喬家，到了這邊嗎？」允瓔輕聲問道。

烏承橋沈默了一會兒，才緩緩點頭。他當然不是直接來這邊的，被趕出來時，是深夜，走投無路之下，他去尋了以前天天混一起的朋友，可是他卻一個也沒見著，無論是曾經的朋友還是以前捧場過的姑娘們，一個也不曾見著，各種各樣的藉口，各種各樣的搪塞……

可這些，他不想說。

「有錢人家，家大業大，齷齪事也多。」允瓔嘆了口氣。「還是我們好，一生一世一雙人，只要日子過得下去，無災無難，無風無浪的，就知足了。」

「瓔兒，對不起，要不是我，岳父岳母也不會出事。」烏承橋愧疚地看著允瓔，頭一次，把話說得這樣直白。

「這也不能怪你。」允瓔搖搖頭。之前她還想不明白他一個大家公子為什麼要隱姓埋名娶她這個船家女，現在，各種疑問卻是一通百通了。

「妳放心，有朝一日，我必向他們討還一切，包括岳父岳母的仇。」烏承橋鄭重地說道。

「你會怎麼做？」

允瓔也說不出讓他別去報仇的話，被人欺到這樣的地步，家沒了，錢沒了，還險些連命也沒了，若是換成她，她也嚥不下這口氣，可是，她心裡卻有些小小的失落，有朝一日，他真的能做到，他還會像現在這樣的想法嗎？

人總是會變的，有了錢，人變得更快。

她就不敢保證自己以後不會變。

「我還沒想好。」烏承橋緩緩地搖頭，朝允瓔淺淺地笑道：「不過妳放心，我會努力，等我腿好了，我就去做生意，賺錢養家，不會再讓妳這樣辛苦。」

「我相信你一定能做到。」允瓔點頭，笑道：「既然有心賺錢養家，那你就快些想個辦法，把這兒改造一下吧。」

允瓔怕他多想，轉移了話題。

「妳不怕嗎？」烏承橋卻直直地看著她。「跟我在一起，若是被喬家人發現，很有可能連妳也……」

「不讓他們發現不就好了。」允瓔撇嘴。「你別又想說那些撇開我的話，這一帶，誰不知道我是你烏承橋的娘子，你不想與我有瓜葛，那也只有讓光陰倒轉，回到不曾相遇時，要不然就算你休書一封，也抹不開這層關係。」

烏承橋有些意外，他定定地凝望著允瓔，許久許久，唇邊綻開一抹笑意。

允瓔被他看得不自在，這時才意識到自己說了什麼，她避開他的目光，撇嘴說道：「你這樣看我做什麼？我臉上難不成長了花了？」

「比花還美。」烏承橋展顏一笑，拋開了往事，問道：「妳想怎麼改？說來聽聽。」

「我畫給你看。」允瓔此時心裡的鬱鬱一清而空，對他的態度也是大變，他能把那些事告訴她，已表明她在他心裡占了一席之地，而她自己，不也是因為他闖進她心裡，才會各種糾結嗎？

喜歡就是喜歡，沒什麼不好意思的。允瓔想通了心事，面對烏承橋時突然覺得坦然，說話比以往更加自然。

「好。」烏承橋移了過去，坐在船艙口看著。

允瓔從灶中抽了樹枝，坐到邊上慢慢畫起來，一邊畫一邊解釋。「我們要開麵館，一個灶是不行的，最起碼一個要用來熬湯，一個煮水，最少還得有個備用的，以備有人想炒個小菜，這樣還得打兩個鐵罐子。」

「原來妳去找木匠、鐵匠就是為了這個。」烏承橋恍然大悟。

「是呀，找木匠打造木案臺，得大些，一層揉麵，一層放些調味料呀碗呀，這樣外面掛個布簾，看著也乾淨些。」允瓔點頭，想起遇到錢發的事，嘆了口氣。「誰知道那人那樣可惡。」

「木匠……阿明兄弟做得就不錯，可以找他試試，鐵匠麼，問問戚叔有沒有認識的。」烏承橋看著那畫，已有了大概的方向。

「阿明會木工？」允瓔驚訝地問。

「嗯，那次防颱風，他做得很不錯，我便問過他，他說曾學過一些。」烏承橋點頭。

「稍後我找田大哥確定一下。」

「噯，你以前不是說讓我離他遠一些的？還說，會救人的人未必是好人，你現在倒是一口一個田大哥喊得親熱。」

允瓔睨著他打趣道，她可沒忘記他以前說這句話時的鄭重。

「我說得沒錯啊，妳應該離他遠一些。」烏承橋卻笑道。「我是男的，兄弟相稱並不奇怪。」

「就你有理。」允瓔不由失笑，並不爭辯，反正她也沒打算和田娃兒走得多近，這個世間，男女有別，她還是知道的。

烏承橋看著她，微微一笑。

兩人對著船板上畫的圖討論了大半天，等到晌午，允瓔做好了飯，兩人簡單吃過，見田娃兒的船還沒回來，允瓔便先去找了戚叔。

第三十八章

戚叔一大早出了船，這會兒雖然一直下雨，卻沒有回來，家裡只有戚嬸在。

允瓔說明來意，倒是得到了些消息。

「妳放心，等他回來，我就和他說，讓他幫妳遞個信，韓鐵匠在家，明兒就能過來。」戚嬸笑著回應道。

「謝謝戚嬸。」允瓔忙道謝。

「沒什麼的。」戚嬸笑著拍拍允瓔的肩，搖了搖頭。

允瓔和戚嬸閒聊幾句，才告辭出來。順著原路返回船上，就在這時，恰巧看到有條船回來，遠遠地就跟她打招呼。「小嫂子。」

允瓔抬頭，不由驚喜，回來的正是阿明。

「阿明兄弟。」允瓔笑著停下，打招呼道。「我正要找你呢，你回來得正巧。」

「小嫂子，有啥事找我？」阿明驚訝地問，調轉船頭緩緩靠近允瓔這邊。

「聽說你會木工？」允瓔先確定道。

「學過一點點，小嫂子要打什麼家具嗎？我打得可不怎麼好呢。」阿明撓著頭不好意思地說道。

「不是家具，是木案臺。」允瓔忙笑道。「阿明兄弟這會兒可有空？到我家看看圖樣吧。」

「好嘞，我先停了船就來。」阿明一口應下。

「那好。」允瓔點頭，先回到自家船上。

黃昏時，依舊細雨濛濛，雨絲飄搖中，苕溪灣外出的船家們慢悠悠地回來，歌聲此起彼伏地響起，簡單卻不失豪邁。

允瓔微彎著腰站在烏承橋身邊，聽他跟阿明細說要修改的地方，他說得很細，除了之前她曾提到過的，他還考慮到遮陽擋雨、船隻平衡的問題，考慮之周到，讓允瓔頻頻側目。

「橋哥放心，我明兒就去準備木材，頂多五天，就能做好這些。」阿明認認真真地記下，帶著東西回去了。

「要五天呀……」允瓔有些不滿，這效率可不怎麼樣。

「五天也不算長。」烏承橋回頭，看到她的神情，不由失笑，抬手刮了她的鼻梁一下。「妳看著吧，訂製的鐵鍋估計也快不了，我們倒不如趁著這五天，好好準備一下，船要收拾一番，開麵館的食材也得多備一些，妳總不能就這樣空手上陣吧？」

那倒也是。允瓔點頭，目光在他身上打轉，真沒想到他能想得這樣周到。

「是了，那些糧呢？妳拿去賣了？」烏承橋好奇地問。

「是呢，賣了，反正我們也用不了那麼多不是？」允瓔一愣，隨即敷衍道。

他這一問，倒是給她從錢發那兒收的那些東西找到了藉口，她正愁那些東西見不了天日呢。

「委屈妳了。」烏承橋沒有多問。

「沒事。」允瓔笑笑，乘機避開。「我去做飯。」

烏承橋點頭，糧食的事就這樣揭過。

晚飯時，戚叔緩步而來，他剛剛到家聽說了允瓔找他的事，特意過來問個仔細。

允瓔把自己的想法細細說了一遍，聽得戚叔連連點頭。「沒問題，這事交給我，我明兒就去找他。」

「謝謝戚叔。」允瓔和烏承橋連連道謝。

「謝啥。」戚叔擺手笑道：「我就知道你們倆不是一般人，瞧瞧，我們在這一帶搖了一輩子的船，也沒想到你們這方法，這方法好，不只是碼頭那一帶能做買賣，別的地方也行。」

「成不成還不知道呢，只是個想法。」允瓔輕笑。她倒是不怕把這想法告訴戚叔，他是個講信義重情誼的人，絕不會因為這小小的營生便賣了他們。

「有想法就是好的。」戚叔鼓勵道：「我支持，你們放心，這事我一定幫你們辦得妥妥的。」

第二天早上，戚叔就把那位鐵匠帶了回來，又細細地問過允瓔的要求，戚叔又代允瓔把鐵匠送回去。

阿明也行動起來，帶著他家的兄弟們上山伐木。

允瓔和烏承橋也沒有閒著，兩人盤算著去鎮上置辦其餘的東西。

因為錢發的事，集上暫時不方便去了，又不想跑遠了，便只能去鎮上。

到了渡頭，船停在石階前，允瓔彎腰出了船艙準備下船。

「當心些。」烏承橋在後面擔心地叮囑，他的腿還不能動，便只能辛苦允瓔出去採買。

「知道了，很快回來。」允瓔回頭笑了笑，朝烏承橋揮手，快步上了臺階，來到石屋前，一錯身，她意外地看到牆上刻著「石陵渡」三個字。

原來這兒叫石陵渡，倒是挺符合的。

允瓔抬頭，隨意打量了一下石屋，除了這三個字，沒找到任何有關石陵渡由來的紀錄，她也不多耽擱，轉過身出了石屋，下了石階。

上一次，就是在這兒遇到喬家二公子，若不是她因為烏承橋，對喬家抱著一絲成見，她真的無法想像喬承軒那樣的雅公子會謀奪家產。

可一轉念，又想到烏承橋說的那番話。喬二夫人能和喬承軒說「紈袴和才子」這樣的話，而喬承軒這些年來都沒透露過一絲口風，如今坐上家主之位也顯得那樣自在，顯然也是個有心機的人。

想到喬承軒，允瓔抬頭看了看喬記倉的方向。

喬記倉的鋪門緊閉著，門前空無一人。

奇怪，大白天的不用開門做生意？

允瓔撇撇嘴，直接往雜貨鋪走去。

上次她來這兒簡單地看過，倒是記得看到過的店招。雜貨鋪裡的商品倒是齊全，她轉了幾圈，便購齊了大半東西。家裡的日用品、調味料、挑擔的簍筐、扁擔、大勺、筷子、勺子、菜刀、切菜板以及粗瓷碗盤，零零碎碎的裝了一筐。

為了能挑著走，允瓔讓夥計幫忙分裝進兩個筐中。她空間裡還有從錢發那兒收來的車子，可是，她的家是船，船上本來就沒多少空餘的地方，車子推回去又沒地方放，到時想再收回來，當著烏承橋的面就不方便了，那樣反成了累贅。

零碎東西收拾好，允瓔挑起擔子，向夥計打聽了菜市場的方位，慢步出了鋪子，晃悠悠地往菜市場走去。她沒挑過擔子，別看這擔子並沒裝滿，卻也讓她吃力得很，肩頭傳來隱隱的痛，讓她很無奈。

所幸，菜市場不遠，沒一會兒，她便到了菜市場附近。

「站住！」一聲嬌喝傳來，行人紛紛側目，允瓔也停下腳步，好奇地看了一眼。

只見，一蓬頭垢面的小子從人群中衝過來，邊跑邊高舉著手，手中還拿著一個錢袋，不時地揮舞著。

而他的後面，一位綠衣少女氣急敗壞地追著。

綠衣少女穿著勁裝，看起來似乎會些功夫，腳程也頗快，只是，她不及那小子靈活，在人群中左閃右閃的，很是狼狽，她不由氣急，停下邊喘息邊跳腳，一邊衝著小子的方向怒罵道：「給我站住！居然敢偷本姑娘的錢袋，被本姑娘抓到，你就死定了！」

那小子聽到，居然還停了下來，轉頭朝那綠衣少女示威般地揮揮手中的袋子。

而周圍的人卻只是圍觀，沒人上去幫忙攔截。

允瓔皺了皺眉，來到這兒後，見慣了苕溪灣船家們的熱情，此時看到眼前這些人的淡漠，她竟有些不習慣。

「死小子，你等著，別讓本姑娘抓到！」綠衣少女見狀，更加氣憤，連連跺了幾下腳，才繼續追來。

那小子也是氣人，朝綠衣少女扮了個鬼臉，轉頭撅了屁股扭了扭，才歡跳著繼續逃跑。

一個小偷，居然還這樣猖狂？

允瓔看不下去了，她看了看那小子離她的距離，又看了看自己的擔子，緩緩放了下來，抽出扁擔。

好巧不巧，那小子直直地往她這邊跑過來，眼見就要到她面前。

允瓔想也不想，直接橫了扁擔出去。

「哎喲！」那小子被絆個正著，整個人就跌了出去，撲倒在她的簍筐上，只聽一陣唏哩嘩啦，允瓔的一個筐被撲倒，裡面的碗盤跌了出來，碎了大半。

「喂！」允瓔頓時傻眼了，她只是路見不平，出扁擔相絆，可沒想讓自己……這下損失大了！允瓔也怒了，一扁擔抽出來頂在那小子的後背，罵道：「死小子，你沒長眼睛啊？賠我東西！」

「誰讓妳亂放了？」那小子掙扎著想要起來，可一動，後背被允瓔的扁擔頂著，他一時半會兒也爬不起來。

就這麼一會兒的耽擱，綠衣少女已經追上來，一把搶回小子手上的錢袋，接著便提起腳想往小子的頭上踹去。

那小子嚇得連忙抱頭。

允瓔也有些驚訝，不會吧，這一腳踹下去，未免……

不過，綠衣少女的腳抬到一步，猶豫著又放了下來，改為在小子的肩膀處踹了一下，憤憤地說道：「死小子，告訴你，要是少一個子兒，本姑娘……讓你吃牢飯！」

「我……我不敢了，真不敢了。」那小子抱著頭，一雙眼睛滴溜溜轉著，偷偷地翻著眼皮子瞄著允瓔。

允瓔站在一邊，留意到小子的小動作，不過，她見這綠衣少女一上來就想踹人家的頭，也有些擔心會鬧出人命來，所以，頂著小子的那根扁擔便鬆了力道。

綠衣少女直接站在大街上開始翻自己的錢袋，嘴裡還不依不饒地罵著。「小小年紀不學好，居然敢偷……」

就在這時，小子居然翻身一掀，打落允瓔手裡的扁擔，連爬帶跑地從前面圍觀人群的腿間鑽了出去。

「站住！本姑娘還沒說完呢！」綠衣少女見狀，立即收了手中的錢袋，朝允瓔笑了笑，什麼也沒說，直接推開人群追上去。

好戲散場，圍觀的眾人也紛紛散去。允瓔搖搖頭，彎腰拾起被打落的扁擔，看了看那些被打碎的碗盤，嘆了口氣，挑了那些沒碎的收拾好，重新挑起擔子，去菜市場挑了些食材，直到簍筐已經裝了八分滿，這才挑著擔子回去。

出了石屋，遠遠地就看到自己的船，允瓔想了想，在下最後的臺階時，移了兩袋麵粉到簍筐裡，頓時，簍筐一沈，她險些彎下腰去。

所幸，她早有準備，堪堪穩住了簍筐。

允瓔放下簍筐，揉了揉肩膀，重新挑起來，正要往下走，一抬頭，她看到了單子霈從她家的船艙裡鑽出來，令她不由一愣，停下了腳步。

單子霈今天並沒有穿護衛服，反倒穿得跟平常百姓一樣，灰衫灰褲，他一出船艙，便戴上斗笠，低著頭快步走過允瓔身邊，匆匆而去。

允瓔疑惑地盯著單子霈離去的方向，直到他混入人群，才回過頭挑了擔子回船上。

「回來了？」烏承橋挪出船艙，正好看到允瓔挑了擔子停在船邊，忙伸手。「給我。」

允瓔解了扁擔，提了一簍筐想遞上船板，卻沒能成功，以她的力氣只能提起簍筐，想要把筐送上船卻是極吃力。

烏承橋忙移過來，想彎腰去搆那個簍筐。

「你當心些。」允瓔忙阻攔，放下簍筐，把裡面的東西一件一件遞給他。「放到外艙擺著吧，一會兒我得清理一下。」

「好。」烏承橋點頭，接了那小袋麵粉轉身。

允瓔趁他轉身之際，把空間裡的碗盤取了出來。東西一樣一樣地傳送，烏承橋只管接了擺放，也沒半絲懷疑，沒多久，總算把東西全清了上去，允瓔想要取出來的東西，也差不多都過了烏承橋的手。

接著允瓔把簍筐一疊，遞上了船，自己跟著上去，坐在船頭，長長地呼出一口氣，手撫了撫有些隱痛的肩膀。

「累了吧？先喝碗水。」烏承橋的目光落在她肩上，溫柔地問。

「不累。」允瓔搖搖頭，停止了揉肩，把那兩個空著的簍筐掛在船艙外，細心地用繩子固定，確定不會掉落後，才滿意地拍拍手，很自然地問道：「我剛剛看到單子霈了，他來這兒做什麼？」

「他剛好來鎮上辦點事，過來打個招呼而已。」烏承橋微微一笑，並不意外她看到單子霈。「另外，他還帶了個消息給我，喬家出了點事，這一帶喬家的船都召回去了。」

「召回去了？」允瓔驚訝。「剛剛我看那邊的鋪子關著門呢，難道也召回去了？」如果是真的，那喬家這事出得可不小呢。

「有可能。」烏承橋笑著點頭。「看來我們暫時能有段清靜日子過了。」

「他們不召回去，難不成我們就過不了清靜日子了？」允瓔撇嘴。「東西都差不多了，我們回去吧。」

「好。」烏承橋點頭，目光掃過岸上喬記倉的方向，隨即，他正打算挪往後面的動作頓了頓。

「怎麼了？」允瓔有些驚訝，順著他的目光往那邊看去。

只見，石屋那邊出來十幾人，為首的是位四十多歲的錦衣男人，這十幾個人正腳步匆匆地走下石階。

「是柳老爺。」烏承橋隨意地回答了一句，解了允瓔的疑惑，便收回目光挪往船尾。

柳老爺？原來是他啊。

允瓔好奇地打量著柳老爺，那個差一點兒成了烏承橋老泰山的男人。

柳老爺身形瘦長，只是肚子微大，穿著寶藍色錦衣長衫，腰間扣著的寬寬腰帶正中，碩大的紅寶石正在陽光的照射下反射著光芒。

允瓔正看著，柳老爺身邊的四、五個下人已快步到下面，朝岸邊停泊的幾條船喊道：「喂，你們幾個，昭縣去不去？」

允瓔回過神，只見她家的船前面也停了一個人，正朝她問。

「不好意思，我們還有事，不擺渡。」允瓔沒有一絲猶豫，直接搖頭。

「我們去，我們去！」邊上有幾位船家一聽，紛紛靠了過來。

柳老爺也沒往這邊看，直接下來，上了最中間一條船，他神情凝重，似乎急著做什麼事去。

「真蠢，送上門的銀子不會賺。」被允瓔拒絕的下人翻了個白眼，罵了一句，轉身回到柳家下人堆中，分別上了船。

允瓔撇嘴，蠢就蠢吧，這年頭，身家安全最重要，不過，她有些好奇柳老爺這樣著急是為了什麼事？便站在船頭，看著那七條船緩緩離岸。

「快點快點！」有人在催促著，船隊的速度立即加速，沒一會兒，就消失在遠處的河道拐彎處。

「咗，急著去投胎呀。」允瓔不屑地嘀咕一句，轉身去解船繩。

烏承橋已經穩穩地坐在船尾，聽到允瓔說這句，不由淺笑。「興許，喬家真出了什麼大事，他身為喬家老泰山，豈能不去？」

允瓔解去船繩，用竹竿撐著石階推離岸邊，一邊瞥著烏承橋問道：「那柳家小姐，我可是見過的呢，雖然不算傾國傾城，卻也是難得的美人胚子，就這樣被你弟弟給搶了去，你甘心不？」

這可不是在刺激他，而是實實在在的好奇。

「她美不美，與我有什麼關係？」烏承橋有些意外，看了看她，忽然邪邪一笑。「她有我娘子美嗎？」

第三十九章

允瓔一愣，從來沒見他這樣笑，也沒聽他說過這樣的話，一時之間，她有些反應不過。

烏承橋忍不住笑，把著船槳緩緩調轉船頭。

真是……她美嗎？

允瓔眨眨眼，坐到船頭清洗碗盤的時候，情不自禁地停下，微微伸長脖子看了看水中倒影。

臉還是那張臉，不過氣色好了許多，頭髮也被她整理得齊整許多……可是看來看去，還是和美人相差太遠。

顯然，他這是打趣她啊？

允瓔朝著盆裡的水嘟了嘟嘴，嘴角卻不由自主地上揚。

烏承橋坐在船尾，緩緩搖動船槳，船慢慢推進，兩岸風景徐徐後退，他不經意地一抬眸，目光落在船頭的允瓔身上。

她就坐在那兒忙忙碌碌，盤子一個一個擱到腳邊，陽光中，她身影十分柔和，柔了他的眸，也柔了他的心。

沒錯，過去種種已如昨日死，而眼前的，才是最真實、最重要的，別人美不美，與他何干！

看著陽光中的允瓔，烏承橋不自覺地揚起唇角。

回到苕溪灣，允瓔直接讓烏承橋把船搖到山腳下，先去提滿了水，將空間裡也收拾一遍，她才鬆了口氣，回到船上。

自她來到這兒，他們還沒能好好地吃一頓，她決定今晚做一頓好吃的，就當是犒勞這段日子的辛苦。

允瓔拿出小灶開始忙碌。

這段時日的練習，她煮麵的手藝也越來越嫻熟。

沒一會兒，鍋裡的水沸了起來，均勻的麵條撒下鍋，在水中翻騰綻放，猶如盛開的花。

等到麵條熟了，允瓔用新買的竹漏勺舀起來，倒入大陶碗的冷水中，又往還在翻騰的麵湯裡扔了把洗好的小青菜，略燙了燙，便立即撈出來，才把鍋中的麵湯盛到另一個大陶罐裡。

接著，切了點豬油放入鍋中，再取出兩顆野鴨蛋開始煎荷包蛋。

那天撿的野鴨蛋一直在船艙裡放著，今天她倒是都拾掇了出來。

荷包蛋煎好後，允瓔又炒了肉末，加入些許泡好、切好的香菇末，加了調味料，慢慢地熬出肉燥香味。

做完這些，允瓔拿出兩個碗，把冷水裡的麵條分盛到碗裡，把荷包蛋都放到那碗麵條多的碗裡，再加入青菜，切了蔥花撒到麵條上面，等到鍋中的肉燥熬好，再舀了淋在上面。

允瓔聞了聞，滿滿的懷念，她最愛吃的乾麵。

許久沒做，味道似乎比以前還要香了。允瓔端著滿滿的麵條到了烏承橋面前。「來，試試味道，中午將就些，晚上給你做好吃的。」

「好。」烏承橋接過，卻不馬上吃，而是放到一邊。

「怎麼了？不好吃？」允瓔一愣，有些忐忑，她是覺得麵條好吃，可是他是喬家大公子，吃慣了美味佳餚，說不定真吃不慣這個。

允瓔十分不安，忘記了這段時日，烏承橋吃的都是什麼。

「怎麼會呢。」烏承橋笑著搖頭，伸手拉過允瓔。「先讓我看看妳的傷。」

「傷？我哪來的傷？」允瓔一愣，不明白他在說什麼。

「肩膀呀。」烏承橋無奈地搖頭。這會兒周圍極安靜，也沒什麼人，倒是不怕被人看見，他直接伸手拉開允瓔的衣襟。

允瓔沒來得及阻止，肩頭已經露出來，被擔子壓過的地方，果然紅了一片。

「都紅了。」烏承橋嘆氣，手指輕輕觸了觸她的肩膀，帶著心疼地責怪道：「怎麼不少買些？」

「沒事啦，過幾天就好了。」允瓔笑著推開他的手，拉上衣襟，端起他放下的那碗麵送到他面前。「快吃吧，涼了就更不好吃了。」

「等晚上，我幫妳揉揉。」烏承橋接了碗，注意力卻還在允瓔的肩上。

「不用啦，不碰還不疼，過幾天自然就好了。」允瓔連連搖頭。要揉她自己也會，哪用他……腦海裡浮現某個畫面，不由臉上一紅，轉身坐回小灶前吃她的麵條。

一頓飯吃下來，烏承橋盯著她的肩膀看了好幾次。

允瓔沒理他，這點傷根本就不算傷，她又不是嬌氣的大小姐，過幾天自然會好了。

吃過了麵，允瓔見烏承橋還在吃，便自顧自先洗了自己的碗筷，清理了鍋，把豬油切成塊放入鍋裡，加了少許水，蓋上鍋蓋，生火慢慢地熬，一邊收拾了那些食材過來，一樣一樣的切好配好擺在盤子裡。

烏承橋心不在焉，等到他發現麵條中的荷包蛋時，才猛然驚醒，有些遲疑地看著允瓔，剛剛，她確實沒吃荷包蛋吧？

允瓔一邊聽著鍋裡的動靜，一邊配著菜，一邊也在關注著他的舉動，這時見他挾著蛋傻愣著，不由抬頭問道：「怎麼了？這麵條就真的這樣難吃呀？」

「不是，很好吃。」烏承橋搖頭，忙說道：「妳方才……好像沒吃蛋？」

「就這個？」允瓔不由好笑，她確實沒吃呀，只是，他剛剛都在想什麼？居然現在才想到問這個。「我不喜歡吃，吃多了會胖的。」

「妳身體這樣虛弱，更應該多吃些。」烏承橋把蛋挾著往她這邊湊了湊。

「我不要吃。」允瓔避開，瞪著他說道：「你不會是嫌我做的不好吃，才這樣為難吧？」

「當然不是。」烏承橋見她誤會，連連搖頭。

「那你吃呀。」允瓔打斷他後面的話，有些霸氣地看著他。「這一碗麵，就看你吃得這樣痛苦，分明就是嫌我做得不好吃……」

「真沒有……」烏承橋還待解釋，便看到允瓔一臉不悅地瞪著他，他只好無奈地笑哄道：「好好好，我吃，我這就吃，方才是在想事情，真不是嫌妳做的麵不好吃，我家娘子的廚藝，可是眾所周知的，怎麼會難吃呢？」

說罷，大口大口地吞下荷包蛋。

這還差不多。允瓔撇嘴，轉回身偷笑。

烏承橋也看出她的意思，帶著笑解決了餘下的麵，再主動幫忙收拾，又幫著歸置允瓔買回來的東西……

當晚，待允瓔洗好澡，天已然很黑了，苕溪灣的船家們已經有不少歸艙休息。

「來。」烏承橋見允瓔撩開布簾，便挪了進來，他的手裡還多了一碗酒，這一進來，滿艙都是濃濃的酒味。

「我不喝酒的。」晚上烏承橋也喝了不少，允瓔以為他還要和她喝一碗，忙連連擺手。

「這是藥酒，方才王叔送來的。」烏承橋失笑，把碗放到船板上，自己坐進船艙，拉了允瓔到身邊，很索利地拉下她的衣襟，露出光潔凝滑的肩。「方才我問了王叔，他才送來的，用這藥酒揉傷，明兒就能好了。」

「不用呢，這揉得一身酒味，不舒服啦。」允瓔有些抗拒，既是抗拒酒味，也是抗拒他這樣親密的提議。

「酒味能洗，傷不能不治。」烏承橋卻不由分說，緊錮了允瓔在懷裡，一手已經沾了酒覆上她的肩。

他的手沾上肩膀的瞬間，似乎帶了某種魔力般，酥酥麻麻的感覺襲擊了允瓔。

短暫的微疼過後，她已分不清到底是他掌心的溫度，還是藥酒發揮了藥力，肩頭只感覺到他帶來的熱，伴隨著他的動作緩緩在她肩頭擴散，他的掌心慢慢地按揉旋轉，她的心卻一陣緊過一陣的悸動。

允瓔抬眸，看著他近在咫尺的俊顏，昏暗的燈光下，他認真而專注的神情泛著柔柔的光，吸引著她的目光。

此時此刻，他的憐惜、他的柔情，毫無保留地呈現在她面前，她心底某處存留的堅持也在這一轉念間分崩離析。

烏承橋感覺到允瓔的注目，不經意地抬眸，看到她眸中閃現的喜悅，看到她眸中流露的似水柔情，他展顏一笑，柔聲問道：「還疼嗎？」

「不疼。」允瓔的話如同囈語般，她直直盯著烏承橋，此刻，她的心竟是從未有過的踏實。

這個禍水一般的男人，是她的夫君。

不是別人的，也不是邵英娘的，而是她允瓔的夫君。

「相公……」允瓔心頭莫名一酸，不自覺地低喚出聲。

「嗯。」烏承橋輕輕地應，手掌一直未停，帶著笑看著她。「怎了？」

「我……是允瓔，不是英娘。」允瓔直直地看著他，曾經害怕的話輕鬆出口。

「傻瓔兒，不管妳是允瓔還是英娘，我只知道，妳是我的妻、我的娘子。」烏承橋雖然不明白她為什麼這樣堅持自己是允瓔不是邵英娘，卻也沒放在心上，抬起手在她鼻梁上輕輕一刮，笑著說道：「我的瓔兒。」

允瓔看著他，顯然，他並沒把她的話當真。

「好了，等明兒再揉幾次，這瘀青就能化開了。」烏承橋停了手，輕撫著她的肩，安撫地笑道：「不疼……」

允瓔沒注意到他說什麼，她陷在感動中，看著他一張一合的唇，她一時衝動，想也不想便湊了上去。

烏承橋一愣，低眸看著懷中的人，柔柔地笑了，雙臂一合，將允瓔攬得更緊，化被動為主動，奪取她的氣息。

允瓔的輕啄也在他這一合中反轉，下一刻，迷失在他的熱情中。

許久許久，烏承橋才依依不捨地鬆開她，拉過被子掩住兩人的身子，他衣衫半解，她卻是光潔一片，心底的渴望洶湧而來，他卻還是不捨就這樣委屈了她。他沒有給她盛大而風光的婚禮，但他們的洞房花燭夜，他想給她最完美的。

允瓔埋首在他懷裡，心跳如擂鼓。這樣的柔情不是第一次了，可從來沒有一次像現在這樣，讓她這般放鬆投入過，她很想主動些，讓他繼續下去，可一轉念，想到他腿上的傷，她什麼念頭也沒了，他的傷還得養，等他養好了傷……來日方長。

在烏承橋的擁抱中，允瓔閉上眼睛沈沈睡去。

清晨，苕溪灣獨有的熱鬧再起時，允瓔在烏承橋的懷裡醒來。

在他懷裡入眠，在他懷裡醒來，聽著他的心跳，聽著外面的熱鬧……真好！

允瓔嫣然一笑，輕輕抬頭看了看他，他還在睡，她更是放輕了動作，小心翼翼地搬開他橫在她腰間的手臂，輕輕柔柔地支起身子，想要撤離他的懷抱，想讓他多睡會兒。

可就在她成功脫離的一瞬，腰間一緊，整個人被一股力量拉回去。

允瓔無奈地笑，抬頭看著他黑黝的眸，柔柔地喊。「相公，該起來了。」

「嗯。」烏承橋應著，卻低下頭在她頸間蹭了蹭，哪有起來的意思？

「相公，一會兒阿明兄弟估計會過來呢。」允瓔輕聲提醒。她也不想打斷這溫情的一刻呀，可是現實不允許，這船兩頭空，只有布簾遮擋，實在沒什麼安全感可言。

「好……」烏承橋慵懶地應著，緊了緊雙臂，抱了她一會兒才輕輕鬆開她。

「相公，早上想吃什麼？」允瓔喜歡他這樣的依戀，此時，她就是那最幸福的小女人。突然間，她發現自己極喜歡「相公」這個充滿戲劇意味的稱呼，趴在他胸前，柔柔地喊、柔柔地問，心頭滿滿的甜意。

原來，放下那些不必要的顧忌，竟是這樣美妙、踏實。允瓔愛極了此時的感覺。

「妳做的，我都喜歡。」烏承橋凝望著她，他沒想到昨夜的藥酒竟有如此奇效，竟讓她變得柔情似水，早知如此，他就去向王叔多討要一些……呃，不對，要是她沒挑擔受傷，這藥酒也派不上用場啊。

這應該就是兩情繾綣吧？

他喜歡這樣的感覺，此時的她，眼中只有他，他亦如此，沒有紛爭，沒有勾心鬥角，只有彼此，真好！

「白粥鹹菜，你也喜歡？」允瓔帶著一絲玩笑，輕拍了他一下，邊說邊坐起來，被子滑下，她身上什麼也沒穿，這才想起自己的衣衫都被他……咳咳，貌似他也差不多，一抬頭，果然看到他大敞的衣襟還有帶笑的眸。她臉上一紅，嘟著嘴拉高被子，嘴角的笑意卻始終沒有落下。

「喜歡。」烏承橋隨手一抹，不知從哪裡變出她的肚兜，帶著笑意遞過來。

允瓔接過，嬌嗔地白了他一眼。「壞人。」

說罷，背過身去在被子底下摸摸索索地穿衣。

烏承橋低低地笑。「彼此彼此。」笑歸笑，手卻是伸了過來，準確地接過她手上的帶子，幫她繫起來，而他的吻也落在她後頸處。

「別鬧了，再不起就晚了。」允瓔身子一酥，縮著脖子轉身推著他。

烏承橋當然沒想鬧她，一伸手又尋到她的單衣，替她披了上去。

新的一天在兩人的柔情嬉戲中開始。

兩人洗漱好，允瓔便撐了船去了山腳，倒恭桶、提清水，收拾一切瑣事。

今天的天氣格外好，心情極好的允瓔看到什麼都覺得比平時要美。

帶著好心情熬了白粥、炒了小菜，兩人一起吃過，阿明才帶著他的兄弟扛了傢伙過來。

陳四家的也是早早地起來，收拾完家裡的事，也湊了過來，一看到允瓔，她便眼前一亮，把允瓔拉到一邊，眉開眼笑地打量一番，頗有深意地笑道：「大妹子今兒的氣色可不一般哪。」

「哪有不一般，還不是平時一樣。」允瓔一聽就知道被陳四家的看出了點什麼，臉上一紅。

「嫂子是過來人，有什麼不知道的？」陳四家的瞟了那邊船上的烏承橋一眼，湊到允瓔耳邊悄然說道：「這女人哪，就是需要滋潤，妳也不用害羞，嫂子懂的，只是提醒妳一句，別累著妳家男人，他的腿還得養著，要是累著了，以後成了瘸子，苦的是妳自己。」

「嫂子，說什麼呢！」允瓔之前還沒覺得什麼，被陳四家的這一提醒，頓時難為情起來，臉紅到脖子根。

「嫂子跟妳說的可是人生大事。」陳四家的見允瓔這神情，笑得合不攏嘴，繼續低聲傳授經驗。「不能累著他的辦法有的是，要不要嫂子教教妳？」

「不用……」允瓔險些落荒而逃。

「哈哈！」陳四家的看到把允瓔逗成這樣，不由開心大笑，引來烏承橋等人紛紛側目。

「陳嫂子笑什麼呢？這麼開心？」阿明等人好奇地問。

允瓔不由一陣緊張，這陳四家的這張嘴可沒個把門的呀，萬一要是胡說，她不得臊死？

陳四家的一雙杏眼一掃，看到允瓔一臉緊張，更樂了，前俯後仰地笑了一陣，才朝阿明等人揮揮手，應付了過去。「沒啥，和大妹子說玩笑呢。」

「好嫂子，快別笑了。」允瓔求饒地看著陳四家的，無奈地撇嘴。

「好好好，不逗妳，看妳臉皮薄的。」陳四家的這才饒過了她，帶著笑意打量她一番，語重心長地說道：「不過，大妹子，這事也小看不得，妳就容嫂子再多一句嘴。這男人呀，還得妳自己花心思攏住他的心才對，妳瞧瞧我們家陳四，不論走多遠，他都會乖乖回來，為啥？原因不外乎兩個，一，他想我做的飯，二，就是那個。」

「呃……」允瓔頓時無語，想起那天看到的，不由笑了。

第四十章

三天修整，阿明和鐵匠都完成了任務，在他們的幫助下，允瓔的船頭變成了小小的廚房，案板和灶臺分設兩邊，既不影響行船視線，又不破壞船隻平衡。

允瓔很滿意，取了之前喬承軒給的那些碎銀子付了鐵匠的工錢。

鐵匠自己雇船過來，也不用她送，領了錢，留下地址，讓允瓔有活兒只管找他，便告辭離開。

允瓔又央阿明給做了幾個鍋蓋，在船頭上方弄了個簡易的棚子，也取了二兩碎銀子付給阿明。

阿明卻死活不收。

烏承橋接了允瓔手中的碎銀子，拉著阿明把碎銀子塞到他手上，正色說道：「阿明兄弟，不可如此，你們也辛苦了這麼多天，如若不收，我們下次還如何開得了口請你們幫忙？」

「那……也用不了這麼多。」阿明捧著這二兩碎銀子，連連搖頭。「這幾天一日三餐都在你們家吃了，哪裡還能拿你們的銀子？而且，樹是山上的，我們不過是花些力氣，真不值這個錢。」

阿明的兄弟在邊上看看烏承橋，又看看阿明，目光落在那碎銀子上，猶豫了一下囁嚅地說道：「哥，這也是烏大哥的心意……」

「你知道什麼？」阿明瞪了他一眼。

「阿明兄弟，他說的沒錯，這是我們的心意，也是你們應該得的，你就別客氣了，要不然下次我家有個什麼事怎麼開得了口？」允瓔笑著附和。

「這哪行……」阿明有些著急。

「哥，就拿著吧。」阿明兄弟伸了手，取了一塊最小粒的晃了晃。「就這個夠了。」

阿明本欲責罵兄弟幾句，可一瞧自己手上餘下的四、五粒都比較大，便及時打住，臉上多了笑意。「沒錯，我們收下了，這些就收回去吧。」

說罷，也不等烏承橋說話，直接把這些碎銀子往烏承橋腿上一倒，帶著他兄弟飛快地走了。

「這……」烏承橋看著膝上的幾粒碎銀子，有些哭笑不得。若在以前，他打發一個叫花子也不止這點錢，可現在，他卻說不出讓阿明回來全帶走的話。

「我們一會兒就走吧，等明兒正式開始。」允瓔迫不及待，恨不得現在就開門營業。

「好。」烏承橋點頭，把膝上的碎銀子收起來，遞給允瓔。

允瓔也不客氣，大大方方接下，收拾了船頭，翻出一塊阿明留下的木板遞給烏承橋，指使道：「上面刻字吧，我去搖船。」

「刻什麼字？」烏承格接過，一時沒領會她的意思。

允瓔已經鑽過船艙，到了船尾，大聲說道：「麵館。」

「不取名嗎？」烏承橋有些驚訝，他在琢磨取個什麼名才好？

「就叫一間麵館。」允瓔隨口應道。

「一間……麵館？」烏承橋還以為自己幻聽，轉身問道。

一間麵館、一間客棧、一間酒樓……誰會用這個做名字啊？她是開玩笑的嗎？

「沒錯呀，又簡單又特別，還不用費神想，多好。」允瓔解了繩子，一邊控著船離岸，一邊笑著回答。「就這個吧，有空想名字還不如多費些心思想想還有什麼賺錢點子呢。」

「好吧。」烏承橋只好點頭，她高興就好，一間麵館就一間麵館，帶著笑意，他動手在木板上刻字。

船離了水灣，在路上遇到相熟的人，允瓔向他們打招呼，一邊交代去處，讓他們代她向戚叔轉達，一路收穫無數善意的祝福。

黃昏時分，他們重新來到黑陵渡。

這次允瓔學乖了，沒有輕易接近碼頭，而是看了又看之後，確定沒在碼頭上看到喬家的人，她才緩緩搖過去，停到上次焦山所說的對岸岸邊。

這個時辰，岸邊並沒有空閒停泊的船隻，黑陵渡這邊碼頭還站了不少等著過渡的人，看到允瓔的船過來，紛紛側目。

「欸，你看他們，是不是要過渡？」允瓔有些心動，如今這當口，任何能賺錢的法子也不能放過。

「應該是。」烏承橋抬頭看了看，應了一句，他卻沒怎麼在意，低頭吹了吹木板上的木屑。「我們這條船也不適合渡人，之前或許還能載幾個，可現在也就只能站個兩、三人，何必麻煩？」

「也是。」允瓔看看自家船頭，前船擱了各種食材，船頭已經放了案板和灶，滿滿的確實站不了幾個人。

此時，天色漸暗，碼頭邊擺渡的船卻一條也沒有，眼見岸上的人等得有些焦急，允瓔靈光一閃，搖著船就往那邊靠。

「妳要送他們？」烏承橋抬頭，驚訝地問。

「不啊，我只是想過去問問他們餓了沒有。」允瓔俏皮一笑，眼下，可不就是個機會？「你來這邊。」

「好。」烏承橋點頭，木板上的店招已經刻好，正好換他去搖船，讓她來做飯。

兩人交換位置，允瓔索利地來到船頭，先生火點灶燒水，才拿起木板在船頭找了個合適的地方掛上去。

船離碼頭越來越近，岸上那些等得焦急的路人看到有船，更是翹首相望，看到允瓔掛牌子，他們當然也看到了，這一瞧，有人驚訝地說道：「一間麵館？這是什麼稀奇名字？」

「小娘子，妳說的麵館在哪兒啊？」也有膽大的直接問道。

「牌子掛在這兒，自然說的就是這兒啦。」允瓔笑著回答。「幾位是要過渡吧？」

「是呀，小娘子的船可接渡？」有人忙接話問道。

「不好意思，我這船是開麵館的，賣的是吃食，這渡人麼，只怕也站不下幾個。」允瓔微笑著搖頭，一邊不忘接生意。「這會兒都到飯點了，幾位辛苦等待，想必肚子也餓了，不如來一碗熱湯麵，填一下肚子，也祛祛涼意。」

「小娘子倒是會做買賣。」也有那感興趣的人好奇地問道：「不知都有什麼麵？怎麼個賣法？」

「陽春麵，三文一小碗，五文一大碗；熱湯肉絲麵、三鮮麵，五文一小碗，八文一大碗；還有炸醬麵、素涼麵，八文一小碗，十文一大碗。」允瓔一張口便報了個價。

這幾種其實都差不多簡單，允瓔這幾天試了又試，才選定菜單的，連烏承橋都還是頭一次聽說。

不過，她要做什麼，他說好一力支持，所以，只是含笑坐在那兒看著他們，一句話也不曾打擾。

「說得倒挺溜，那就來一碗妳說的素涼麵吧，這名兒聽著新鮮，來一大碗嚐嚐。」有位衣著鮮亮看著像是商人的男子笑著點了一個。

「不好意思，我們剛剛到這兒，本打算明早開始的，這會兒沒準備好，您說的素涼麵，怕是要明日了。」允瓔不好意思地笑了笑，鍋裡的水還沒開呢，更別提別的配料了。

「妳這小娘子當真有趣，既然沒有，妳報那麼多菜名做啥？這不是拿我們開玩笑嗎？」那男子有些不悅。

「小娘子，那妳說說，妳這麵館有什麼？」邊上一中年男子笑著問道，他看著倒是和善得很，笑咪咪地打量允瓔。

只是，允瓔之前遇到錢發的事，這會兒看到和善的中年人也沒什麼好感。

「陽春麵、熱湯麵，如何？」不過，開門做生意，還是得和氣生財，允瓔微笑著介紹道。

這兒可沒冰箱，天氣也沒有真正涼快起來，做的炸醬也只能存放兩天，所以她之前做的都已經用完，餘下的素涼麵食材也沒有準備好，三鮮麵麼……可惜了，她空間裡那桶魚也因被吐得亂七八糟而被她倒了，這會兒現捕也來不及。

「那就妳說的那什麼……肉絲麵吧。」那中年人第一個點頭，邊說邊摸著自己的肚子。

「還真餓，今兒也真他娘的邪乎了，這擺渡的船都哪兒去了？」

「好，一碗肉絲麵，看在你是第一個客人，這大碗就算小碗的價吧。」允瓔立即挽起袖子，動手和麵，一邊還大方地幫這人打折。

「這小娘子倒是真會買賣。」邊上幾個紛紛笑起來，目光打量著允瓔和烏承橋以及他們的破船，看到這船也確實不能渡他們這麼多人過去，才徹底死了心，把注意力轉移到允瓔這邊。

允瓔如今和麵、揉麵的手藝可不像之前了，前些日子鍛鍊下來，早已熟練，沒一會兒，切得細細的麵便下了鍋，她又索利地去洗清了些青菜、切了些肉絲，用另一個鍋炒了一份出來。

灶中的火燒得猛，這邊的菜剛炒出來，那邊的麵才剛剛煮好，允瓔取了個大碗出來，在碗裡調配上些許鹽、醬油，舀了一勺熱湯進去先沖了一下，才用漏勺舀了麵條上來，加入炒好的肉絲青菜，撒上少許蔥花，這才淋了滿滿的麵湯進去。

「請。」允瓔抽出一雙乾淨的竹筷，雙手捧著麵遞過去。

「香！」那中年人還沒接過，邊上便有人紛紛喊了起來。「小娘子好手藝，我也來一碗！」

「好嘞！」允瓔清脆地應了一聲，真心笑了。

這也算是開門紅吧？看來她的方向並沒有錯。

麵館的生意遠遠超出允瓔的預料，那夜光顧麵館的大多成了固定的客人，僅僅半個月，一間麵館的名聲傳遍了黑陵渡，門庭若市讓允瓔和烏承橋兩人有些忙不過來，所幸，這些客人大多數都會在固定時辰過來，允瓔找到了節奏，才算是緩了一些。

麵館生意上了正軌，烏承橋的腿傷也在慢慢好轉，手上積了餘錢，小日子似乎越來越好。

眼見天氣涼了起來，允瓔決定抽空去鎮上添置些冬季衣衫及棉被。

「相公，你要帶些什麼東西不？」允瓔下船之前，先問了烏承橋。

這段時日下來，「相公」兩字已成了她最習慣的稱呼，兩人之間的感覺也如一間麵館這般穩定下來。

她喜歡他，毫不迴避，而他對她的好，也沒有一絲掩飾，雖然兩人並沒有甜言蜜語、山盟海誓，但都很有默契地關心彼此、呵護彼此。

「買些紙筆回來吧。」烏承橋含笑點頭，叮囑道：「當心些，寧可多走幾趟，也莫要硬撐著傷了自己。」

「知道。」允瓔應下，上次是沒經驗，這大半個月她已經去集上買過好幾趟，早已掌握了訣竅，絕不會再犯同樣的錯。「頂多一個時辰就回來。」

黑陵渡坐落在昭縣郊外，這一處水道縱橫，往來的人多了，黑陵渡附近商家雲集，漸漸的便有如今的規模，但離昭縣卻還有幾公里的路。

允瓔自然不會去縣裡，這黑陵渡就有集市和商鋪。

擔著空簍筐，允瓔直接來到布莊。這兒有兩家布莊，她去的自然是平民一些的那一家，這兒的布料都結實耐用，價格也不高，她現在也只買得起這些，錦衣綢緞那些，只能遠觀。

她不會縫衣製被，便直接在布莊裡為她和烏承橋挑了幾套成衣，又買了兩床厚棉被、兩雙厚底布鞋，付了四百多文錢，讓夥計打包好裝到簍筐裡，塞得滿滿的。

允瓔挑了出來，到一旁雜貨鋪挑了些零碎東西，便往別處走去，在一拐角處，她直接把擔子都扔進空間，空著手前往賣菜的地方。

可是，正當她走出巷子的時候，面前擋了幾個人。

「小娘子，原來妳跑這兒來了。」來人帶著一絲戲謔的笑說道。

允瓔一抬頭，頓時大驚，她面前站著的居然是錢發和他的手下！

「你們想做什麼？」她警惕地後退兩步。

「小娘子，上次妳不告而別，可讓我們好找哇。」錢發依然那副笑呵呵的和善樣子，就好像他和允瓔是相熟的朋友般，語氣也帶著親近。

允璎聽得噁心，冷臉看著錢發。「收起你的醜惡嘴臉，你想做什麼，我一清二楚，我勸你還是趁早讓開，要不然這兒可不是你家沒人的院子。」

街上人來人往的，只要她大喊，應該會有人幫忙吧？

允璎有些吃不準，說完之後，美眸不動聲色地打量著逃跑的路線，那天那偷錢袋的小子就在街上製造了一陣混亂，或許她可以學一學，利用行人和攤子的間隙逃離。

允璎在心裡打著小算盤。

只可惜，有了上次的教訓，錢發也變得謹慎，打量了四周一下，手一揮，喝道：「來人，把這個私逃出府的賤婢帶回去家法伺候！」

「是！」幾個手下也很有氣勢地齊聲應道，頓時吸引了眾多行人的注意。

居然惡人先下手，說她是他們家私逃的賤婢?!

允璎皺起眉，不敢再耽擱，一旦被他們抓到，她連辯解的機會都沒有，想到這兒，她突然一錯步，朝著錢發一頭撞過去。

錢發沒預料到允璎突然發難，被撞到肚子，整個人後跌了幾步，不過他身邊兩個手下反應極快，已經向允璎伸出手。

允璎一撞成功，也顧不得其他，奮力往外跑去。

只聽「嘶」的一聲，她左邊的衣袖被人撕下一大塊，不過，她人倒是跑了出來。

「救命啊！非禮啊！」允璎專往人多的地方跑，邊跑邊喊。

這變故頓時讓眾人紛紛議論起來，但，卻沒有像允璎所想的，跳出一個人幫她的忙。

錢發緩步出來，朝著眾人一抱拳，聲情並茂地說道：「諸位，這賤婢原是柯府的丫鬟，只因做錯了事，被主人家苛責，心生不滿私跑了出來，今天我等偶到此地辦事，正好遇上，還請諸位援手，幫我等將這賤婢擒住，柯家必有重謝。」

真無恥！允瓔聽得氣憤，可是沒來得及反駁，便發現她前面的路被攔住了，居然真的有人聽從錢發的話，攔住她的去路！

這還有沒有天理了？

允瓔停下腳步，抿嘴，轉身指著錢發冷聲說道：「好一個惡人先告狀！各位，這個人名叫錢發，是個賣糧的，先前我曾幾次向他買糧，誰知曉他起了歹念，竟想用迷藥迷暈我賣錢，被我識破逃了出來，沒想到今天竟在這兒遇到，哪家有閨女的可得小心提防了，指不定他這次來黑陵渡，就是看中哪家的女兒家想下手！」

「不會吧，這人看著面善呀。」有人質疑允瓔的話，顯然錢發的長相太不可信，讓眾人第一眼相信了他。

「我覺得這小娘子也不像說謊的，瞧瞧這人帶的幾個手下，好像也不是善類。」也有人嘀咕道。

「噓！他說的是柯家，柯家哪有善類……」不知從哪裡傳來蚊子般的提醒，只是，這會兒瞬間的安靜，恰巧便把他的聲音突顯出來。

錢發當然聽到了，他若有所思地轉頭看看那聲音的來源，微微一笑，指著允瓔說道：「諸位，這賤婢能言善辯，大家可別被她的巧舌如簧給矇騙了，這賤婢名叫翠蓮，是柯家公子身邊的貼身丫鬟，只因她覬覦柯公子不成，心生不忿，偷了柯公子的錢財逃出來，諸位可別被她的外表給騙了，萬一不小心，你們的錢包可得小心了。」

「我呸！你才賤婢，你全家都是賤婢，都是下三濫的賊！」錢發這番話頓時將允瓔刺激得不清，想也不想，便脫口罵了出來。「像你這種用迷香謀害良家女子的無恥小人，青天白日顛倒是非、胡說八道，也不怕被雷劈了。」

「翠蓮，妳還是不要做這無用功了，我們奉命找了妳大半個月也不容易，妳還是乖乖跟我們回去，看在我們同府謀事的分上，妳也少受些皮肉之苦。」錢發苦口婆心。

「你娘才叫翠蓮！」允瓔怒火中燒，這都叫什麼事啊！

錢發瞇了瞇眼，帶著一絲警告說道：「翠蓮，別敬酒不吃吃罰酒。」

「本姑娘還真就吃定這罰酒了。」允瓔收斂心頭的怒意，傲然看著他們。「你說我是翠蓮，拿出你的證據來。」

第四十一章

「這還有證據嗎？我們這幾人就是人證。」錢發單手背在身後，另一隻手一劃，指了指他帶來的手下。

「那都是助紂為虐的幫凶，他們為你做事，自然是聽你的。」允瓔冷哼，朝眾人福了福，大聲說道：「各位鄉親，這錢發的家就在苕溪的小埠集市上，這些人也根本不是他的手下，而是向他買人的那個老鴇的手下，這些人根本不是柯家的，大夥兒千萬千萬要記清這人的嘴臉，免得哪天被這人禍害！」

「原來是個人販子？天，瞧著一副大善人模樣！」圍觀的人又傳出嘀咕聲。

只是，這議論圍觀輕下結論的人，自古有之，允瓔也沒指望他們會真的出來幫忙，目光一轉，她在人群中看到了一個人，一個手拿寶劍抱著胸，正看得津津有味的年輕人，他天庭飽滿，劍眉星眸，眼神清澈坦蕩，這樣一個人，倒是挺符合書中所寫的少年俠士形象。

允瓔迅速有了決定，不如賭一把，求這人援手？

想到這兒，她立即行動起來，轉身往那年輕人跑去。

「抓住她！」錢發立即手一指，喝道。

「少俠救我！」允瓔衝到那年輕人身後，一把抓住他的手臂，目光哀求地看著他。

如果，這樣的人也是歹人，那麼她就真不用出來混了，乖乖跟著烏承橋回苕溪灣混日子生娃去。

年輕人側頭看著她，帶著笑意地指著自己的鼻子問道：「我？」

當然是你了！允瓔連連點頭。

誰知那年輕人眉頭一揚。「有什麼好處？」

好處？允瓔一時傻了眼。

那年輕人見允瓔錯愕，不由大笑，回頭指著錢發等人懶懶地說道：「幾位，既然你們說這位姑娘是柯府的婢子，那麼請問你們幾位又是柯府的什麼人？」

「我們自然是在柯府當差的。」錢發見這年輕人氣度不凡，聽他言談又摸不清是否要替允瓔出頭，一時有些慎重。

「哦？不知你在柯家哪個院當差？為何我並沒有見過你？」年輕人略抬了下巴，帶著一絲探究的笑意看著錢發。

允瓔聽到這兒，心裡猛地一驚，下意識後退一步，警惕地看著年輕人。

難道這人也是柯家的？

柯家的名聲在苕溪灣時便聽過，並不好，她這不是自投羅網了？

那年輕人察覺到允瓔的小動作，帶著笑意側頭睨了她一眼，又轉回頭看錢發，等待他的答案。

「我們……」錢發也有些微愕，略一猶豫便說道：「我們只在外院當差，平時常被公子派遣各地辦事，公子沒見過也不奇怪，敢問公子高姓大名？」

「我姓唐。」年輕人隨意打量著錢發。「我與柯至雲那小子也算是舊識了，你們說在外院當差嘛，我不認識也有可能，可是你剛剛說這位姑娘是柯至雲身邊的貼身丫鬟，卻不知是何時的事？」

「原來是唐公子。」錢發眼珠子一轉，立即笑著行禮。「我說的柯公子可能與唐公子說的不是同一個，公子沒見過這賤婢也不稀奇。」

「不是柯至雲？那又是哪一位？難不成我這一年不來，柯伯伯又老來得子了不成？」年輕人帶著戲謔的笑問道，目光明顯不相信。

「還是你想說這柯家也不是我認識的柯家？」

「這……」錢發頓時噎住。

允瓔悄悄後退，她萬沒有想到這年輕人竟然與柯家真有瓜葛。對柯家，她可不想沾惹，還是離遠一些才好。

「咦，這不是一間麵館的小娘子嗎？什麼時候成了柯家丫鬟了？」就在這時，人群裡傳來一個聲音。

「沒錯，我說看著眼熟，可不就是那位小娘子嘛。」另一人附和。「這位小娘子可是有相公的，怎麼可能是柯家的丫鬟呢？」

允瓔一眼就看到人群中兩位熟客，心頭一鬆，都是認識的，這下總可以為她作證了吧？有人能為她說話，她真的很感激。

「你們說的一間麵館是何時的事？」錢發疑惑地看了看允瓔。

「一間麵館開在碼頭有大半個月了，這一帶人誰不知？可能大夥兒沒認出小娘子，我卻是認識的，我從一間麵館開業第一天就在她家吃麵，她和她家相公買賣公道，說話和氣，不是那等撒謊瞎掰的人。」那兩人果然沒讓允瓔失望，紛紛為她作證。

「半個月？哼，就是半個月之前，她逃離了柯家不知去向，你們敢保證她不是柯家的賤婢？」錢發一聽，頓時冷笑道，他吃定了這小娘子在這邊人生地不熟，沒人知道她的底細。

允瓔心裡一沈，她確實是半個月之前來這兒的，而且她有她的顧忌，無論是柯家還是錢發，她都不想讓他們知道苕溪灣，還有船上的烏承橋，腿傷未癒，要是引來柯家人，牽扯出喬家，他更危險！

一時，她竟不知該怎麼證明自己不是柯家丫鬟。

來到這兒這麼久，頭一次體會到無根浮萍的苦，沒有根基的船家，又如她這樣有苦衷說不清，該怎樣捍衛自己？

那兩位為允瓔說話的客人也是一愣，不說話了。一間麵館確實是半個月之前才開，這半個月之前的事他們還真不知道，難道這小娘子真是柯家的丫鬟？

兩人疑惑地看向允瓔。

「你倒是說說，你那位柯公子是哪家的公子？」年輕人睨了允瓔一眼，看著錢發問道。

「他根本不是柯家的人。」

允瓔也不再退，這樣逃離只會置自己於風口浪尖上，她的麵館生意才剛剛開始，她可不想因為這些小人便讓生意就此做不下去。她重新上前，走到年輕人身邊三步遠之處，冷眼看著錢發說道：「他不過是小市集的小販子，藉著賣糧的幌子行見不得人的勾當！半個月前，我去集上買糧、尋找工匠，為他所騙，若不是我識破他的陰謀逃離，這會兒只怕我已經在某個花街勾欄院裡了。」

「這位姑娘，妳也不能一味否認自己不是柯家丫鬟，妳倒是說說自己的身分，給大夥兒辯一辯呀？」那年輕人忽地轉移目標，頗有興趣地看著允瓔。

「我是這一帶行船的百姓兒女。」允瓔對這年輕人的好感直直滑落，虧他長得跟個俠士一樣，怎麼就跟柯家一夥的呢？

「有何憑證？」年輕人含笑問道。「姓什麼名誰？總有個說法吧？他可是口口聲聲喊妳翠蓮呢？」

「我……」允瓔抬眼看著他皺眉。

「難道妳就沒個證明自己的『憑證』？」年輕人問道，說到「憑證」兩字，語氣略略加重。

「我叫邵英娘，夫家姓烏。」憑證？這年頭又沒有身分證，拿什麼憑證？允瓔微一猶豫，想到了個東西，從懷裡取出來。「這個可算？」

「這是什麼？」年輕人接過，反覆看了一番，有些不明白。「不就是一塊木牌嗎？」

「這是喬家徵集船工發的木牌，我們在開麵館之前，就在喬家的送糧隊裡。」允瓔一把奪回來，高高舉起。「在場各位鄉親想必也有不少是船家，應該認識這喬家的木牌吧？這可是老喬頭親手發的。」

允瓔不知道老喬頭的名聲在這兒是不是響亮，也不知道這木牌有多少人認得，她只是在賭，喬家在這邊是有倉庫的，想來喬家的名聲也不弱，錢發既然借柯家的名，那麼她就借一借這喬家的勢又能如何？

更何況，她說的是事實，禁得起任何人推敲。

「你若不信，大可去尋老喬頭問一問。」允瓔又轉向年輕人。「你既然認得柯家，想來也是認得喬家人的。」

「姑娘高看我了，我只認得柯至雲，別人……我卻是不知。」年輕人笑著搖頭，他從她的話中聽出些許敵意，顯然她和柯家並不是一路人。

錢發此時已經不吭聲了，站在一邊面無表情地看著允瓔，不知道在想什麼。

「這確實是喬家的木牌，我之前在喬家徵集的船隊裡做過事，認得。」說公道話的人總會有幾個，只是這一次，接應的人多了許多。

喬家的老喬頭是誰？

這一帶行船的船家誰不知道？

他們寧可相信一塊木牌，也不願真的去尋老喬頭問根查底，除非，傻了的才會去招惹那尊瘋神。

「這麼說，這位姑娘確實不是你們要找的婢子翠蓮嘍？」年輕人慢悠悠地問。

「這位小娘子確實與翠蓮長得相像。」錢發笑道，一句話表明了他們的妥協。

「既然認錯了，不得表示表示？」年輕人卻不打算放過他，認真說道：「人家一個良家女子，方才被你們一口一個賤婢的罵，還誣陷人家勾引柯家公子不成，盜竊逃離，這樣的髒水潑下，你就輕飄飄一句確實相像作算？這也未免太欺人了吧？」

錢發臉色有些難看，目光陰沈地看了看允瓔，又看了看這姓唐的年輕人。

「怎麼也該還人家姑娘一個公道吧？大家說是不是？」年輕人可不會因為錢發的沈默就放過他。他推波助瀾，詢問起在場所有人來。

這人，到底是哪邊的？

允瓔這會兒也不知道自己看人的眼光是好是壞了，不過他既然是柯家的人，管他好人壞人，一律遠離就是。

於是，她冷眼旁觀。

「小娘子，抱歉，錢某眼拙，認錯了人，還請小娘子見諒。」錢發瞪著年輕人看了好一會兒，才不情不願地朝允瓔敷衍地拱拱手。

「見諒？」允瓔冷笑。「你這樣的人，送官都是輕的，一句抱歉，一句見諒，就能洗去方才潑了的髒水嗎？」

當然，送官只是說說，這世道她算是明白了，稍有點權勢就能作威作福，錢發之所以能如此囂張，送了官府也必有所恃，只怕那官府還不如喬家的名頭更能讓他顧忌。

「你方才說得那樣過分，區區一句抱歉確實沒誠意。」年輕人搖著頭。「這樣好了，這位姑娘是開麵館的，這大半天被你罵下來，可耽擱了不少工夫，就……白銀百兩，算是你對這位姑娘的補償吧。」

白銀百兩?!允瓔嚇了一跳。

錢發面色越發陰沈，賣出這小娘子也不過三十兩，這會兒竟讓他賠一百兩？就因為幾句話嗎？這小子真當他是冤大頭了？

年輕人的話嚇到錢發，也嚇到眾人。

允瓔疑惑地打量著錢發，她知道錢發必不可能出這筆錢，甚至她已經預見，將來的日子裡，她又多了個對頭，以錢發的小氣，他能放過她？

錢發瞪著她和年輕人好一會兒後，長袖一拂，黑著臉揚長而去。

「喂喂喂，你還沒向人家姑娘賠禮道歉呢。」年輕人在後面朗聲喊道。

「多謝唐公子仗義執言。」允瓔頓覺滿頭黑線，這人到底是在給她還是在給她找仇家？

她不願與之多糾纏，向他拱拱手，轉身就走。

「喂喂，怎麼妳也和他一樣？」年輕人在後面喊。

允瓔恍若未聞，快步穿過人群，匆匆去買了些食材，找了個無人的角落，把擔子取出來，匆匆挑著回碼頭去。

剛剛走下石階，便看到自家船邊站了一位姑娘，她忙快步走過去。

「瓔兒，回來了。」烏承橋看到她，頓時眼睛一亮。「這位姑娘等很久了，只是她說的麵，我不會……」

他如今也只會一些簡單的，無奈他介紹的幾種，這姑娘都不喜歡，讓她改日再來，卻偏偏不願，便僵持住了，所幸他正為難時，允瓔回來了。

「這位姑娘要什麼樣的……」允瓔放下擔子，笑著轉頭，一看到那姑娘的臉，不由驚訝地脫口說道：「咦？是妳！」

「是妳！」那姑娘也指著允瓔異口同聲說道，她看了看允瓔，轉頭打量了一下船。「原來這是妳家的船啊。」

「是呀。」允瓔點頭笑道：「妳要什麼樣的麵？不過，我家簡陋，缺少食材，妳可不能太為難我。」

「我來這兒以後，聽人說一間麵館做的麵味道極好，就來試試，沒想到竟是妳開的。」那姑娘看了看烏承橋，有些不好意思。「看在上次妳幫過我的分上，我不為難妳，妳就挑最拿手的做吧，我不挑。」

烏承橋好奇地打量著她們，聽到這姑娘最後一句話，不由挑了挑眉頭，她不挑？剛剛在這兒挑半天的人難道是他？

「姑娘想吃什麼樣的，只管說，看看我能否做到。」允瓔留意到烏承橋的表情，朝他笑了笑。

「我想吃魚，不過又最怕吃到魚刺。」那姑娘說罷，看了看允瓔，放棄地說道：「妳隨便做做就好了，燉魚湯太慢，隨便做個拿手的就成，我午飯還沒吃，都快餓扁了。」

「好。」允瓔點頭，把擔子遞上船給了烏承橋，自己隨後也上了船，卻沒有邀請那姑娘。

「妳家也太小了，這來了客人怎麼坐？」那姑娘伸長脖子瞧了瞧，見允瓔船上連個坐的地方都沒有，有些嫌棄。

「來買麵的客人一般都不上船的。」允瓔笑了笑，挽起袖子淨了手，開始動手做那姑娘要吃的麵。

平日她做事，烏承橋一有閒暇就在這一帶撒網，總能逮上兩條，今天也不例外。

允瓔往那養魚的木桶一瞅，果然，裡面有好幾條頗大的魚。

「剛才去那邊撒了兩網，收穫還不錯。」烏承橋安置好她買回來的東西，笑著說道。

「剛好能用上。」允瓔朝他甜甜一笑，索利地捉住一條，用刀背砸暈了魚，開始去鱗剖腹去內臟，一氣呵成。

「哇，姊姊好厲害！」那位姑娘站在船邊，踮著腳伸長脖子好奇地看著允瓔的舉動，見到這番動作不由驚嘆道，一個箭步，她躍到了船頭，跟在允瓔後面問長問短。「姊姊，妳叫什麼名字？在哪兒學的廚藝呀？」

「我叫允……邵英娘。」允瓔想了想還是用邵英娘的名字，剛剛在集上的事才發生沒多久，她還是小心為上。

「我叫唐果。」唐果兩眼彎彎，跟在允瓔後面嘰嘰喳喳。「邵姊姊，妳真的做魚呀？這魚做成的麵，要是腥了我可不吃的喔，所以妳還是做別的吧，之前的事還沒謝謝妳呢，還打碎了妳那麼多碗盤，一會兒妳連麵錢一起算吧。」

她什麼時候遇到這些事情了？

烏承橋聞言，看了看允瓔，不過沒有立即開口問，而是挪到船尾——雖然只是一艘船，但唐果好歹是女客。

允瓔無奈地一笑。「好。」

「你們就住這兒呀？」唐果一轉身，看到船艙，訝然道：「這麼小，怎麼住人呀？」

「一家人在一起，哪裡住不得？」允瓔輕笑，手上動作不停，一條魚已經被她剔出了魚肉，去了魚頭和魚刺，魚肉剁成魚蓉，手揉過，去了裡面多餘的刺，這才加入少許黃酒、砂糖微醃。

允瓔轉身往灶裡添了火，小鐵鍋中加入熱水。

「還一家人？」唐果更是咂舌，蹲在船艙口打量著船艙，她家的茅房都比這兒大……她無法想像一家人都窩在裡面的情景。「邵姊姊，妳家幾個人呀？」

「我，還有我相公，兩個。」允瓔隨意回應著，取了麵粉加入魚蓉中，開始揉麵。

「兩個人倒是還好。」唐果回頭瞧了瞧烏承橋，鑽出船艙到了允瓔身邊，湊在她身邊俏皮地一笑。「邵姊姊，那是妳相公？」

「是呀。」允瓔看了她一眼，點頭。

「長得不錯。」唐果眨著眼點點頭。「不過，沒我哥好看。」

「妳哥？」允瓔突然想起那個抱劍的年輕人，他也說姓唐，不會就恰巧是她哥吧？

第四十二章

「是呀，我哥叫唐瑭，說是我哥，其實就比我早一點點出來。」唐果噘著嘴比著小手指指尖，很不平地說道：「沒辦法，誰讓我倒楣比他慢了一步呢。」

「你們是雙胞胎？」允瓔驚訝地問，只是，唐果和唐糖？這名兒……取名的人一定很愛吃糖吧？

「是呀，我叫唐果，他叫唐瑭，我娘取的，她最愛吃糖，我喜歡這個名字，甜甜的。可我哥就不一樣，他出門都不告訴人家他叫什麼，只說姓唐。」唐果一提到她哥，就停不下來。

允瓔出於禮貌，只是笑，聽著唐果說話。

唐果顯然是個活潑的姑娘，和允瓔不過見了兩次面，就能把她哥的各種事挖出來說。從她的話語中，允瓔倒是對她有了瞭解。他們兩兄妹來自洛城，知道唐果愛蹺家，而唐瑭就是那個專門出來逮妹妹歸家，順便替妹妹收拾爛攤子的人。

「是了，說這麼久，還沒把上次的銀子賠給妳呢。」唐果說到她哥哥追著她到這兒，忽然轉了話鋒，從腰間錢包裡取出一錠銀子。「邵姊姊，這是十兩，夠不？」

「都是些粗瓷碗盤，不用這麼多，一兩足夠。」允瓔說實話，便是一兩，也是多收了她的。

「啊？那麼多，才一兩？」唐果回頭打量了一下，果斷地把手上的銀子往案板上一放。「這是我賠妳的，那天要不是妳幫我攔住那死小子，我的銀子恐怕都沒了，而且妳的碗盤也不會碎了，所以，這錠銀子理應是妳的。」

「唐姑娘。」允瓔忙把手中的麵條扔進鍋裡，伸手便要推辭。

「叫我唐果就行，還有，不許推，再推就是不把我當朋友了。」唐果瞪著美目，霸氣地說道。

她們本來就不是朋友吧？

允瓔正要說話，突然，唐果扭頭看向碼頭，神情一凝，慌慌張張地對允瓔說道：「邵姊姊，我得先走了，改天再來嚐妳的手藝。」

說罷就直接跳下船，匆匆跑了。

「欸……」允瓔傻眼。

這個唐果，跑她船上說一堆話，扔下一錠銀子，現在麵好了，人卻跑了？

一抬頭，她看到岸上下來一個人，正是之前那姓唐的年輕人。

「邵姑娘？」唐瑭來到允瓔的船前，有禮地拱手。

「你好。」允瓔點頭，收回目光。

「邵姑娘可曾見到一位和妳差不多高的姑娘？」唐瑭下來時，唐果已經跑沒影了，所以他並沒有看到唐果剛離開。

「唐公子說的是唐果姑娘吧？」允瓔此時已經能確定他就是唐果口中那個哥哥。

「邵姑娘見過她？」唐瑭驚訝地問。

「方才還在這兒說要吃麵，麵好了，人卻跑了。」允瓔指了指唐果離開的方向。

「不好意思，舍妹頑皮，給妳添麻煩了。」唐瑭聞言，直接從腰間取出一物朝允瓔拋了過來。「這是麵錢，多謝姑娘指點方向。」

說罷，也和唐果一樣，不等允瓔開口，轉身就走了。

允瓔下意識接住，只見又是一錠一模一樣的銀子，不由苦笑，手托著兩錠銀子朝烏承橋展示了一下。

「收著吧，大不了，下次遇到請他們吃幾碗麵。」烏承橋說得雲淡風輕。

唐家兄妹分明就是大家出來的，這樣的人家他自是最瞭解不過，手上有銀子，壓根兒就不會在意這點小錢，所以他對這對兄妹的做法，倒是見慣不怪。

允瓔直接把二十兩銀子扔進空間，至於烏承橋說的下次請他們多吃幾碗麵的話，她壓根兒沒當真，直接將唐家兄妹拋在腦後。

一天的勞碌之後，兩人收拾完洗漱好歇下，烏承橋問起了唐果賠錢的事。

允瓔簡單說了一遍後，倒是提起今天的事，她有空間，隨便哪個角落一站就能逃過去，可他不一樣，萬一被錢發盯上，就是禍端。

「錢發？」烏承橋有些意外，想了想，說道：「妳明兒去一趟雜貨鋪，找孫掌櫃，幫我遞個信兒。」

「什麼信兒？那人可靠嗎？」允瓔翻身，趴在他胸前追問，這還是他頭一次提這樣的事。

「不認識。」烏承橋輕笑，伸手撫著她的髮，解釋道：「那是單子霈留下的聯繫方式。」

「他找你想幹麼？」允瓔想起那天看到單子霈的事。

「他手上有柯家的罪證，想來也是人手單薄，想找我合作。」烏承橋略一猶豫，倒是說了實話。

「你們想幹麼？」允瓔頓時睜大了眼睛。

「莫急，我們不會胡來的。」烏承橋忙擁住她，安撫道：「我們只是合作收集柯家的罪證罷了，不會有事的，而且他也答應給我們最大的幫助，我們如今一無所有，想與喬家勢均力敵……必須要有助力，妳放心，我不會胡來的。」

允瓔沈默。

她知道他必不會甘心安於平凡，就是她也一樣，也渴望事業有成，生意興隆，那樣才能實現遊歷天下的心願，可是，她沒想到他會這麼快行動。

而且，那個單子霈可靠嗎？

萬一……他豈不是又把自己置於危險中？

「柯家與單子霈有血海深仇。」烏承橋見允瓔不語，知道她疑慮未消，細細講起單子霈與柯家的恩怨。

原來，柯家如今的宅院以前竟是姓單，而柯家老太爺原是單家的管家，單子霈的祖父十分信任他，可誰知道，柯老太爺竟趁著單家上下不在家時，毒瞎了單子霈祖父的眼睛，暗地裡一步一步蠶食了單家的家業，等到單子霈的父親回到家中時，連祖宅都改了柯姓，單父被熱情地迎進去，結果一進家門，就被柯老太爺一杯毒酒給送上了西天，而單老太爺也被弄成了啞巴，瞎了眼。

「單子霈怎麼沒事？」允瓔聽到這兒，奇怪地問。

「出事時他才五歲，跟著他娘在外祖家，單家出事後，他的外祖立即帶著人去單家，向柯家討要女兒、外孫……」烏承橋解釋道。

「他們不是在……」允瓔脫口問道，接著便明白了單子霈外祖的用意。

找上柯家要人，單子霈母子的下落撲朔迷離，柯家想要斬草除根也得費些心思。

「他外祖帶著人到單家，見到他爹的靈堂，和又瞎又啞的單爺爺，當時柯老太爺隨侍在旁，他不便詢問，作勢與單爺爺撂了狠話，就帶著人回去，暗中卻派人趁夜火燒後院，趁亂救出單爺爺，而房中被燒的不過是柯老太爺留在那兒看守單爺爺的親信。」烏承橋嘆了口氣。

「單爺爺被救回沒幾天，便重病過世，他留下遺言，讓單子霈改名換姓定要奪回單家祖宅，就這樣單子霈母子倆深居在外祖家，直到單子霈十五歲時在他外祖的巧妙安排下進了柯家，當了護衛，如今也有七年，深得柯老爺看重。」

「也就是說，他現在在柯家不叫單子霈。」允瓔唏噓不已，為何這世間總是好人不長命，禍害遺千年呢？

「對，他在柯家叫年石君。」烏承橋點頭。

「君子報仇十年未晚。」允瓔嘆氣，看著他認真說道：「我知道，我攔不住你，你想做什麼就去做吧，不過你得答應我，沒有十二萬分把握，絕不能莽撞，你得記得，現在你可不是一個人。」

「我答應妳，為妳珍重。」烏承橋湊在她唇邊輕輕一吻，許下承諾。

「對了，還有件事。」允瓔忽然想起唐瑭和柯家公子的關係，忙推開他說道：「那位唐公子和柯家公子柯至雲是好友。」

「嗯。」烏承橋低低應了一句，再次封住她的唇。

一夜安眠，第二日，允瓔忙完早上的生意，拿了烏承橋刻的木條，匆匆進了鎮。

這次，她謹慎許多，邊走邊留意人群，警惕錢發等人的身影，一路尋，很快便看到孫記雜貨鋪的店招。

允瓔在門口停了停，張望了一下，見雜貨鋪裡櫃檯後站著一個掌櫃模樣的老者，店裡也沒幾個客人，她才走了進去。

「您好，請問您是孫掌櫃嗎？」允瓔直接到了老者面前，有禮地問。

「我就是，姑娘要什麼？」孫掌櫃抬頭，滿臉堆笑地朝允瓔拱手。

「是要買東西，不過有人讓我帶了這個給您，麻煩您轉交給年公子。」允瓔拿出烏承橋給的木條，上面並沒有寫字，而是在下方刻了一條小小的船。

「好。」孫掌櫃點頭，雙手接過木條，也不看是什麼就放進懷裡，依然笑著問允瓔要些什麼。

允瓔本來就要買東西，便不再多說，在鋪子裡轉了幾圈。之前烏承橋要的筆墨紙硯因為錢發的事都沒能買到，這次正好添上，還有一些零用和調味料，這鋪子裡比較齊全，正好可以添全。

在孫掌櫃的笑容中，允瓔告辭出來，順著路拐進一個僻靜的小巷，見左右無人，她把空間裡那個平板車移出來，推著去陶瓷鋪子挑了兩個半人高的水缸、幾個陶罐，林林總總的，總共花去二兩多銀子。

鋪子裡的夥計見她一個女人家不容易，幫著將東西固定在車上。

允瓔這才推起車子，歪歪斜斜地走過幾條街，好不容易才找到一處沒人的地方，連缸帶車移進了空間。

直到渡頭邊上，她才把筆墨紙硯以及必要的日用品取出來，拎在手上下了石階。

回到船上，烏承橋已經收了網，今天收穫並不好，桶裡只有幾條魚，允瓔上船的時候，他正在整理魚網。

「相公，我回來了。」允瓔提著東西上船，很自然地打招呼。

「先歇會兒。」烏承橋把手中整理好的漁網紮好，放到一邊，倒了一碗熱水遞給允瓔，自己接了她手中的東西開始安置。

允瓔端著碗坐在船舷，四下瞧了瞧，邊上停了兩艘船，不過船上都沒有人，這才對烏承橋說道：「東西交給他了，不過沒說何時會來。」

「沒事。」烏承橋笑著搖頭，單子霈看到自然就會來了。

允瓔喝完水，看看天色已差不多，也不再歇著，起身開始準備中午要用的食材，邊忙邊想著接下來要醃些什麼才好？

之前拾來的野鴨蛋最近已經消耗得差不多，如果要醃東西，還得再去撿才好，眼見天氣涼了，食材這些儲備自然是多多益善，免得還得愁過冬的糧食。

再就是各種蔬菜，酸菜、鹹菜、酸豆角……樣樣可行嘛。

說不定，她還能推出酸豆角豬肉麵——

允瓔想到這兒，不由忍俊不禁，口水差點流下來。

「在想什麼好笑的事呢？」烏承橋一抬眸便看到允瓔在發笑。

「相公，下午我們去看看有沒有野鴨蛋可以撿吧，之前的那些都快用完了呢。」允瓔開腔直奔別的話題。

「好。」烏承橋當然由著她，含笑點頭。

「我想多撿一些回來醃著。」允瓔看著他。最近他似乎越來越愛笑，不過她喜歡看到他笑，而不是之前那樣動不動發呆皺眉，看來，單子霈還真的給他帶來不少希望。

「好。」烏承橋點頭笑道。「妳作主就是，為夫聽候差遣。」

說說笑笑間，又有早到的客人上門，兩人忙清理出船頭的東西，點灶開始做生意。

「邵姊姊。」正忙的時候，唐果突然出現，自來熟地跳上了允瓔的船，笑道：「我又來了。」

「唐姑娘。」允瓔抬頭，略有些意外，她還以為唐果不會出現了呢，隨即允瓔抬頭看了看石階上。

「我哥今兒赴柯家的宴了，沒空逮我。」唐果似乎看出允瓔的心思，笑盈盈地說道，說著就撲上來。「邵姊姊，我來幫妳吧，這麵要怎麼做？」

「不用了，妳且坐著，我馬上做妳的麵。」允瓔當然不可能讓她動手，忙攔下她。

「好吧，我還真不會做這些。」唐果俏皮地吐了吐舌頭，站在一邊好奇地打量著允瓔的舉動，看她揉麵，看她下刀切麵條，看她往鍋裡扔食材，看到允瓔行雲如水般的一連串動作，唐果不由讚道：「邵姊姊，妳好厲害！」

「這有什麼厲害的，不就是下麵嘛。」允瓔笑著搖頭。

「我就學不會。」唐果也不忌諱，直言道：「我娘就老逼著我學這個學那個，我都不會，讓我下廚，我也是真心想學呀，結果差點把廚房給燒了，她就不敢了；讓我繡花，她不是嫌我繡得難看，就是嫌我繡得粗糙；我彈個琴吧，他們又嫌我彈得難聽；畫個畫吧，他們又說我畫得四不像，我一煩躁，也給扔了，因為這個，我哥老說我不像個姑娘。邵姊姊妳說，是姑娘家就得做這些嗎？」

「未必吧。」允瓔搖頭。「我就不會繡花，更不會彈琴、作畫，我會的也就做做飯、洗洗衣服了。」

「可我連做飯洗衣服都不會……」唐果有些小小的煩惱，嘀咕道：「看來，我得學一樣了……」

允瓔忍不住笑。這還真不太像千金小姐，這個時代，她們不是應該家務女紅樣樣精的嗎？

「邵姊姊，妳教我做麵吧，等我學會了，回去做給我爹娘吃。」唐果想到一齣是一齣，說到這兒，雙眸更加發亮，拉住允瓔的袖子說道：「我要讓他們刮目相看。」

「學做麵？」允瓔被她一扯，手中的碗險些甩了出去，還好她反應快，及時穩住。

「是呀是呀。」唐果把頭點得如同雞啄米。「需不需要拜師？」

「這個……」允瓔還沒來得及說罷，便看到眼前人影一矮，唐果竟然真的就拜了下去。

「師傅在上，請受徒兒一拜。」唐果有模有樣地拜了三拜，快得讓允瓔來不及拒絕，她便站起來，興沖沖笑道：「師傅。」

允瓔傻眼。

「師傅，我來幫妳。」唐果已經挽高了袖子，準備要幫她的忙了。

允瓔不由嚇了一跳，忙拉住唐果。「唐姑娘，別……」

「師傅，喊我唐果就好了。」唐果殷勤地笑。「師傅，我需要做些什麼？」

「唐姑娘，我這粗陋手藝，哪有什麼資格收徒呀？妳快別笑話我了。」允瓔無奈地看著唐果。「再說了，我又沒答應收妳當徒弟，這哪能算。」

「怎麼不算啦？」唐果睜大眼睛。「三拜我都拜過了，就缺……是了，拜師禮，師傅，妳等著，我馬上回來。」接著沒等允瓔說話，匆匆地跑了。

「這……這都什麼人呀。」允瓔看著唐果消失的方向，目瞪口呆。

「不就是個徒弟，收下就收下吧。」目睹全程的烏承橋倒是悠閒得很，笑著勸慰允瓔。

「像她這樣也不過是一時興致，等她興致過了，自然而然就會離開了，我們也沒什麼損失。」

「可是她哥哥和柯家有牽扯……」允瓔還是擔心他的安危。

「無妨。」烏承橋暖暖一笑，安撫道：「妳拒了她，說不定反會惹來她的堅持，倒不如平常心對待，她要學，妳就教，瞧她的性子，怕堅持不過三天。」

「好怪，平白多了個徒弟……」允瓔無奈地撇嘴。

第四十三章

「小娘子，來兩碗肉絲麵。」這時，生意再次上門，來的是熟人，都自帶了盛麵的碗。

「欸，馬上好。」允瓔見生意上門，立即把唐果的事拋到一邊，兵來將擋，水來土掩，走一步算一步吧。

「小娘子，五碗麵，要快。」正忙著，一個陌生客人到了船邊，一伸手便遞過來一兩碎銀子。

允瓔沒多想，一間麵館的名頭已經傳開，每天增加的陌生客人不少，買得多的客人也不是沒有，所以她一邊給之前的熟客下麵，一邊抬頭招呼道：「要什麼樣的？」

「隨意，有什麼買什麼，快就行了。」來人說道。「等著吃完上工呢。」

「馬上好。」允瓔點頭笑道。「那就肉絲麵，現成的湯底，很快的。」

「成。」來人很爽快，一抬手，那一兩碎銀子直接落在允瓔的案板上。

烏承橋皺了皺眉，這人……

來人似乎察覺到烏承橋的目光，瞬地轉過頭來。

烏承橋不動聲色，垂了頭繼續清理手上的菜。他穿的是邵父留下的衣服，這段日子搖船行走，膚色又曬黑許多，長髮隨意綰著，幾絡髮自然地垂落，擋去半邊臉，早已不是當初那個白淨優雅的公子哥兒。

來人也沒怎麼注意，只是打量烏承橋一眼，又轉向允瓔。

「歡迎下次光臨。」一盞茶後，允瓔做好了麵，將麵在涼開水裡過了過，和湯汁分開裝了起來，遞給那人。「到家以後，再澆上這湯就好了。」

「好。」來人二話不說，接了籃子就走了。

允瓔看了看那人的背影，轉身收起一兩碎銀子，五碗肉絲麵也沒超過一百文，這人倒是大方，一出手就是一兩，倒是連她的碗和籃子全賣了高價。

接下來的都是熟客，一過來也不需要贅言，遞上錢就只管等著吃麵，允瓔自會端上他們平日慣吃的。

唐果回來的時候，允瓔船邊的石階上正坐著七、八個客人，有端了麵在大口享用的，也有坐著等吃閒聊的。

「師傅。」唐果繞過了他們，捧著四個禮盒上船。「這是我的拜師禮，請收下。」

允瓔回頭看了看。「妳想學，我可以教妳，但，這拜師禮還是算了吧。」

「那怎麼行。」唐果把禮物硬塞進允瓔的懷裡，興沖沖地環顧了一下，還好，她有自知之明，尋找一圈，找了個自認為最省力的事——洗菜。

她湊了過去，看著烏承橋討好地說道：「師公，這菜要怎麼洗呀？」

「妳真想學？」烏承橋見允瓔一臉無措，心裡一軟，開口問道。

「當然想學了。」唐果連連點頭。

「那就收回妳的拜師禮。」烏承橋指了指案板上的禮盒。「妳想學做麵也不是什麼大事，大可不必如此。」

「沒錯。」允瓔這會兒也忙完了，提了禮盒過來，看著唐果說道：「妳想學，我可以教，但這拜師還是算了，我們雖然窮，卻也不會胡亂收人東西，更何況只是學個做麵而已，完全不用拜師不是？」

「可是……」唐果眨著眼。她所知道的拜師禮就是這樣啊，之前看她哥拜過師，怎麼輪到她這兒，卻不一樣了？

「唐姑娘，如果妳收回，我就教妳，若妳執意如此，不好意思，請唐姑娘另尋賢師。」允瓔原本不想說得這樣直白，可一想到這段自導自演的拜師禮，她生怕唐果再整出什麼花樣來。

「好吧。」唐果看看允瓔，又看看烏承橋，皺著眉想了好一會兒，才勉強點頭，不過，她還是堅持一件事。「東西我收回，但，妳不能不讓我喊師傅。」

「為什麼？」允瓔奇怪地問，她幹麼這樣喜歡喊師傅？

「從小到大，只有我哥有師傅……哼，等我見了他，我一定要告訴他，我也有師傅了。」唐果噘了嘴。

允瓔被她的歪理弄得啼笑皆非，不過她也看出來了，這「徒弟」要是不收，她想清靜做生意都難，不如順勢收下，分派了唐果事情做，自己也好避免被糾纏。

唐果倒也服從安排，端了允瓔給的一小盤麵粉，按著允瓔說的方法在一邊試著和麵。很快，允瓔便領教了唐果的破壞力。

一盤麵粉被折騰得到處都是，唐果的臉上、身上也沾了不少，成了花貓。

「妳……確定要學？」允瓔看不下去，確認道。

唐果張著沾滿麵粉的雙手，低頭看看自己，有些不好意思，不過，還是很堅決地點頭。

「學……學，肯定要學。」

「妳這樣……」允瓔看了看亂七八糟的案板，有些為難，還好這會兒也過了中午飯點，也沒有客人在，要不然客人們看到這情況，還敢來吃嗎？「這樣可不行呢，要不，妳回去練練，練到能乾乾淨淨地和出麵團來，再來找我。」

「啊？」唐果一愣，急了。「師傅，我這是第一次……下次一定不會這樣了，妳剛剛還說要教我的，不能說話不算數。」

「我沒說不教妳呀。」允瓔無奈一笑。「這和麵，在哪兒都能和，我家這船本就小，而且還得做生意呢，妳這樣……會嚇到客人的。」

唐果看了看被自己弄得到處都是的麵粉，臉一紅，下意識地抬手捂臉，一按上才想起手上還有好多麵粉，忙放下來，一時，尷尬得雙頰通紅，縱然臉上有粉，也難掩羞意。

「快洗洗吧。」允瓔見她手足無措，心中一軟，當下放下手中的東西，過去倒了一盆清水給唐果，自己動手收拾殘局去了。

「唐果，妳又闖禍！」唐瑭不知何時站在船邊石階上，看到狼狽的唐果，咬牙切齒地喊了一句。

「呃！」唐果正捧了水要洗臉，聽到這一聲，頓時嚇了一大跳，直接閃到允瓔身後，瞅著船邊的唐瑭，訕笑道：「那個……哥，我這次可沒闖禍，我跟師傅學做麵呢。」

「師傅？」唐瑭一愣，看了看烏承橋和允瓔，一時弄不清唐果說的師傅是哪一位。「妳哪來的師傅？」

「我剛剛拜的。」唐果拉著允瓔的手臂，抬起下巴對著唐瑭說道：「等我學會了，娘生辰的時候，我就能為娘做長壽麵了，這可比你的什麼破禮物好太多太多了。」

原來她學做麵是因為這個呀，允瓔有些驚訝地看了看唐果。

「就妳……」唐瑭不屑地撇撇嘴，直接朝烏承橋和允瓔拱手，致歉道：「兩位見諒，舍妹給你們添麻煩了。」

「我哪有添麻煩！你不要動不動就說我麻煩好不好？」唐果也顧不得自己臉上還沒清理乾淨，從允瓔身後衝出來，扠著腰反駁道：「我是誠心學做麵的，你不許阻止我，要不然……哼哼，我回去就找柳姊姊，說你同意……」

「得得得，妳不想回去也行。」唐瑭瞪著眼，似被掐住軟肋般洩了氣。「不過，妳不能再瞎跑了，得在我看得到的地方待著。」

「不跑就不跑，反正我暫時也沒想走。」唐果倨傲地抬了抬下巴，轉身繼續洗臉去了。

「不好意思。」唐瑭無奈地搖搖頭，朝允瓔和烏承橋拱手。

「沒什麼。」允瓔笑著搖頭。

「唐兄弟不嫌棄，且上來坐坐吧。」烏承橋客氣地抱拳還禮，邀請唐瑭上船。

「好。」唐瑭也不客氣，上了船坐到烏承橋身邊的船板上。

「瓔兒，那日兩位付了銀子還不曾吃過東西，中午做幾個小菜，請唐兄弟、唐姑娘一起吃吧。」烏承橋吩咐道。

「好的。」允瓔點頭，正好他們中午也沒吃飯，而且上次唐家兄妹扔下二十兩銀子卻一口東西也沒吃，這次再見面，總不好沒有表示。

允瓔開始忙碌。一間麵館開業以後，船上各種食材倒是不缺，沒一會兒便配了一盤小炒肉片、一盤醋溜菘菜、一盤紅燒魚、一碗魚餅絲野菜湯出來。

至於飯，卻是沒有，不過允瓔做了幾碗素涼麵代替主食。

「師傅，這是什麼湯？好喝！」唐果喝了一口，驚呼一聲。

「唐果。」唐瑭見狀，暗暗警告地瞪了唐果一眼。

「幹麼？」唐果沒理他，依然大口大口地喝著湯。

允瓔和烏承橋相視而笑。這唐果的不做作倒是和陳四家的有幾分相似。

「這是魚餅絲湯。」允瓔又替唐果舀了一碗。

「魚餅絲是什麼？哪裡有賣？」唐果好奇地問。「等我回去的時候，一定要買些回去給我娘嚐嚐。」

看到唐果心心念念記著她娘親，允瓔心有所感，想起了她爸媽。他們只有她一個女兒，如今她來了這兒，他們……不知道怎麼樣了。

「瓔兒。」烏承橋察覺到允瓔的細微變化，握住允瓔的手，遞上空碗轉移允瓔的注意力。「幫我再打些湯來。」

「好。」允瓔收回心思，接過空碗，起身到了鍋邊，替他舀了滿滿一碗湯。

「不知唐公子是哪裡人？來這兒訪親還是……」烏承橋朝唐瑭隨意問道。

「實不相瞞，我既不是訪親，也不是來玩的，我是專程來逮我這妹妹回家的。」唐瑭帶著笑，指了指忙於喝湯吃麵的唐果，有些無奈。

「我用你逮？」唐果含含糊糊地接了一句，白了唐瑭一眼，繼續埋頭吃東西，難得不與唐瑭計較。

允瓔回到桌邊，把手中的碗放到烏承橋面前，烏承橋順勢挾了一筷子小炒肉片到允瓔碗中，溫柔一笑。

唐瑭帶著笑意看了看烏承橋和允瓔，問道：「兩位因何在這兒開麵館？怎麼不到鎮上買間鋪子，也勝過這兒安穩吧。」

「不瞞唐兄弟，貧寒人家，能吃的飽穿的暖，就不錯了。」烏承橋有模有樣地嘆氣。

「我倒是有心去開間鋪子，無奈前些日子摔傷了腿，家裡生計都是拙荊在辛苦，這開鋪子的事……唉，一時談何容易。」

「師傅，妳要開鋪子？」唐果忽然抬頭，看著允瓔問道，雙眼發亮。

「只是想想。」允瓔笑了笑，發家致富誰不想啊，只是，再想也得尊重現實。「我倆連落腳的地兒都沒呢，談鋪子，太遠了些。」

「我可以出錢啊。」唐果直接說道。

「妳的錢是妳的錢。」允瓔搖頭。他們只是萍水相逢，她又不真的當自己是唐果的師傅，這涉及錢財的事，還是不要牽扯為好。「人總得有點盼頭，要是收個徒弟，就讓徒兒出錢開鋪子，我不成那騙錢的歹人了？」

「沒錯，我們如今的日子雖然比不得別人，但勝在問心無愧。」烏承橋贊同道。「至於開不開得成鋪子，努力就是。」

「可是，這樣什麼時候才能……」唐果有些心急，正要勸說幾句，便看到自家哥哥警告地瞪了她一眼，頓時住了口。

「那就祝兩位心想事成。」唐瑭不好意思地朝烏承橋笑了笑。

「多謝。」烏承橋隨意地還禮。他們可壓根兒也沒想讓唐果出錢的意思，要不然也不會拒絕唐果送的禮了。

允瓔也是這樣想法，無論她還是烏承橋都不是見錢眼開的人。

他們想成功、想賺錢沒錯，但她更希望憑自己的努力爭取，而不是靠人施捨；再者，就算與人合夥生意，也得知根知底才行，要不然涉及錢財，親兄弟姊妹翻臉都有，更別提萍水相逢連朋友都稱不上的人。

「師傅，要是有需要，儘管開口喔。」唐果回瞪了唐瑭一眼，有些不滿，她就是看人順眼自願出錢出力不行嗎？

「謝謝。」允瓔笑著點頭，並不當回事。

就在這時，碼頭上一陣喧譁，出現一群人，正中間卻是四塊門板，上面躺著四個人。

「這是出什麼事了？」唐果好奇地問，先站起來伸長脖子往那邊看。

「估計是生了病求醫去的吧。」允瓔隨口應道，轉頭瞧了瞧，這一瞧，卻瞧出一些不妙來。那為首的，不是中午來買五碗麵給了一兩碎銀子的那人嗎？

「咦？好像往這邊來了。」唐果盯著看，見那些人來勢洶洶地往這邊過來，不由驚呼一聲。「師傅，妳的船能擺渡嗎？」她以為這些人是要找船擺渡過河。

烏承橋卻沈了臉色，凝重地看著那些人。「看來，有人太閒了。」

「誰啊？」允瓔沒明白，還回頭看了看他，想開兩句玩笑，卻聽到一聲暴喝，竟是衝著他們來的。

「一間麵館的主人呢！出來！」

允瓔頓時愣住，怎麼回事？

「我就是一間麵館的主人，不知各位有什麼事嗎？」烏承橋見狀，隨手把允瓔往邊上一攔，搶先開口。

之前買麵的那人倒是見過他，也沒質疑，直接指著被抬著的那四人說道：「你們的麵有毒，剛剛我買了五碗，吃完後就倒下了四個，你們說，這事怎麼解決？」

允瓔看著那一動不動的四人，瞬間明白，這人之所以這樣大方，原來是抱著找碴的目的。

「咦？奇怪，既然是五碗麵，怎麼才躺下四個，唯獨你沒事？」唐果突然插了一句話。

「那是因為我沒吃！」來人聽到這話有些激動，瞪著允瓔幾人怒氣沖沖地說道：「我們也是聽聞一間麵館的名聲，今兒才特意來捧場的，要不然鎮上那麼多家賣吃食的，何苦特意跑到這兒來？誰想到，你們這麵館竟然如此歹毒，還沒吃完人就倒了，你們說，這事怎麼處理？」

「能怎麼處理？害人者償命！」同行的人厲聲附和道。

允瓔皺眉，聽到他這番話，她越發相信這人是故意而為。

面對指責，烏承橋當然不可能再客客氣氣地說話，他看了看那幾人，微瞇著眼淡淡地問道：「你說我們家的麵有毒，不知可有證據？」

「當然有證據。」來人拿出之前的籃子，籃子裡還裝著五碗殘餘的麵條；另外，他居然還帶了一枚銀針，當著眾人的面，把銀針插進碗裡，銀針瞬間變得烏黑。

他拿了起來，左右示意，大聲說道：「大家看，一間麵館的麵可是有劇毒的，會吃死人的，大家千萬當心，不要再上當受騙了！」

「喂！你這分明是陷害！再普通不過的麵，怎麼可能有劇毒？」唐果氣呼呼地指著那人。「你有點腦子好不好？他們好好地開著麵館，求的是生意興隆，謀害你們幾個做什麼？還有，為什麼所有人吃了麵都沒事，只有你們幾個出事了？還劇毒，這樣不上道的手段也敢搬出來混，本姑娘五歲就玩膩了，你們幾個別出來丟人現眼了。」

這會兒的渡頭除了做事的船工，還有很多剛剛過來的行人，見到這情況，紛紛圍過來，不明就裡的行人見狀，難免要對允瓔幾人多看上一眼，私下議論上幾句。

第四十四章

「吃壞了，怎麼不去看大夫？」也有船家奇怪地問。「要是吃死了人，直接告官也行啊，官府接了案子，自然會來傳喚他們。」

「說吧，你們是什麼人？我夫妻二人何時得罪過你們？請直言。」烏承橋淡淡地看著他們。

允瓔站在他身邊，安靜地看著他們的一舉一動。

她留意到，那四個躺在門板上被抬著的人，面色如常，雖然一動也不動，但細細一看，胸膛微微起伏，眼皮還時不時動上一動，這要是吃壞了東西，不得疼得滿地打滾？要是吃死了，怎麼著也不會是現在這樣。

所以，這些人不是被人指使來壞她家麵館名聲的，就是看不慣她家生意，來搗亂的。

初初的驚訝之後，她立即鎮定下來，冷眼旁觀。

「我們都是鎮上的莊戶人家，跟你們往日無怨、近日無仇，就是衝著一間麵館的名聲上門來的，沒想到你們竟然下毒害人……」來人高聲說道，手裡還提著那些麵，東一句西一句地說著。

「胡說八道，胡攪蠻纏！」烏承橋冷哼一聲，也懶得和他多費口舌，這些人擺明就是來搗亂的，說的話都是顛三倒四，漏洞百出。「我們規規矩矩地做生意，從未得罪過任何人，更不消說要謀害哪個人了，我倒要問問你們，到底是哪家的館子派來的！」

「什麼館子？不知道你在說什麼，反正我們的人吃了你們的麵，出事了，你們說該怎麼辦？」來人顯然也不是個能言善辯的人，聽烏承橋說這話，直接耍賴。

看到這兒，明眼人差不多都明瞭了，一間麵館這是招了哪家人的眼了，議論聲更甚。

「公說公有理，婆說婆有理，既然你堅持說是我們家的麵有毒吃死了你們的人，而我們的麵又確實沒問題，這樣糾纏下去，也是浪費工夫，不如交給官府公斷吧。」允瓔看了看烏承橋，開口說道。

任何糾紛都不可能自己扯得清楚，只有找第三方介入，而如今這世間，估計也只有官府了，那些人死沒死，有沒有中毒，找仵作驗驗，想來就能明白了。

「明明就是妳的麵吃死了人，這會兒還裝模作樣請官府的人，哼，我勸妳還是少動腦筋，省得到時候，進了官府出不來。」那人卻不接她的話，逕自威脅道。

「沒錯，報官！」唐果附和地嚷嚷著。

烏承橋卻是皺了眉。

這官府未必就比這些人好對付，他的腿傷還沒完全好，要是去官府，怕是只能讓允瓔去，她去了，怕是要吃虧呀。

「放心，我們陪她去一趟。」唐瑭一直沒說話，此時看到烏承橋猶豫，才笑著說了一句。

「多謝。」烏承橋感激地一笑。

有道是自古衙門朝南開，有理無錢莫進來。

官府那些人如何，他們比誰都清楚，所以唐瑭便立即明瞭了烏承橋的擔心，朝他點點頭，做了保證，反正他不出面，他那個好管閒事的妹妹也不可能不出面，還不如他一次解決。

「走，報官！」唐果比誰都興奮，直接跳上岸，來到那些人面前，她湊了過去，想看看那四個人的情況，卻被為首那人給攔下來。

「妳想幹什麼？」那人瞪著唐果，很不解這好管閒事的小丫頭是從哪裡冒出來的。

「沒想幹什麼呀，就是看看這幾個人死透了沒有。」唐果一臉興奮，指著那幾個人說道。「我聽說，這中毒死了的人，會七竅流血，他們幾個怎麼沒有？還有還有，我剛剛好像看到他們動了一下耶，你這人也真是的，兄弟中了毒也不去找大夫，其心可誅喔。」

「哪來的小丫頭！」來人被問得啞口無言。

「喂，死了沒？」他一恍神，唐果已經到了那些擔架前，伸手去戳戳那擔架上的人，好奇不已。

「妳幹什麼！」為首那人見狀，上來就推唐果。

唐瑭皺眉，一個起躍便擋到唐果面前。

那人的手沒推到唐果，卻推到了唐瑭身上。

唐瑭文風不動，冷眼看著那人。「收起你的狗爪子！」

「哥，這人真可惡，我們送他去領板子吧？」唐果從唐瑭的身後探頭，笑嘻嘻地說道，似乎對這一切早就料到，剛才她連躲都不曾躲一下。

「走。」唐瑭板著臉白了她一眼，伸手就要揪那人衣領。

「幾位，我們的人吃了麵條昏倒是事實，你們也不能這樣欺人吧？」這時，抬門板的眾人中有人出來攔下唐瑭。

「諸位真的就檢查過這幾人昏倒的事實了嗎？」

允瓔緩步下了船，慢慢地走過來。這事不解決，多少會影響到麵館的生意，她可不想剛剛上正軌的生意因此被破壞，她看了看這些人的衣著打扮，還有剛剛表現出來的神情，似乎和那買麵的人不是一夥的，於是，她帶著一絲僥倖說道：「諸位，中午他來買麵時，當時還有幾位客人在這兒吃麵，他們的麵也是在同一鍋湯裡煮的，為何他們吃了沒事，而這幾位卻偏偏中毒了呢？這是疑點之一；其二，他方才說自己是鎮上的莊戶人家，可他剛剛來買麵時，五碗麵，加上碗和籃子，也花不了百文錢，他卻直接拋下一兩碎銀子直接走了，敢問，哪個莊戶人家這樣有錢？」

眾人聽罷，頓時譁然。一兩銀子！省著些花便是尋常莊戶人家幾個月的口糧，這人卻拿出來買了五碗麵？

抬門板的眾人也是面面相覷，紛紛看向為首的那個人。

「說不出來？」唐果眨巴著眼，躲在唐瑭身後看著那人，眼珠子滴溜溜地轉，瞬間，她把主意打到那四個人身上，沒等眾人反應過來，她便拔下頭上的銀釵到了那四人身邊，高高地舉起。「讓我來驗一驗他們有沒有中毒吧。」

「妳想幹什麼！」為首那人大驚，語氣中帶著一絲顫音，死死盯著唐果手中的銀釵。

「驗毒呀，我這釵子可也是銀的喔。」唐果回頭朝他俏皮一笑，手中的銀釵也狠狠往其中一人臉上扎去……

「啊！」就在這時，那人猛地睜開眼睛，雙手胡亂一擋，從門板上滾下來。

「哇哇！詐屍了！詐屍了！」唐果大呼小叫，跳到唐瑭身邊，伸手就拔起他的劍，沒頭沒腦地朝那滾下來的人砍去，那人被她的舉動嚇得魂飛魄散，連滾帶爬地逃了。

唐果朝著那人揮了幾劍，也不去追，轉身又衝向另外三個，邊走邊說道：「詐了一個，這幾個不會也這樣吧？想想就危險，還是讓本姑娘一劍結束了他們，省得他們也詐屍嚇唬人！」

她還沒走近，那三人已經紛紛跳下來，在眾人的目瞪口呆中逃離。

「算你們狠！」為首那人見情況不對，對著允瓔狠狠一指，匆匆跑了。

「麵條有劇毒？哈哈，這麼扯的事他們都能想得出來，真是白癡。」那五個人落荒而逃，唐果沒有半點掩飾，笑得前俯後仰，邊笑，邊數落著那些人的幼稚。「真是笨到家了！他要是說麵條裡有不乾淨的東西，說不定我們還真就信了，劇毒？哈哈哈，笑死我了！」

「唐果。」唐瑭忍不住嘆氣。

「抱歉，我們……」餘下的眾人被這變故驚到，這會兒才緩過神來，尷尬不已地看著允瓔。片刻，才站出來一個人，代表眾人致歉，他們也是看到那幾人吃了麵倒地，被央著抬了這些人過來，沒想到居然是來訛人的。

「這事與你們無關，不用道歉。」允瓔微微一笑，她還不至於遷怒這些人，而且，遷怒也沒什麼用。

「告辭。」眾人訕然，提了那幾塊門板匆匆離開。

「師傅，就這樣放他們走了？」唐果卻不服氣，眼珠子一轉，她有了主意。「師傅，我先回去了啊，等我練好了和麵再來找妳。」

說罷，上前拉住唐瑭的胳膊就要走。「哥，快走，有事跟你說。」

唐瑭被拉著走，只好無奈地回頭朝船上的烏承橋頷首，跟著離開了。

允瓔回到船上，收拾了空盤空碗，一邊猜測著這件事的來龍去脈。這件事肯定沒那麼簡單，那幾個人與她往日無怨、近日無仇的，那麼，就只有一個可能——他們受雇於人。

至於是什麼人在搗亂，允瓔卻是毫無頭緒。

她能想到的，烏承橋自然也能想到，他沈吟許久，輕輕開口。「瓔兒，今晚我們另外尋個落腳的地方吧。」

「為什麼？」允瓔回頭。

「今天的事蹊蹺，或許我們已經被人盯上了。」烏承橋沒想瞞著她，他現在行動不便，有許多事必須依仗她，而且他也不想她在不知情的情況下讓自己置於險境。

「想到是什麼人了？」允瓔一聽，立即轉到他面前，雙眼發亮地問。

「我不知道。」烏承橋搖搖頭，歉意地看著她。「對不起，如果不是我，妳也不會……」

不會失去父母，不會跟著他吃苦，或許，她會尋一門尋常的親事，如同戚叔他們那樣安安穩穩地過日子。

「好好的，道什麼歉？」允瓔白了他一眼。「快說，想到什麼了？為什麼今晚要換地方？」

烏承橋收起歉意，細說起想法。「我們來這邊，一直都是停留在附近，可今天的事倒是提醒了我……為了安全，我們還是換個地方吧。」

「好。」允瓔沒意見，換就換吧，反正就一條船，到哪兒都行。

一下午，烏承橋閒暇下來就看著遠處，作著謀算。

允瓔忙好了食材，坐在灶前看著火，灶上熬著大骨湯。

夜漸漸暗下，來吃麵的客人陸陸續續出現，允瓔開始忙碌。

客人們聽說了白天的事，紛紛給允瓔出謀劃策，主意萬千，不過共同點只有一個，那就是允瓔和烏承橋兩個一定是得罪了什麼人，遭報復了。

允瓔笑著謝過了眾人好意，卻沒有多說什麼。

忙到夜幕降下，渡頭上的人漸漸稀少，允瓔也開始收拾。

「相公，我先去打些清水。」碗洗到一半，允瓔發現木桶裡的水空了，她站了起來，提了木桶準備下船。

「好。」烏承橋點頭，把洗好的東西先歸置起來。

允瓔朝著水井走去，那水井就在喬記倉的附近，這喬記倉似乎從來沒開過門，她來取水好幾次，都沒見過人。

這一次，允瓔記著把空間裡的大水缸也注滿水，當她正要打上木桶的水時，卻聽到細細的聲音從喬記倉後面傳來。

允瓔覺得奇怪，悄然走近，只聽那邊有人說話。「記住，一會兒等渡頭的人全走了，我們就悄悄過去，男的沈江，女的送……」

這麼歹毒！允瓔皺眉，這些是什麼人？又是要對誰動手？

「先送錢爺那兒？」

「當然，錢爺這次可真的發狠了，不玩她個幾天，哪能消這口氣？」

允瓔聽到這兒，緩緩後退，不論這些人是誰，不論他們要對誰下手，總之，都不是好東西，她還是別惹是非了。

悄然回到井臺邊，她連那兩桶水也不打了，直接飛快地跑下石階，回到了船上。

「出什麼事了？」烏承橋看到她神色匆匆地提著空桶回來，忙坐直了身看向允瓔。

「這會兒估計也沒人了，你不是說要找地方歇息？我們快走吧。」允瓔上了船，還有些緊張地回頭看了看，後面安安靜靜的，只有幾個晚到的行人正往鎮上走。

今夜也不知道怎麼回事，渡頭處停靠的船也只有寥寥幾艘。

允瓔有些不安。

這一帶，晚上停留的還是一男一女的……似乎也就她一家，難道，那些人是衝著他們來的？

「怎麼了？」烏承橋皺眉，拉住允瓔的手，警惕地看了看碼頭，問道：「出什麼事了？別急，慢慢說。」

「我剛剛打水，聽到喬記倉後面有人說話。」允瓔回頭，此時渡頭上的人已經空了，她不敢疏忽，匆匆說道：「他們好像在商量今晚要對誰動手，還說男的沈江，女的……送給什麼錢爺。」

「錢爺？」烏承橋神情一凝。

「好像是的。」允瓔重重點頭。

烏承橋沈默地看了看昏暗的渡頭那頭，沈聲說道：「走。」

說罷，便往船尾那頭移去。

允瓔也配合地過去解船繩，用竹竿撐著岸，控制著船緩緩離開，等烏承橋控好了船，允瓔回到船頭，熄了燈。

摸著黑，船悄悄地離開渡頭。

直到離渡頭遠遠的，拐過了河道，允瓔才重新點燃了燈。

「相公，我們去哪兒？」允瓔坐到烏承橋面前，心裡有著小小的傷感，身如浮萍，一點兒風吹草動便讓他們如驚弓之鳥般，這日子……確實讓她不舒坦，可是，如今除了這船，他們還能去哪兒？

「從前面的小河道拐彎，我們進水草叢，那邊水道縱橫，有什麼事，我們也能有個藏身之處。」烏承橋答得很詳細，他怕允瓔心裡害怕，朝她笑了笑。「很近的，很快就到了。」

「你怎麼知道？」允瓔有些奇怪，這段時間他都沒空出來轉呀。「還有，你說的有什麼事……會有什麼事嗎？」

「之前我們進過水草叢的，妳忘記了？」烏承橋看了看允瓔，沒提之前他們一家經常棲身水草叢中的事，他不想勾起她的傷心；至於第二個問題，倒是沒什麼可瞞的。「他們只怕是衝我們來的，他們所說的錢爺，估計就是那個錢發，今天來搗亂的幾個，也有可能是他的人。」

「錢發……」允瓔皺了皺眉，忿忿地罵了一句。「真卑鄙！」

「我們自己當心些就是。」烏承橋看到她氣鼓鼓的樣子，反而笑道：「反正，他也囂張不了幾日了。」

「怎麼說？」允瓔瞪大眼睛，很好奇他的話。

「他不是自稱柯家的人？」烏承橋神秘一笑。「到時，自有柯家的人去對付他。」

「你是說單子霈？」允瓔疑惑地問。「他行嗎？」

「他不行，自然有人行。」烏承橋只是笑，搖著船轉進了水草叢，沒再說下去，只是指使允瓔去船頭。「妳去前面看看，莫要進了窄道，我們得選個水道寬些，能進退的地方。」

「好吧。」允瓔見他不願多說，也不多問，乖乖起身，到了船頭，取了竹竿慢慢地探路前行。

第四十五章

很快，他們來到了水草叢深處一片空曠處。

允瓔停了下來，她覺得有些眼熟。「相公，你有沒有覺得這兒有些眼熟？」

烏承橋打量四周，一時無語。

這兒是他們當初棲居的地方，他們在這兒拜堂，來不及洞房就遇到了襲擊，她還真的不記得了。

好一會兒，烏承橋才輕聲開口。「是有些眼熟，不過這附近的水草河道都相似，眼熟也不奇怪吧。」

「也是。」允瓔點點頭，沒往深處想。

烏承橋接替了搖船，四下查看一番，選了個能進能退的地方停下。

兩人略一收拾，雙雙歇下。

允瓔壓根兒就沒多想，雖然她是親耳聽到那些人的對話，但卻沒有放在心上，一躺下，沒一會兒就沈沈睡去。

她不知道的是，烏承橋在她入睡之後，卻輕手輕腳地起來，坐在船尾，一整夜警戒著周圍的動靜。

凌晨，天際微微泛白，允瓔如往常那般醒來，便看到烏承橋倚在船尾，令她不由驚訝。

「這麼早？」

烏承橋聽到聲音，回頭笑了笑。「嗯，起早了。」他沒有說一夜未眠的事，輕描淡寫地帶了過去。

允瓔不疑有他，收拾了船艙，站到船頭，看著天際漸漸擴散的光，大大地伸了個懶腰，深深吸了口氣，蹲在船頭洗漱梳理完畢，她又幫烏承橋打了水、梳了髮，看著那一片片的水草叢，她起了興致。

全新的一天，允瓔充滿幹勁，轉頭歡笑著對烏承橋說道：「相公，趁著這會兒還早，我去水草叢裡看看有沒有野鴨蛋？」

「當心些，速去速回。」烏承橋點點頭，看了看水草叢，這一夜，偶有飛鳥落下飛起，倒是沒多大動靜，暫時，他們是安全的。

「好。」允瓔點頭，拿起竹竿撐船尋找著旱地。

尋找倒是不難，很快她就找著地方，提了空籃子，拿了根木棍下船，鑽進水草叢。

沒一會兒，果然就尋到了野鴨窩，允瓔毫不客氣，一窩端下。

密集的水草叢果然是野鴨子們喜歡的地方，允瓔邊走邊尋，不消多時，就撿了滿滿一籃，她停下來，抬頭看看天色，轉身往回走。

滿滿一籃鴨蛋，有些沈，允瓔想了想，直接將籃子移進空間，在快到外面的時候才拿出來。就在這時，她還走沒兩步，突然一旁的草叢一陣急劇晃動，似乎有東西飛快地滑過。

「啊！」允瓔嚇了一大跳，脫口驚呼。

「瓔兒！」烏承橋在外面聽到動靜，急急地喊。

允瓔想也不想，抱著籃子就飛快往外奔，一路，不可避免地掉了好幾顆野鴨蛋。

一出去，就看到烏承橋站在外面，焦急地往這邊看。

「瓔兒，出什麼事了？」烏承橋看到她完好無事，稍稍鬆了口氣，隨即目光如電地掃向她身後。

「好像有蛇！」允瓔快步藏到他身後，有些驚懼地說道，一時之間，她忽略了一件事。

「蛇……」烏承橋鬆了口氣，轉身攬住她的肩安撫道：「沒事，這會兒也沒見追著妳出來，想必是走了。」

「還追我……咦？」允瓔不高興地反駁，抬眸看他，卻突然察覺不對勁，今兒，她得抬頭看他……

她頓了一下，這時才算明白過來，他是站著的，而平時，都是坐在船上。

「當心你的腿。」允瓔驚詫之後，皺了眉。

「沒事呢，好多了。」烏承橋笑著搖頭，剛剛他心急之下，直接就跳下了船，居然也沒疼痛，只是雙腿許久未走路，感覺有些無力，還有就是木板夾著，讓他無法彎曲膝蓋，極不舒服罷了。

「那也得養著。」允瓔抬頭瞪了他一眼。

他足足比她高出一個頭，她站在他身前，只到他肩膀，看著他說話都得仰頭，就好像邀請……允瓔瞟了他的唇一眼，忙避開目光，臉色微紅。

「回去吧，時辰差不多了。」烏承橋含笑提醒道。

「喔……好。」允瓔忙點頭，低頭看看手中的籃子，直接放到地上，然後把他的手架到肩上，伸手環住他的腰。「當心些，那條腿還是別太用勁了。」

「嗯。」烏承橋點頭，倚重著她的肩，一步步往船邊走。剛剛心急之下沒感覺，這會兒走路卻是顯出些許不妥來，不過他沒吭聲，強撐著挪了過去。

「先坐下。」允瓔指揮著他，等烏承橋坐到船舷，確定坐穩之後，她彎腰幫著把他的雙腿抬上去，一邊緊張地問：「有沒有覺得不舒服？疼不疼？」

「沒事，不疼。」烏承橋隱瞞了那絲不適，笑著安撫。

「不能再這樣了，王叔說了，要多養著。」允瓔鬆了口氣，看著他的臉，又皺了下眉。「你昨晚沒睡好？臉色這樣差。」

「我沒事，一會兒歇歇就好了，快去把籃子提回來，我們該走了。」烏承橋岔開話題，不想讓她擔心了。

允瓔狐疑地看著他，點點頭，過去提了籃子回來。

「你再去睡會兒吧，我來搖船。」允瓔不容反對地說道。

「好。」烏承橋點頭，沒有逞強，趁著這會兒歇歇，養足精神了，今晚才能繼續守夜。

允瓔幫著重新鋪好被褥，才坐到船尾上。

烏承橋躺下後，很快就睡了過去。

允瓔安靜地搖著船，全神貫注地辨別著方向，這一片水草叢看似都差不多……費了好一會兒工夫，轉了幾圈，終於回到正道上。

等她來到黑陵渡頭，天已經全白了，渡頭處早起出行的人也多了起來，正忙忙碌碌地趕著。

「小娘子，今兒怎麼晚了？」渡頭上有幾位熟客拿著從鎮上買來的餅啃著，看到允瓔，笑著打招呼。「剛剛我們來一趟沒見著船，還以為你們今兒不來了，又跑了鎮上一趟，這才回來你們就到了，唉，多費了一趟腳力。」

「不好意思，有點事耽擱了一下。」允瓔歉意地笑道。「勞大家費工夫了，一會兒若等得及，再喝碗熱湯吧，我請。」

「哈哈，這熱湯能先記著不？我們馬上得走了，而小娘子的灶還沒點上。」幾位熟客都是渡頭上替人扛貨的船工，大家彼此也混得熟了，說話也爽直。

「成。」允瓔也爽快，熱湯麼，不就是多加些水的事。

眼見今天生意丟失不少，允瓔也不多做，看烏承橋還在睡覺，她避開眾人視線，把空間儲著的清水引了出來，注滿那兩個桶，三個灶都點上，開始燒水熬湯，隨便洗了幾顆野鴨蛋蒸上去。

允瓔坐在灶前，邊顧著火邊收拾食材。

今早要用的食材沒有很多，所以她順便把一籃野鴨蛋清洗乾淨，尋了陶罐和鹽出來，鴨蛋微微浸過白酒在鹽裡滾了一圈，一顆一顆的放進陶罐裡擺放好。

做完這些，允瓔才去和麵。

她做事喜歡安排得井然有序，做完一樣再做一樣，按著條理來，這一番下來，船頭也沒見混亂。

只是，今天也不知道是因為他們來得晚，還是其他原因，等到辰時，也只有兩、三個客人過來，生意只做了這麼點。

蒸的蛋早就熟了，得了空，她坐在船頭，邊看著渡頭上的人，邊剝著蛋殼，她還沒吃早餐，原本想等烏承橋醒來一起下麵吃，可這會兒他還睡著，似乎還睡得挺沈。

他不會是一晚沒睡吧？

允瓔忽然閃過這樣的想法，側頭看了看熟睡的烏承橋。

這一日的生意不盡人意，一天下來，也不過是幾個熟客光顧，看來那件「中毒」事件，還是影響了生意。

烏承橋這一覺，睡到黃昏才起。

「這麼晚了？」烏承橋坐了起來，有些歉意地看著在船頭忙碌的允瓔。

這會兒已經沒了客人，允瓔正在清理一天下來剩餘的食材和麵條，此時，她正擔心呢，聽到烏承橋的話，她收斂了思緒，微笑著轉頭。

「睡飽了？」

「嗯。」烏承橋點頭，掀開被子挪了出來。「單子霈來了沒？」

「沒呢。」允瓔淨了手，給烏承橋打了熱水，蹲在他身邊，細細打量著他的臉。「你昨天是不是一晚上沒睡？是在擔心什麼嗎？」

「只是睡不著而已，沒擔心什麼呢。」烏承橋捧了水洗臉，避開她的問題。「也不知道是不是我們昨夜沒在，跟他錯開了……」

「那晚上還要去別的地方嗎？」允瓔自從遇到那條蛇，這會兒一想起水草叢裡不知有多少那樣的東西，就有些害怕，有些不情願去那邊了。

「去，他找不著我們自然會另想辦法。」烏承橋側頭看了看渡頭，相對在這兒等單子霈的到來，還是自己先規避危險來得好，畢竟單子霈也不知道來得了來不了，而那些人，卻是虎視眈眈等著的。

「噢。」允瓔有些無奈，卻沒說什麼。「我去做飯，你都一天沒吃東西了。」

說罷，起身到灶臺，今天剩餘的麵條還有好些，也只能吃麵條了。

允瓔清點了一下，決定做炒麵，這樣餘下的食材也不會浪費了。

水燒開，麵條下鍋煮熟後撈到涼水裡，過了一遍倒到漏勺上瀝水。

剩餘的食材都改刀切成了絲，換了鐵鍋，接著把食材分批入鍋煸炒後，再加入瀝好的麵條，加上調味料拌炒，簡單的炒麵就成了。

允瓔又做了碗湯，兩人將就著吃了晚飯，清洗完畢，也沒見單子霈出現。

烏承橋也不再等，搖著船離開了渡頭。

再一次來到昨夜休息的地方，天色還沒有全黑，兩人倒是難得清閒下來。

坐在船艙口，允瓔打量著外面的景色，那種熟悉感再次襲來。

「好奇怪，我總覺得來過這兒。」允瓔困惑地看著外面，黑夜裡，只能看到模模糊糊的影子，靜謐的水塘四周，水草叢被風拂動，傳來細細的聲音，不遠處，偶爾響起某種鳥「嘎嘎」的聲音。

「那天，我們就是在那兒成親的。」烏承橋回頭看了看她，指著前方不遠處說道。「妳忘記了？」

「成親？」允瓔偏著頭，瞇起眼細瞧了瞧，記憶裡似乎還真有這樣的影像，只是這片水草叢都差不多，他怎麼就肯定是在這兒？可這話，她還真不能問，問出來只怕就露餡兒了。

所幸，烏承橋也想到那夜的慘事，不想惹她傷心，也沒多提。

這一夜，允瓔睡得安然，烏承橋又守了一夜。

不過，這次允瓔已經知道他熬夜的事，次日起來便趕了他去睡覺，搖船做事都她自己一個人攬下。

連續幾天，生意都是平平淡淡，甚至連最初剛開張時也不如，允瓔每日守著，想著辦法變著花樣，但，那幾位熟客也不是有錢人，他們在渡頭做事，每天賺的錢都是摳著花的，太高價格他們也捨不得買了，生意就此膠著。

「這樣下去也不是辦法，要不，我們換個地方？」允瓔一籌莫展。

「妳想去哪兒？」烏承橋對去哪兒倒是不在意。

「我也不知道哪兒適合我們。」允瓔支著下巴，看著渡頭上來來往往的人嘆氣。「在這兒，好歹還有幾個熟客，換個地方，興許人多一些，可我們就得重新開始，想來想去，未必就比這兒強……」

「要不，我們試著找個地方安頓下來，開間鋪子，固定的麵館，總比這水上漂泊的強。」烏承橋隨口說道。

「固定的麵館……安穩是安穩啦，可是我們現在的條件，連租都租不起。」允瓔苦惱地說道，雙手托在膝上，側頭趴著看他。「你說，我們是不是可以找個再大些的碼頭？黑陵渡雖然往來的人不少，可鎮上離得也近，有些錢的也不會留在渡頭吃飯，沒錢的也捨不得多花錢，你說是不是？」

「嗯，有道理。」烏承橋點頭，目光打量著渡頭上喬記倉的方向，這些日子，他也在注意那邊，卻始終沒見到有人出現。

允瓔見他興致不高，也有些沒趣，便抬頭四下張望，一回頭，便看到遠遠的有幾條漕船往這頭駛來，她眯眼看了一下，突然就看到船上站著柯家那個管家，不由坐直了身子，驚訝地喊道：「相公，你看，那不是柯家的人嗎？」

烏承橋轉頭，看了允瓔一下，順著她的目光看去。

果然是柯家的人，除了管家，還有單子霈和那些護院，還有……柳家的人。

柯家的船直接從他們船邊駛過，單子霈站在中間那船的船頭，警惕著四周的情況，忽然，他往烏承橋和允瓔這邊注視了一眼。

允瓔沒有起身，柯家那個管家可是見過她的，她不想惹麻煩。

而烏承橋，也是坐在艙口，面無表情地看著船上的柳老爺。

那不是柳媚兒的親爹，只是她的叔叔。柳媚兒的親爹是戶部侍郎，在京城為官，而柳媚兒也不過是庶女，喬家再富，也不過是商戶，哪可能讓柳侍郎親自回來主持。

再加上，柳媚兒與他的親事，便是這位柳老爺上躥下跳促成的，柳媚兒在這位家裡出嫁，縱然裡面有不可告人的秘密，也不奇怪了。

此時，柳老爺正與另外一位中年人並肩而坐，談笑風生。

那中年人的身後，還站著一個年輕人，痞痞地倚著艙門，這邊瞧瞧那邊瞧瞧，顯得無聊至極。

突然，他看到這邊的船，站直了身，往這邊走了幾步，重重地拍了拍單子霈的肩，指著允瓔他們，說了幾句什麼。

允瓔看了看他們，又看了看烏承橋，心裡一陣緊張。

烏承橋收回目光，朝允瓔搖頭，安撫地笑了笑，示意她稍安勿躁。

此時，單子霈所在的那條船已經到他們邊上。

「一間麵館，這店名倒是好記。」那年輕人感興趣地看著允瓔掛在船艙頂上的木牌，質疑地問單子霈。「你剛剛說他們的麵難吃，真的假的？」

「公子，你覺得，這樣的破船能做出什麼好吃的麵？」單子霈抬眸瞟了一眼允瓔的船，一臉嫌棄。

允瓔聽得皺眉。

「有多難吃？」年輕人卻不信，還在問。

「麵煮得一半爛透一半生的，你吃過沒？」單子霈信口胡謅。

「哈，這樣好的手藝？」偏偏那一位還不是正常人，一聽反倒來了興趣，轉頭對著柳老爺旁邊的中年人說道：「爹，你先回吧，我讓他陪我逛逛。」

「胡鬧！這樣的麵館能做出什麼好吃的？趕緊安分些跟我回去。」那中年人看了允瓔的船一眼，瞪著年輕人斥責道：「你柳伯伯在這兒，還不好好陪著。」

「爹，你陪著不就好了？看你們倆也挺聊得來的，不如他家的女兒……你自個兒娶了吧。」年輕人吊兒郎當地說完，拍了拍單子霈的肩，縱身一跳，直接落到允瓔的船頭，只是下腳太重，整得船隻一陣晃動。

案板上放著的幾顆白菜也骨碌碌地掉下來，眼見就要滾出船舷掉到水裡。

允瓔忙伸手搶了回來，不滿地抬頭看了他一眼。

年輕人有些意外地看了看允瓔，痞痞地說道：「喲，這小娘子長得水靈，脾氣也不小。」

「逆子！」中年人在那邊船上氣得直吹鬍子。

柳老爺卻是若有所思地看了看允瓔和烏承橋，也沒為年輕人無禮的話生氣。

烏承橋坐在船艙口，低頭幫著允瓔收拾，他一直留意柳老爺的動靜，當然也沒有錯過柳老爺的關注。

「老爺息怒，我去帶公子回來。」單子霈見年輕人都跳到了允瓔船上，只好朝中年人拱

第四十六章

「來兩碗麵，讓小爺嚐嚐到底有多難吃。」年輕人逕自拿走允瓔坐過的矮凳子，坐到了一邊，打量了烏承橋一眼，也不理會他，直接衝著允瓔說道，語氣霸道獨斷。

「公子，難吃你還吃？」單子霈不動聲色地瞅了瞅烏承橋，有些無奈地看向年輕人。

允瓔也用看白癡的目光看著這年輕人。她隱約猜到這人的身分，單子霈喚他為公子，又是柯家船上下來的，如果她沒想錯，這人應該就是柯至雲，所以對他便沒有什麼好感，柯家的人……原來是這副鳥樣子。

「小爺什麼沒吃過？唯獨這難吃卻還能開得下去的麵館沒吃過，試試又何妨？」年輕人滿不在乎地看著允瓔道：「兩碗，做妳最拿手的。」

「不好意思，沒有。」允瓔鄙夷地看著他。「公子若是餓了，請上岸，前行右轉，再拐彎，就有麵館。」

「真是奇怪，哪有人有銀子不賺，把客人往外趕的？」年輕人驚訝地打量著允瓔。「不好意思，小爺今兒還真就吃定這麵了，吃不著，摘了妳這招牌。」

「你……」允瓔顰眉，正要說話，一邊的烏承橋笑道：「既然公子發話，我們從了便是，只是，若一會兒公子覺得不好吃，還請不要怪罪。」

「小爺自己想吃，不論好吃難吃，都不會怪罪，喏，這銀子，收好了。」年輕人不耐地揮揮手，從錢袋子裡隨意取了一粒碎銀子出來，扔到烏承橋膝上。

他的態度隨意而輕慢，讓允瓔很不爽，她皺起眉，正要說話，烏承橋再次搶了她的話。

「多謝這位公子慷慨。」烏承橋收起銀子，朝年輕人微微一笑，轉向允瓔點點頭。「瓔兒，這位公子說的沒錯，我們做買賣的，哪裡能把客人往外趕呢？這銀子又沒得罪了我們是不？」

允瓔一愣，沒明白烏承橋的用意。

年輕人正點頭，說了一句又覺出不對來，瞪著烏承橋問道：「還是你懂事……咦？不對，你這話的意思是，銀子沒得罪你，小爺就得罪過你？」

「公子多心了，我並沒有這麼說。」烏承橋笑著搖頭。「公子請岸上稍坐，這艘船小，大家都擠在船上，我娘子怕是施展不開。」

「好吧。」年輕人聞言，左右看看，嫌棄地點點頭。「這船……確實破了些，我家茅房也比這船大，走，我們上岸等。」

「是。」單子霈點頭，面無表情地瞟了烏承橋和允瓔一眼。「好好做，不要拿那些殘羹爛麵來糊弄我們公子，否則，柯家一定會讓你們好看！」

「放心，我們一定盡心盡力。」烏承橋坦然地點頭，一點兒被指使的不悅都沒有。

「石君，我是我，我家是我家，你沒事說他們幹什麼？」年輕人倒是一點也不嫌髒，大刺刺地坐在石階上，整個人後仰，雙肘後撐在石階上，不爽地踢了單子霈一腳。「提柯家……又不是什麼好聽的名聲，哼！下次不許提了。」

「是。」單子霈站到他身邊，恭敬應著，雙手環胸盯著允瓔的一舉一動。

「喂，你站這麼高，還在我一旁，我很不舒服欸。」年輕人又踢了單子霈一腳。

單子霈回頭看看他，倒是坐了下去。

允瓔看著那邊的動靜，很疑惑地看著烏承橋。「相公，你幹麼要理會那人？他可能就是柯家兒子柯至雲。」

「我也猜是。」烏承橋笑了笑。「正因為如此，我們才更不能往外推，這麵不僅不能不做，還得往好了做。」

「知道他是柯家的，還招惹他，萬一……」允瓔慢吞吞地涮鍋倒水。

「別擔心，我自有安排。」烏承橋挪到一邊幫著燒火，一邊輕聲安撫。「妳只管做麵條就好。」

「喔。」允瓔不情不願，卻也沒辦法，乖乖去做麵條，用現成的食材，做了兩碗肉絲麵，加了些許魚餅絲和青菜。

裝碗之後，允瓔看了看烏承橋，尋了一塊木板便要端過去。

「師傅！」就在這時，唐果抱著個木盆興沖沖地跑下臺階，直撲允瓔的船邊，偏偏唐果的腳步煞不住，允瓔又剛剛下船，兩人重重地撞在一起，唐果手中的木盆飛了出去，砸在船艙外。

「嘶……」允瓔手中的麵也撞了出去，湯汁灑到手上，燙得她連連倒抽氣甩手。

「瓔兒！」烏承橋一驚，皺著眉看了看唐果。「可傷到了？」

「沒事。」允瓔看了看手，已經紅了一片，膝上的裙也黏在腿上，一陣陣的燙，她忙抖了抖裙襬，轉身上船，去尋了黃酒，倒在大碗裡，把燙到的手浸進去，才轉頭看向傻愣著的唐果。「妳沒事吧？」

「我……沒事……」唐果見自己闖禍，有些懵。「師傅，對不起，我不是故意的，我只是……剛剛和成了麵，高興……才……」

「我看看。」烏承橋伸手拉過允瓔的手，看也不看唐果。

「沒事呢，用黃酒泡一泡，不會起水泡的。」允瓔連著碗一起端過來，抬頭看向後面的年輕人和單子霈。「兩位，不好意思，我的手傷了，只怕兩位今天的麵吃不成了，還請回吧。」

「不成！」年輕人手一撐地，一躍而起，跳到唐果身邊，指著唐果瞪眼道：「哪來的野丫頭，居然毀了小爺的麵，妳賠！」

「你又是哪來的野小子？」唐果撞翻了允瓔的麵，心裡歉意，但不代表她能隨意由人指著鼻子罵，一轉身，擋開年輕人指著她的手，瞪了回去。

「喂，妳毀了小爺的麵，還這樣蠻不講理！」年輕人沒想到唐果會這樣大膽，眼睛瞪得更大。

「本姑娘是不小心的，再說了，那是我師傅的麵，跟你有半文錢關係嗎？」唐果冷哼，上上下下打量一番，鄙夷地問。「你付錢了嗎？就你的麵……哼！」

「呵呵，很不好意思，這兩碗麵，小爺還真就付了錢。」年輕人聽罷，得意地兩眼望天，一隻腳還不斷抖動著，瞧著就一副欠揍的模樣。

「你！」唐果沒想到會是這樣，一時語塞，氣呼呼地轉向允瓔，嘟著嘴問道：「師傅，他真的付錢了？」

「是。」允瓔點頭，看了看烏承橋。

烏承橋會意，把剛剛收的碎銀子拿出來。

「我還。」唐果一把推了回去，從自己的銀袋裡拿出一粒比這個還要大的，跑到年輕人面前，伸長手遞給他。「還你，你可以走了吧？」

「喲呵，還挺有錢的。」年輕人卻沒有接，邪邪地笑著回頭和單子霈說了一句，圍著唐果轉了轉，環著手臂，側對著她說道：「不夠。」

「不夠？」唐果皺眉，看看手裡的銀子，氣憤地說道：「喂，你講點理好不好？這個分明就比你給的多，你敲詐啊？」

「千金難買心頭好。」年輕人不屑地抬頭看著漸漸染紅的天際，就是不接唐果的銀子。

「告訴妳，我今兒還真就吃定這麵了，妳撞翻的，妳負責賠。」

「你！」唐果氣極，忿忿地收回手，上前一步瞪著年輕人，揮了揮拳頭。「胡攪蠻纏！你信不信我揍得你滿地找牙，讓你爹娘都認不出你！」

「刁蠻女，妳大可試試。」年輕人回頭，不屑地瞟了她一眼，幾乎用鼻子哼出這句話。

那邊吵成一團，允瓔在船上看著，無奈地搖頭。

而烏承橋的注意力，全部在允瓔的手上，他皺著眉，看著允瓔的手，仔細地撥著黃酒，避免燙傷的地方沒浸到酒會起水泡，對那邊的爭執充耳不聞。

「試就試，你別躲！」唐果氣極，想也不想就舉起了拳頭。

「唐果，住手！」唐瑭再一次在關鍵時候出現，他匆匆跑下來，手裡沒拿劍，頭髮也有些凌亂，到了面前，一晃眼看到了年輕人，不由驚訝。「雲哥?!你怎麼在這兒?」

「瑭瑭，這就是你那刁蠻任性不講理的妹妹?」年輕人聽到唐瑭的稱呼，也是一愣，幾乎和唐瑭同時開口。

「哥，什麼叫刁蠻任性不講理的妹妹?」唐果聽到這句，一雙美眸瞇成了線，轉向唐瑭。

「呃，妳聽錯了，雲哥說的是嬌憨體貼又明理的妹妹。」唐瑭信口胡謅，轉頭向單子霈打招呼。「石君兄也在呀，哈哈，真是巧。」

「唐公子。」單子霈衝唐瑭抱拳，微微一笑。

「哥!」唐果氣呼呼地上前扯住唐瑭，要與他理論。「你當我三歲孩子啊，這樣糊弄我。」

「怎麼會，妳要三歲，我自己不也三歲了?不可能的嘛。」唐瑭訕訕一笑，拍開唐果的手，自顧自和年輕人說話。「我前幾天還去過你家，聽說你們都去泗縣喬家了，怎麼?喬家出什麼事了?」

這一問，烏承橋撥弄著黃酒的手頓住了，他抬眸，和允瓔對望一眼，又若無其事地撥著黃酒。

允瓔卻沒有他這樣多的顧忌，直接回頭好奇地打量著他們，等著年輕人的回答。

「也沒什麼事，不就是喬二當了家主，商隊裡有幾位老人不滿，帶著船隊離開喬家了。」年輕人滿不在乎地撇嘴，沒有細談的意思，上前拉住唐瑭，笑問道：「瑭瑭，你怎麼在這兒？」

「還不是因為我這妹妹，她執意跟著邵姑娘學做麵條，我只好在鎮上客棧落腳，這不，我才歇下，她一轉眼就跑了。」唐瑭指了指唐果，很是無奈。「雲哥又因何在此？」

「偶爾路過，看著這一間麵館的名字挺有意思，就想嚐嚐。」年輕人指了指地上的殘麵，嘆了口氣。「我剛剛還期待這麵到底有多難吃呢，結果就被令妹給打翻了，還傷了麵館小娘子的手，這下好了，今天是吃不成了。」

「實在抱歉，我妹妹她……」唐瑭正要說話，唐果就直接扯開了他，不滿地道：「哥，我又沒打翻他的麵，憑什麼跟他道歉呀。」

「算了，看在瑭瑭的面子上，不與妳個小丫頭一般見識。」年輕人很大度地揮揮手。

「喂！你說誰是小丫頭？」唐果最糾結的事就是比唐瑭小，從小到大，身邊的人總說小丫頭這個不好、那個不如哥哥，時間一久，這「小丫頭」幾個字便成了她心中的刺，聽到年輕人這樣說她，她不由火冒三丈。

「唐果。」唐瑭拉開唐果。「妳撞了邵姑娘不去道歉嗎？」

「我……」唐果還瞪著年輕人，不肯作罷。

「雲哥，烏兄弟和邵姑娘也是我認識的朋友，今天難得遇到，不如結識一下。」唐瑭緊緊扣住唐果的手腕，對年輕人笑道。他是好意，那天允瓔不就是被人說是柯家公子的丫鬟嗎？這會兒正好面對面的說個清楚。

「也好。」年輕人倒是沒有意見。

單子霈在後面看了看唐瑭，微微動了動眉毛。

允瓔的手在黃酒裡泡得夠久，她便抬了起來，把手帕在酒中浸濕，拿布條把燙傷的地方纏起來。

「這樣能行嗎？」烏承橋看著允瓔的手直皺眉，目光一遍一遍地在她身上掃過。

「沒事，這樣不疼了。」允瓔笑了笑。「過兩天就沒事了，只是這兩天的麵……怕是做不成了。」

「不做就不做吧。」烏承橋完全不在意。

「烏兄弟。」這時，唐瑭一手拉著怒瞪著年輕人的唐果，一手請了那年輕人到了船邊，笑著介紹。「介紹一下，這位是柯至雲柯公子，想來你們應該聽說過柯家。」說到這兒，他特意看了看允瓔。

「自然聽說過，如雷貫耳。」允瓔撇嘴，瞟了柯至雲一眼。

柯至雲聽到允瓔這帶著不屑的語氣，有些尷尬，摸了摸鼻子，對烏承橋抱拳。

「烏承橋。」烏承橋微微一笑，拱手還禮。

「這位是年石君年兄弟。」唐瑭沒落下後面的單子霈。

單子霈朝烏承橋和允瓔隨意地一拱手，轉身對柯至雲請示道：「公子，這位小娘子的手受了傷，只怕今夜也做不成麵，不如，我去鎮上酒樓訂些飯菜回來？」

「成，再來幾壺好酒，一來慶賀與瑭瑭久別重逢，二來慶賀與烏兄弟結識。」柯至雲爽快地點頭。

「是。」單子霈微微一躬身，快步離開。

船上沒有太大的地方容身，柯至雲和唐瑭便坐在船舷，唐果不情不願地瞪了柯至雲一眼，過去幫允瓔清洗東西，唐瑭笑著說起與允瓔初遇的情況。「雲哥，說起來，我與邵姑娘結識還是因為你呢。」

「怎麼說？」柯至雲好奇地轉頭看了看允瓔，確認自己並不認識她。

「那天我在街上，看到有人圍截邵姑娘，那人說邵姑娘是柯家公子身邊的貼身丫鬟翠蓮。」唐瑭解釋，打趣道：「雲哥，邵姑娘可是你身邊的丫鬟？」

「什麼人這麼大膽居然敢冒小爺的名?!」柯至雲挑高了眉怒罵道。

「當時我還以為是真的，險些誤會了邵姑娘。」唐瑭帶笑看著柯至雲。

他知道，柯至雲的性子一向是只有他欺人沒有人欺他的分兒，聽到有人冒名，必會徹查此事，也算是他送給允瓔和烏承橋的一點兒見面禮吧。

「小娘子可認識？」柯至雲皺眉，轉頭問允瓔。「有人冒柯家的名，我也就不管了，可偏偏冒我的名，這事我必管到底。」

「那人叫錢發，原先在苕溪那邊的集上賣糧，不過他賣糧是假，販人是真。」允瓔抿嘴，想了想還是決定回答。

「錢發？」柯至雲咬了咬牙。「小娘子放心，那人既冒得我的名，那麼我必會還妳一個公道。」

允瓔有些驚訝。

柯家人心裡還有公道？

可偏偏這話卻是真真切切地從柯至雲口中說出來。

「那就先謝過柯公子了。」烏承橋從善如流，正好他打的就是這個主意，沒想到這事讓唐瑭搶先搞定了，倒是少了他費心。

「雲哥，你方才說的，喬二當了家主，他們家商隊離開，那你們去又是做什麼？」唐瑭和這柯至雲似乎挺要好，問話也很隨意。

「喬二把喬記倉以及這邊的喬家人都召回去了，至於我們……」柯至雲長長一嘆，頗有些自嘲地說道：「想必你們也是知道的，柯家傍上了喬家這靠山，那都是我那死鬼老爹搞出來的，這次喬家出事，他自認是個效忠的機會，就硬拉著我去了，人倒是見著了，可喬二那鳥樣，我都賴得理他，哼，要不是泗縣有幾位不錯的花姊兒，我早溜回來了，也不會……在那兒碰上柳老九，還……」

說到這兒，柯至雲一臉忿忿不平，自顧自地吐起槽。「你都不知道那柳老九有多可惡、多噁心，要不是怕髒了小爺的腳，我早把他踢水裡餵王八去了。」

「他怎麼了？」唐瑭驚訝。

第四十七章

烏承橋安靜地坐在一邊，狀似禮貌地陪坐，實際上卻沒放過柯至雲說的任何一句話。

允瓔在一邊聽著唐果小聲抱怨，不過，大部分的注意力都在這邊，反倒沒把唐果的話聽進去。

「柳老九那老貨，就一拉皮條的。」

柯至雲似乎對那位柳老九很不滿，一開口就先罵了一通，許久才停下來，繼續說下去。

「你知道喬二現在那新娘子是誰嗎？就是柳侍郎的庶女柳媚兒。當初柳媚兒來柳老九家作客，柳老九巴結這姪女，帶她四處遊玩，結果就偶遇上喬大公子，那時候柳媚兒才幾歲？居然就傳出話非喬大公子不嫁，柳老九立即上躥下跳，使盡了手段幫柳媚兒拉線，巧的是，喬家當時的家主喬老爺與柳侍郎有些交情，就沒介意柳媚兒庶出的身分，應下了這門親事，可現在喬大公子出了事，喬家家主之位被喬二母子把持，這柳老九見風使舵，居然又把柳媚兒牽給了喬二，可笑的是柳媚兒居然也願意，喬二也願意，你說說，這些人，是人嗎？」

允瓔聽到這兒，又是一番意外，能說出這樣的話，在她的認知中，應該也不是什麼渾人呀。

烏承橋帶著微笑，坐在一邊當了一名合格的聽眾。

「真卑鄙！」唐果聽到這兒，憤憤地罵了一句。「老不修，居然做出這樣的事，還有那個喬二，更無恥！居然搶了未過門的嫂子，太可惡！」

「誰說不是呢。」柯至雲和唐果難得一致。

唐果瞪了他一眼，別開了頭。

「雲哥，你認識喬大公子？」唐瑭驚訝地問。

「不認識。」柯至雲搖搖頭，很是遺憾。「無緣相見呀，你不知道，他可是我最佩服的人，為博美人一笑，一擲千金；為賀好友生辰，包下泗縣最好的酒樓、最好的戲班子，眉頭都不眨一下的，唉，那敗家的手段，嘖嘖，要是我能早些認識他，一定向他好好討教討教，回來氣死我家那死鬼老爹。」

噗……允瓔險些笑出聲來，她古怪地看了看柯至雲，又看了看烏承橋。

烏承橋依然保持微笑，可眼睛卻掃向允瓔，帶著一絲無奈朝她搖了搖頭。

允瓔眨眨眼，轉開頭看向柯至雲，傾聽下文。

「那你為何這樣厭惡柳老九？他又沒對你做什麼。」

唐瑭倒是淡然。對他來說，無論是喬大公子還是喬二，都只是柯至雲故事裡的人物，他只是好奇柯至雲的態度；以他對柯至雲的瞭解，絕不可能因為一個從未謀面的喬大公子便氣成這樣。

「怎麼沒有？他居然拉皮條上癮了，這次遇到我家那死鬼老爹，就想把他女兒嫁給我為妻！」柯至雲聽到這話，頓時激動起來。「你不知道，柳老九那女兒是什麼長相，你要是見了，保管你三天三夜吃不下東西。」

「這麼誇張？」唐瑭錯愕地看著柯至雲。

「哇——什麼姑娘這麼厲害，哥，我們明兒去見識見識吧。」唐果卻是語不驚人死不休，說出一句差點讓柯至雲跌下船的話。

「胡鬧！妳不是說了要跟著邵姑娘學做麵條嗎？今天妳闖了禍，傷了邵姑娘的手，這幾日妳不留在這兒幫邵姑娘料理生意，還想往哪兒玩去？」唐瑭一本正經地訓著唐果。

「也是噢，那好吧，等這兒的事了結，我再去見識見識那位奇女子。」唐果一聽，看了看允瓔，也覺得有道理，便點點頭。

「不用了，我的手沒大礙，歇上兩天就好。」允瓔忙回道。讓唐果來這兒幫她照料生意？別把她的破船給拆了就算很不錯了。

「師傅，妳生我氣啦？」唐果可憐巴巴地抱住允瓔的胳膊，嘟著嘴撒嬌道：「我不是故意的，妳就原諒我唄，我保證，一定好好做事。」

「邵姑娘，妳就幫我個忙，好好磨磨她的野性。」唐瑭也幫著說話。

「沒錯，反正妳的麵也難吃，再加上這小丫頭，正好名副其實了。」柯至雲打量著唐果，打趣道。「妳們女人作伴做生意就好了，讓烏兄弟也鬆口氣，和我們去鎮上喝喝酒、聽聽戲，男人一直拴在身邊可不好。」

「多謝柯公子好意。」烏承橋謝絕。「我之前上山，不小心傷了腿，如今還不能走動，去不了鎮上。」

「傷了腿？」柯至雲手一撐，雙腿從船舷外縮上來，一轉身就面對面，對上了烏承橋，打量一番，恍然道：「怪不得你都坐著不動，原來是腿不方便，沒事，明兒我讓石君去雇個軟轎過來，抬了你過去不就好了？」

「這怎麼使得。」烏承橋遲疑。

「當我兄弟，就不要說使得使不得的話，我這人，最恨人婆婆媽媽，不信你問瑭瑭。」柯至雲眼一瞪，沈聲說道。

「沒錯，雲哥最是講情義。」唐瑭笑著附和。

「那……就麻煩柯公子和唐公子了。」烏承橋竟出乎允瓔意料的答應了柯至雲的提議，笑道。「我們來這兒也有大半個月了，我還真沒離開過船上，也不知道這鎮上是什麼樣的熱鬧？」

「這就對了。」柯至雲滿意地大笑。「男人麼，老拴在娘兒們身邊算什麼男人。」

允瓔皺眉，沒有作聲。

「那就這樣說定了。」柯至雲打量著允瓔，哈哈大笑。

「好。」烏承橋點頭。

沒多久，單子霈一手提著食盒，一手提著四小罈酒回來了。

幾人也不講究，圍坐在船板上，喝酒聊天，酒才喝一半，柯至雲已經和烏承橋稱兄道弟起來，他倒是不挑，也不嫌棄烏承橋只是普通的船家漢子，不由讓允瓔大感意外。

允瓔頻頻向柯至雲投去目光，惹得柯至雲又是一番大笑，搭著烏承橋的肩看著她說道：「烏兄弟，你這娘子似乎對我很有興趣呀。」

允瓔忍不住撇嘴。誰對他有興趣了，就算他是柯家的異類，那也是柯家人，就憑之前柯家人做的那些事，她就沒好感。

烏承橋微微一笑，敷衍過去。

「瑭瑭，走，繼續喝花酒去。」

吃完飯，柯至雲酒興不減，拉著唐瑭不放。

「公子。」

「哥。」

單子霈和唐果幾乎同時出聲，話出口，兩人互相看了一眼，單子霈轉頭朝柯至雲提醒道：「公子莫忘了，老爺讓你今夜回去的。」

「哥，不許喝花酒！」唐果乾脆扯著唐瑭威脅道：「要不然回去我就告訴娘，哼，你就等著娘給你安排親事吧。」

「呃……」唐瑭一滯，無奈地笑。「我沒說去呀。」

「小丫頭，我只是請妳哥喝個花酒而已，妳懂什麼叫花酒呢？」柯至雲似笑非笑地看著唐果。

「花酒不就是……」唐果說到這兒，瞪了柯至雲一眼。「哼，我為什麼要給你解釋。」

「妳以為去花街才叫花酒嗎？」柯至雲哈哈大笑，指了指自己的耳朵。「把耳朵支好了，讓我告訴妳什麼叫花酒；那可是用各種花釀製成的真正的花酒，除了花酒，還有果酒、瓜酒，懂不？」

「誰信……」唐果臉上一燙，卻不肯服輸。「你說是就是？」

「花酒、果酒、瓜酒……」允瓔卻聽得眼睛一亮。「這酒做得如何？」

「除了花酒，其他兩種太甜了，小爺不喜歡，不過倒是適合妳們女子喝。」柯至雲對允瓔的態度倒是客氣許多，沒有對著唐果時的戲謔囂張。

「柯公子說的這戶人家，不知是哪家鋪子？」允瓔好奇地問。

「他家並沒有開鋪子，只是一家小雜貨鋪，在小巷裡，初次去未必能尋得到。」柯至雲解釋道。「怎麼？小娘子也有興趣？」

「聽柯公子說得新奇，確實想去見識見識。」允瓔笑道。她覺得，這或許是條路。

「小娘子，妳確定不是去查看妳家相公喝的什麼花酒？」柯至雲笑罷，點頭道：「那好，明兒小娘子便一起去。」

「師傅，妳不是還得做買賣嗎？」唐果左看看右瞧瞧，她也想去，卻不好意思開口，只好問允瓔。

「恐怕得歇兩天了。」允瓔輕笑，舉了舉手。

「對不起。」唐果臉一紅。

「沒什麼的，最近也沒什麼生意。」允瓔搖頭安撫道。

「公子，既然今夜不去，那就先回家吧。」單子霈提醒道。

「回去做什麼？我和瑭瑭許久不見，今晚必定要好好聊聊啊。」柯至雲不耐地揮揮手。

「你回去覆命吧。」

「公子這不是難為我嗎……」單子霈長長一嘆。

柯至雲聽到這話，瞥了單子霈一眼，好一會兒才無奈地對唐瑭說道：「好吧，那我先回去，我們明天見。」

「都這麼晚了，你們怎麼回去？」唐瑭關心地問。

「柯公子若不嫌棄，便坐我們的船吧。」烏承橋開口。

「那就多謝。」柯至雲也不客氣，大剌剌地拍了拍烏承橋的肩。「瑭瑭，不如今晚就去我家住？」

「誰稀罕你家！」唐果似乎打定了主意和柯至雲嗆聲，冷哼著說道，說完，轉頭對唐瑭說：「哥，要去你自己去，反正我是不會跟這小子去的。」

「唐果，不許無禮。」唐瑭有些頭疼，他好不容易逮著她，可是今夜去了柯家，只怕明早就找不著她了，想了想便對柯至雲說道：「雲哥，抱歉，我得看著她。」

「那好，那明兒見。」

柯至雲也不勉強，隨意地揮揮手。

唐家兄妹告辭上岸，烏承橋坐到船尾搖船，允瓔收拾著船板。

一路上，柯至雲倒是安靜，坐在船頭倚著艙口，拍著膝蓋哼著小曲兒，單子霈則安靜地坐在另一邊。

允瓔收拾完畢，把乾淨的碗盤都裝回食盒裡，她不懂那些酒樓的規矩，不知道這些是不是要送回去？

「年公子，這個可要送回去？」允瓔想了想，還是決定問一問。

「不必，付過銀子的，你們留著用吧。」單子霈淡淡地看了她一眼。

「喔。」允瓔點點頭，跟他也沒有別的話說。

「唉，老頭子真麻煩，家裡不住，偏要去石陵……」這時，柯至雲嘀咕了一句。「石君，你見過柳家那女的嗎？」

「沒有。」單子霈搖頭。

允瓔見他們說的，她不方便在場，便給他們一人倒上一碗熱水，自己去了船尾。

烏承橋看她過去，淺淺一笑，目光在她手上停留了一下。

允瓔搖頭，表示無礙。

「你派人去查查，弄張她的畫像回來，無論如何，也要黃了這門親事。」柯至雲的聲音從船頭傳過來。「柯家的事，他愛怎麼折騰怎麼折騰，但是我的事，他休想擺弄！」

「是。」單子霈依然淡然。

「反正他娶了十房姨娘了，也不在乎多娶一個吧。」柯至雲哼哼著。

「公子，秀姨娘的事，已經過去很久，你何必……」單子霈頓了頓，低聲勸道：「為了一個女人和老爺鬧彆扭，傳出去讓人笑話。」

「哼，他搶我女人的時候怎麼就不怕人笑話？」柯至雲漸漸激動，但隨即又熄了火。「反正他愛娶，那就娶個夠，你去幫我查那個女的底細，如果真如大家傳言那樣……嘿嘿，我會好好孝敬他老人家的。」

允瓔無奈地看著烏承橋。有時候，知道太多並不好呀。

烏承橋卻淡定得很，只是朝她溫柔地笑，對前面的對話，充耳不聞。

黑暗中，終於到了石陵渡，船在渡頭停下，柯至雲熱情地邀請。「我家在這邊有別院，兩位也一起來歇一晚吧。」

「不了，我們行船之人，船就是家。」烏承橋笑著謝絕。「不早了，公子還是快回家吧，明兒一早，我們還在這兒。」

「那好。」柯至雲點點頭，倒是沒有強求，帶著單子霈離開。

單子霈下船時，手背在身後，輕輕一彈，一個紙丸子落在船艙裡。

允瓔眨眨眼，目送他們消失在石屋後，才轉身進了船艙，撿起那紙丸子。

等柯至雲和單子霈走遠，烏承橋立即調轉了船頭，尋找能棲身的地方。

允瓔進了船艙，打開紙丸子一看，頓時驚呼。「相公，你看。」

「寫什麼？」烏承橋沒有接，專注地搖著船，示意允瓔說給他聽。

「錢發之事已知，喬家商船十去七八，大亂。」允瓔唸給他聽，說罷，也不打擾他的思緒，安靜地收拾船艙，準備鋪被。

烏承橋沈默。

船行了一刻鐘的工夫，找到了一個他們之前來過的支流，順著這支流，到了一個被水草叢包圍的小小沙洲，烏承橋才停下來。

允瓔已經把水都燒好了，她燙傷的地方雖然沒起水泡，但也不能沾水，今晚澡是洗不成了。允瓔想著絞了布帕稍稍擦拭一下，正要下手絞布帕，烏承橋已經挪到她身邊，截了她的布帕。

「我來。」烏承橋浸了布帕，絞乾，才遞還給她。

「相公，你……打算怎麼辦？」允瓔還是沒能按捺住好奇。

之前便聽他說要討還這一切，如今喬家大亂，他還能坐得住？

她有些擔心，他的傷還沒好，又沒有根基，要怎麼和喬承軒抗衡？

「靜觀其變吧。」烏承橋搖搖頭，接過她手中布帕在盆中清洗。「喬家商船就算十存二三，也不至於癱瘓難以運轉，只不過是最近難一些罷了，等緩過這個勁兒，想依附喬家的商船仍不在少數。」

「你就打算一點也不動？」允瓔有些不信。

「自然……」烏承橋乾脆拉過她的手替她擦拭，一邊細細檢查她手臂上有沒有燙傷，一邊笑道：「不是，喬家大亂，柯老爺眼巴巴地巴上去，喬承軒必不會放過柯家這樣又聽話又有實力的依附者，所以柯家搭上喬家已是必然，但對單子霈來說，這不是好消息，他一定會盡其所能干擾破壞的，而我們現在一無所有，還做不了什麼。」

「我還以為你會去聯繫以前的好友幫忙呢。」允瓔平白無故心頭一鬆。

「好友？」烏承橋苦笑，搖搖頭。富貴時，誰都是好友，可只能共富貴不能共患難的，又算是什麼好友呢？他不願多說，便轉了話題。「來，把衣服寬了。」

「我自己來就是了。」

允瓔臉一紅，伸手要去拿他手上的布帕。

「妳手上的傷不能沾水。」烏承橋躲開，很認真地看著她。「那麼燙的麵湯，還不知道身上有沒有燙到，快些把衣服寬了。」

允瓔看著他，臉上發燙，卻也乖乖地開始解衣衫。

第四十八章

烏承橋倒是沒往別處想，他只是想檢查一下她身上有沒有傷，二來也是體貼她的手不能沾水。

「相公，你懂酒嗎？」相處這麼久，更親近的事也做過了，可允瓔還是覺得身上被布帕沾過的地方不斷「起火」，她沈吟片刻，找話題轉移注意力。

「嗯？」烏承橋有些訝異，不過，還是回答了她的問題。「略懂一二。」

「那你喝過果酒嗎？」允瓔再問。像他那樣的身分，懂得自然不會少，而且，為朋友為花魁一擲千金，那樣的場合，能少得了酒嗎？

「喝過，之前在……」烏承橋隨口答道，說了兩句又覺得不妥，抬頭看了她一眼，才繼續道。「之前遇到一位番商，出於好奇，便買了些許，只是覺得那酒甜香有餘，勁道卻差些，不過倒是合適女子喝。」

「果酒嘛。」允瓔笑道，果子釀的，哪能不甜。

「明兒妳嚐過就知道了，不過那酒再甜香，也是酒，不可多喝。」烏承橋叮囑道。

「嗯。」允瓔點頭。

她的酒量還是可以的，一瓶紅酒不在話下，但她現在是邵英娘，一個勉強維持生計的船家之女，平時哪有機會喝酒呀？所以，她只是順從地點頭，沒再說什麼。

「怎麼突然對果酒有興趣？」烏承橋好奇地問。

「我只是覺得，柯公子這樣推崇花酒、果酒，這酒肯定不錯，可唐果卻不知道，我就想著，能不能買些來放在麵館裡賣呢？或者，賣到別處去。」

「妳的意思是，買了這酒出去販賣？」烏承橋驚訝地看著她。他想的是與柯至雲、唐瑭、單子霈結交，所以才應下一起去喝花酒，沒想到她卻已經想到生意上。

「可以嗎？」允瓔有些不確定地問。

「自然可行。」烏承橋笑著點頭。「泗縣還是有不少……愛喝這種酒的。」看著允瓔，他再一次把到嘴的「花魁們」幾字嚥了下去，他不想讓她不開心。

「泗縣也有人賣嗎？」允瓔驚訝地問。

「之前的番商帶的，只那一批，後來便再也……」烏承橋想到這兒，眼睛一亮，心念一轉，笑道：「還是瓔兒想得周到，那我們就試試。」

「嗯，好。」允瓔高興地重重點頭。「那你明天可得好好品一品那酒喔。」

「我會的。」能找到另一條賺錢的路，烏承橋也挺高興，兩人洗漱之後，又興致勃勃地討論了一番花、果酒的前景，才雙雙歇下。

次日，兩人收拾妥當，就往石陵渡出發，到石陵渡的時候，天還沒亮，渡口已然有不少來趕早集的船家，烏承橋找了個地方停下，允瓔開始慢悠悠地做早餐。這段日子做麵館，兩人的一日三餐也差不多都是麵條，今早，允瓔熬的是粥。

「欸，那邊的小娘子，妳家賣麵的？」誰料，他們的船停下沒多久，便有等著過河的路人對著他們喊道。

「是呀，你要什麼麵？」允瓔反應極快，站起身就笑問道。

那人穿著還不錯，帶著一個四、五歲的男孩子，揹著個包裹，他看了看身邊的男孩子，笑著回道：「給我們來碗最便宜的。」

「好，陽春麵五文錢，可以嗎？」允瓔注意了一下兩人，兩人眉目相似，那人雖然沒有過多的親近，不過那男孩子抬眼看向那人時，眼神眷眷，讓她想起了父親……允瓔微微一笑，迅速打水淨手，開始和麵條。

今天雖然沒有熬肉湯，不過陽春麵是最簡單的，有熱水便足夠，沒多久，允瓔便做好了麵，抬頭看了看那一大一小，又挾了些許肉絲加進去。

「請慢用。」允瓔拿了兩雙筷子，放在木托盤上遞過去。

「謝謝。」那人也極懂禮數，從懷裡掏了五文錢出來放到木托盤上，然後才端了碗拿了筷子。

允瓔收回木托盤，笑看著他們。

那人端著碗，一雙筷子給了孩子，他自己拿著筷子，挾起肉絲，吹了吹餵到那孩子的嘴邊。

「在想什麼？」烏承橋見允瓔笑盈盈地站在船邊，也湊過來。

「你瞧他們。」允瓔示意了一下。「真羨慕他們父子。」

烏承橋沈默，他看著那父親細心地餵孩子，久違的記憶從心裡翻了出來。

那時，他親娘還在，那個人也是這樣細心體貼，而他，也曾有過這樣孺慕的目光……但這一切，都在喬承軒母子來到喬家的那一天結束了，從此，這樣的情景也只存在喬承軒身上。

烏承橋收回目光，低聲說道：「粥開了，吃飯吧，一會兒他們該來了。」

「好。」允瓔又看了一眼岸上兩人，這會兒麵已經消失大半，那位男子卻還是一口未吃，孩子倒吃得極快，她有些嘆氣，做孩子的總是這樣，當年她不也這樣過嗎？可就在這時，男孩子停了手，把餘下的一半推出去。

正要轉身的她停了下來。

那位男子端著碗，挾著麵似乎在哄那孩子再吃幾口，被拒絕之後，他才端著吃起來，兩三口便吃完了麵，喝淨了湯，他抬頭看了看允瓔，見她在看他們，不好意思地笑了笑，收起筷子和碗遞還給她。

「謝謝小娘子。」

「不客氣。」允瓔微微一笑，接過碗筷。

那對父子離開後，允瓔又陸陸續續地接了幾個生意，很快便到了辰時，柯至雲和單子霈卻還是沒有出現。

「他們不會是忘記了吧？」允瓔蹙眉。都這會兒了，還沒來，難不成讓他們在這兒傻等下去？

她本來就對柯家的人無好感，這會兒見柯至雲遲遲沒有出現，便有些怨言。

烏承橋看了看岸上，安撫道：「再等等吧，昨夜也未說好何時過來，我們這會兒離開，反讓人覺得沒了誠信。」

「好吧。」允瓔撇著嘴，有些不情願，卻也只能同意。「看在果酒的面子上。」

烏承橋聽到她的話不由失笑。

「我上去看看，順便買些東西回來。」允瓔坐了一會兒，又有些不耐，這樣乾等還不如做點什麼。

「嗯，當心。」烏承橋點頭，看了看她的手。「最好去醫館一趟，配些藥來。」

「你說這個？」允瓔抬了抬她的手。今早起來已經把布條給拆了，這會兒手上的傷也就看著紅了一片，不燻到熱的、不沾到水，根本就沒事。「不用呢，過兩天就好了，我先……」

「讓開！讓開！」突然，石陵渡傳來一陣喧譁，打斷了允瓔的話。

兩人下意識往那邊看去，只見，有個人飛快地衝出石屋，一路橫衝直撞，後面跟著一大群家丁。

離得近了，允瓔才看清那是柯至雲，正納悶他這是唱哪一齣，他就已經衝到了渡頭邊，四下尋找著，邊找邊回頭看向後面，身上的衣服前襬塞在腰間，髮髻和前襟都有些凌亂。

允瓔驚訝，回頭和烏承橋對視一眼。

「解繩子準備接應吧。」烏承橋若有所思，對允瓔說了一句，自己也開始往船尾挪。

「喔，好。」允瓔點點頭，看了看岸上明顯著急的柯至雲，想了想他們後面的計劃，便順從地過去解了船繩，拿著竹竿撐離岸邊。這會兒烏承橋還沒坐好，允瓔回頭看了看，繼續拿著竹竿緩緩向柯至雲那邊駛去。

柯至雲正四下尋找，眼見後面的家丁快要追上，他忙又往下跑了幾步，一側頭就看到允瓔家船頂上的木板，不由大喜，急急地朝她揮手。

允瓔撇嘴，卻加快了速度。

等船到邊上，柯至雲不待她停穩，直接跳了上來，跳上時，船頭劇烈地沈浮了一會兒。

「快走快走！」柯至雲急急催促。

「年公子呢？」允瓔覺得莫名其妙，抬頭尋找單子霈的蹤跡。

「別管他了，我們先走。」柯至雲急急催促，眼見後面的家丁快到，他心急之下搶了允瓔手中的竹竿，胡亂劃了兩下。

烏承橋剛剛把了槳，還沒來得及搖船，便被柯至雲這一下弄得船隻原地打了個轉。

「喂！你幹麼！」允瓔差點跌下船去，不由嚇了一大跳，穩住身形之後，她伸手便要搶回竹竿。

所幸柯至雲也被這突來的意外嚇到，及時停了手，見她伸手，也不敢再逞強，把竹竿還給她，不過卻在一邊連連催促。「快走快走！」

「站好了。」允瓔皺著眉，不悅地打量他一眼。

這時，烏承橋已經重新控住了船，調整了方向。

允瓔被柯至雲這一鬧，對他的印象更差，懶得理會他，站在船頭，拿竹竿配合烏承橋搖船，兩人合力，速度自然快了許多。

不過，後面的家丁此時也大呼小叫著開始找船，到時候想要擺脫他們卻是有些困難。

「我說柯公子，那些不是你們家的家丁嗎？怎麼被他們追得這麼狼狽？」允瓔回頭，見暫時安全，才鬆了口氣，沒好氣地問道。「要是被他們追上，你是公子爺，他們也不敢對你怎麼樣，可我們……」

「瓔兒。」烏承橋笑著打斷允瓔的話。「想來柯兄弟也是有苦衷的，我們能幫就幫一把吧。」

允瓔聞言，瞪了柯至雲一眼。反正從一開始她對柯家就反感，柯至雲也是知道的，這會兒也沒必要假裝。

「不好意思。」柯至雲笑了笑，鑽過船艙到烏承橋的面前，靠著船艙坐下，唉聲嘆氣地整理著髮髻和衣襟。

「柯兄弟為何這樣狼狽？」烏承橋笑著打量他一番。

「唉，別提了，還不是我家那死鬼老頭子。」柯至雲罵起他那老爹來，一點兒也不含糊，一口一個死鬼老頭子。

「柯兄弟，令尊再如何，好歹也是你爹，你這稱呼……實在不大雅啊。」烏承橋帶著笑提醒了一句。

允瓔卻聽得撇嘴。柯家人做了那麼多惡事，如今被親兒子罵死鬼老頭子，也是活該吧。

「呃，我當他面都這樣喊。」柯至雲不在乎地揮揮手。「說出來也不怕你們笑話，我這爹……簡直沒法說，我昨晚回去了吧？他居然說話不算數，半夜把我鎖在屋裡不讓我出來，今兒一大早，那柳老九就帶著他女兒上門來了，唉，你都不知道，天底下還有那樣醜的女人，肥頭大耳，這腰足足好幾個水桶那麼粗，身上那味兒，隔大老遠就能熏死人，死老頭居然還想讓我娶她，為的就是攀上柳侍郎，唉，這不，我就成這樣了。」

「柯兄弟為何不好好與令尊說說？興許他見了柳家姑娘也會諒解你的不情願的。」烏承橋好奇，不著痕跡地探問著柯家的事。

「那個……」柯至雲沒在意，只是不知道想到了什麼，小小地忸怩，不過一會兒就繼續說了下去。「反正我是打死也不會同意這門親事的，可死老頭居然不同意，還想設計我……然後我就……」

柯至雲的聲音漸漸地小了下來。「我就反擊了一下……咳咳，估計再過不久，我又多了一房姨娘了。」

允瓔和烏承橋不由啞然。

他還真幹得出來！

「咳咳，估計有段日子我會無家可歸了，還得上你們這兒蹭個飯，嘿嘿。」柯至雲這會兒倒是尷尬起來，朝允瓔喊了一句。「小娘子，以後還得有勞妳多做一個人的飯了。」

說得那個理直氣壯，讓允瓔不由蹙眉。

「好說，柯兄弟還不曾吃過我家一碗麵呢。」烏承橋卻笑道。「只是，貧家寒食的，柯兄弟莫要嫌棄才好。」

「不嫌棄、不嫌棄。」柯至雲搖頭，笑道。「我是江湖兒郎，今天這樣的事也不是第一次了，最慘的一次，是我一個人在山裡迷路了，還什麼都不會，要不是石君及時找到我，我早餓死了。」

「年兄弟怎麼沒跟著你？」烏承橋順著他的話問道。

「他在後面，老頭讓他帶人追我，他把人引另外一條道上去了，等他抽出空，就會來找我的。」柯至雲動了動，腳垂到船舷外，扭頭看了看，突然驚呼一聲。「快點快點！他們追上來了！」

「你只不過是湊到了你爹又一樁好事，他幹麼要這樣派人追著你？」允瓔對柯至雲很是無語，她才不相信他只做了那些呢。「你不會還做了什麼讓你爹憤怒的事吧？」

「也不算吧……」柯至雲嘿嘿一笑，從懷裡取出一張紙，甩了甩，打量著上面的字，手指彈了彈。「我不過是順手從他的書案上拿了一份契約罷了。」

烏承橋看了看他手上的紙，沒打聽那是什麼東西，能讓柯老爺這樣追自己的兒子，必定不是尋常的契約。

「柯兄弟還是收起來吧，令尊這樣重視，必定是要緊的東西，別丟了。」烏承橋好意提醒道。

「對他來說是要緊。」柯至雲漫不經心，彈了彈那張紙，舉高了在陽光下照了照，才捲起來，鄙夷道：「不過是張賣身契，也值得他這樣興師動眾？哼，這張要是簽了，柯家就徹徹底底成了喬家家奴了。」

允瓔轉頭看了看，對此沒興趣。

烏承橋卻是心中一動，笑道：「柯兄弟多慮了吧，喬家能有這樣的本事？居然能把柯家全吃下？」

「你瞧瞧我爹寫的什麼？他為了攀上喬家，居然把家中田地、船隊全部歸在喬家，只為了能與喬家沾上關係。」柯至雲收斂了嬉笑，帶著一絲憤怒抱怨道。

「興許令尊這樣做，是有原因的呢？」烏承橋繼續為柯老爺說好話。

「能有什麼原因？他覺得攀上喬家有好處撈才是真正的原因，最近賑災糧的事，已讓他嘗到了甜頭……」柯至雲突然苦笑。「想必你們也是知道，我爹的所作所為……唉，不說了。」

烏承橋微微一笑，點點頭。

「哎呀……烏兄弟，拜託，再快些，別讓他們追上！」柯至雲一直關注後面，這會兒看到後面的船越來越近，他急忙站起來。「我絕不能讓這份契約生效！」

「好，不過，柯兄弟，你得先坐下去，這樣擋住我的目光了。」烏承橋輕笑。雖然柯至雲這樣做對喬家和柯家的合作起不了真正的影響，但至少能拖得一時，他當然樂意配合了。

第四十九章

允瓔雖然因為對柯家反感，不待見柯至雲，可聽到他最後那一句「絕不能讓喬家和柯家簽成契約」，心思一轉，便也乖乖配合起烏承橋搖船，兩人這段日子已經建立了默契，一時半會兒的，倒也保持著與後面船隻的距離。

「這樣也不是辦法呀。」柯至雲皺眉，瞪著後面的船隻。

「從那邊水草叢中走吧。」允瓔回頭瞧了瞧，想了想，開口建議。

「好。」烏承橋點頭，放緩了速度，允瓔拿著竹竿，進了水草叢的河道後，他使力反倒會拖了她的速度。

允瓔點頭，竹竿一划，迅速拐進左邊的小河道。如今，她撐船的技術可不是當初能比的了，左拐右轉，很是嫻熟，看得柯至雲連連驚呼。

「厲害！」柯至雲朝烏承橋豎了豎大拇指。

烏承橋淺笑，目光柔柔地投向允瓔。

允瓔沒理會後面的兩人，全神貫注地控制著船的方向。

烏承橋收回目光，配合地側身，留意著後面的動靜。

因為河道的關係，柯家的漕船不能並排而行，只能排著隊追擊，這會兒速度也明顯地慢下來。

「瓔兒，轉道，他們的船比我們的寬。」烏承橋抿抿嘴角，有了擺脫後面追擊的辦法。

「好。」允瓔頭也沒回，就明白了烏承橋的意思，撐了兩竿之後，一個右拐，進了一條更窄的河道，船進去後，兩邊的水草叢頓時將他們掩沒。

「前面有路嗎？不會越來越窄，然後……」柯至雲縮著脖子，有些擔心。

「放心吧，有路。」烏承橋安撫一句，略略起身，從艙頂摸了兩頂斗笠出來，遞給了柯至雲。「麻煩柯兄弟幫我遞一下。」

「喔，好。」柯至雲接了一頂，送到了前面。

「謝了。」允瓔沒有廢話，趁著收竿，接過來往頭上套去，隨意地打了個結。

柯至雲縮回船艙，把另一頂給了烏承橋。「你戴著吧，我不出去不用戴。」

烏承橋本意是讓給柯至雲的，這會兒見柯至雲躲在船艙裡坐著，也就不推讓，自個兒戴了起來。

在水草叢裡鑽了好一會兒，漸漸地後面不再有動靜，柯至雲伸著脖子看了看。「好像沒追上來？」

「他們的船進不了這兒。」烏承橋解釋。

「呼……終於……」柯至雲長長地吐出一口氣，放鬆的靠在艙壁上。

「別得意太早，後面追不上，不代表前面沒有圍截的。」允瓔卻涼涼地開了口。

「怎麼可能？」柯至雲不相信。

「有什麼不可能的？你沒看到那些鳥兒嗎？」允瓔不屑地抬了抬下巴，示意了一下方向。

只見左右兩邊不斷有飛鳥飛起。

「那些鳥兒又怎麼了？」柯至雲有些不明白，仰頭看著不斷飛起的鳥兒。

「只有驚動了鳥兒，才會這樣。」烏承橋也抬頭看了看，毫不意外地解釋著。

「那怎麼辦？」柯至雲皺眉，他還以為沒事了呢。

「沒事，船到橋頭自然直。」烏承橋若有所思地看了看飛鳥飛起的方向，有了主意，他取下腰間的彈弓，搭上石頭，朝左邊狠狠地彈了一下。

石頭落處，驚起飛鳥無數。

允瓔會意地緩了下來，船行得不急，應該不會有太大動靜。

「烏兄弟好主意。」柯至雲連連讚道。

一番干擾，允瓔再看後面的動靜，果然，鳥兒飛起的方向都已經向那邊聚集，除了右邊的，想來也是一時沒找到河道改道，想順著趕去前面包抄吧。

允瓔全力以赴，一邊留意著兩邊的動靜，穿過兩、三個河流分道，終於，出口在即。

「前面就出去了。」允瓔提醒了一句。

「烏兄弟，我來拿彈弓吧？」柯至雲見烏承橋打彈弓，看著眼饞，這會兒快出水草叢，他忍不住坐了過去。

烏承橋左右瞧瞧，右邊的動靜雖然離他們有些距離，但出了出口之後，單憑允瓔一人，只怕很快就會被他們追上，倒不如讓柯至雲拿彈弓來引開他們的注意力，他和允瓔則配合加快速度。

當下，烏承橋把彈弓和石子都交給柯至雲，自己專心掌槳。出口處並不寬，但出去之後便是寬寬的河道，允瓔一個巧力，控著船衝出水草叢，再一竿，船行雲流水般地轉上寬寬的河道。

烏承橋也適時地發力，小小的船很快就行進了一大段路。

柯至雲這才意猶未盡地收起彈弓，拿在手上翻來覆去地打量。「這個好，烏兄弟是從哪兒買的？」

「自己做的。」烏承橋回頭看了一眼，沒發現那些人，他才鬆了口氣。

「相公，你看這兒我們之前是不是來過？」允瓔有些疑惑地站在船頭。剛剛在水草叢裡一頓亂竄，也沒注意方向，這會兒出來，她倒是有些眼熟，之前就是在這兒不遠，她和烏承橋把柯家兩個家丁給……

「沒錯，我們往右走吧。」烏承橋含笑點頭，看了看柯至雲。

「烏兄弟什麼時候有空，也教我做一個。」柯至雲沒留意，把彈弓還給他。

「好。」烏承橋有心結交柯至雲，這點小事自然不會拒絕。

允瓔拐進右邊的河道，一路快速而行，很快便又轉回到石陵渡附近，只見渡頭上，柯老爺氣急敗壞地罵著一干家丁，單子霈卻不在其中，想來還帶著人四處尋找柯至雲吧。

「這個得先摘了。」柯至雲看到渡頭上的人，飛快地摘下「一間麵館」的木牌，摘完之後，又縮回艙裡。「趕緊走、趕緊走。」

允瓔撇嘴，瞥了他一眼，不吭聲。相對而言，她更討厭柯老爺多一些。

船摘去了那木牌，便與其他船隻沒什麼兩樣，允瓔和烏承橋也沒有停留，直接駛過了石陵渡。

「呼……還好還好。」柯至雲看著後面，連連拍著胸口。「差一點兒被他們攔下。」

「他們不是沒看到嗎？怎麼就差一點兒了？」允瓔回頭，卻是看到了不對勁的地方。遠處一排漕船停在河道上，攔下了過往的船隻，只有中間留出一點空位，看樣子在搜尋往來船隻，她才算明白柯至雲說的話是什麼意思，不由冷哼。「這不是你們柯家常做的事嗎？」

柯至雲有些尷尬，別開頭和烏承橋說話，假裝沒聽到她的話。

等他們回到黑陵渡，已然過了午時，船一停下，允瓔就看到岸上等著的唐瑭和唐果。

「師傅，你們去哪兒了？說好了今天一起去喝花酒，結果你們不在，那小子也沒來，我和我哥從早上一直等到現在呢。」唐果一看到他們就撲過來，唐瑭在邊上及時拉了一把，才沒讓她撲到河裡去。

「出了點小意外。」允瓔笑了笑，放好竹竿，逕自去拴船繩。

「出什麼意外了？」唐果這時已經看到了船上的柯至雲，瞪了他一眼，跳著湊到允瓔身邊，好奇地問。

允瓔回頭看了看柯至雲，笑著搖搖頭。

她再不待見柯至雲，也不好把人家的家事到處說。

那邊，唐瑭卻已經問到了這個。

柯至雲嘆氣，這會兒渡頭也有不少人，他倒也沒有瞎嚷嚷，左右打量一番，拉著唐瑭上了岸，回頭對烏承橋說道：「烏兄弟且等等，我們去找頂軟轎，就回。」

「好。」烏承橋點頭。

「唐果，不要亂跑，在這兒等我們。」唐瑭有些不放心地回頭叮囑。

「哎呀，知道啦，人家又不是小孩子，這都嘮叨一上午了。」唐果卻不耐煩地揮揮手，跳上允瓔的船頭。

允瓔拴好了船，轉身去收拾東西，烏承橋還坐在船尾。原本她還能藉機收些東西進空間，可是唐果都形影相隨，沒讓她有半點機會，她只好放棄。

除了船頭這些灶和鍋，船上也就那兩床被褥是新的，其他倒是沒什麼值錢的。允瓔打量一番，抱著一絲僥倖地想著。

唐瑭和柯至雲很快就去而復返，身後跟著一頂軟轎。

在幾人幫忙下，烏承橋下了船，坐上軟轎。

允瓔上了岸，又回頭瞧了瞧船頭上，這船上值點錢的就是那些了，應該不會被偷走吧？她皺著眉，四下打量了一下。

「師傅，走啦。」唐果興沖沖地挽住允瓔的手，把她往上面拉。

允瓔收回目光，和唐果一起跟在後面。

順著路，走了兩刻鐘，幾人進了昭縣城，在柯至雲的帶領下，往西城區走去。路上，唐果在允瓔身邊嘰嘰喳喳地說著城裡鋪子。

允瓔之前上岸買東西，都是在城外的小鎮集市，這昭縣城雖然離黑陵渡不遠，卻一直沒來過，今天也算是頭一次進城，對她這個外來者來說，一切都很新奇，正好，身邊有唐果嘰嘰喳喳地介紹，倒是讓她迅速熟悉了起來。

客棧、酒樓、玉器鋪、糧鋪……遠遠的，唐果就說了個遍，不過，他們卻沒有經過那邊，而是從周邊橫繞了過去。

「附近有醫館嗎？」允瓔聽著唐果的介紹，突然問道。

「當然有，我們住的客棧旁就有個康濟堂，師傅，妳要尋郎中看傷嗎？」唐果立即看向允瓔的手。

「不是，我想請郎中看看我相公的傷。」允瓔搖頭。

「那一會兒回來，我們從另一條路走吧？」唐果立即上前抓住唐瑭的手。

「不用麻煩了。」烏承橋笑著搖頭。

「不麻煩，那邊走也是一樣的。」柯至雲笑嘻嘻地應著。

允瓔看了看他，沒說話。

「到了。」這時，柯至雲指著一個巷子笑道，率先走了進去。

軟轎跟上，允瓔幾人落後在後面。

穿過巷子，他們來到一座小院子前，牆頭上還爬滿了葡萄藤，空氣中隱隱流淌著花和酒的香味。

柯至雲已經敲開了門，開門的是個半大小子，看起來十一、二歲。

「雲叔。」十一、二歲的小少年看到柯至雲，愣了一下，隨即笑著迎出來。「前兒我爹出門前還嘮叨著您呢，您今兒就來了，快請進。」

「小醉，你爹去哪兒了？」柯至雲有些驚訝。「我帶了幾位朋友來嚐花酒呢。」

「爹帶著弟弟去外祖家了，外祖前些日子捎了信，說是想釀些果酒，等明年六月壽誕待客用。」少年郎解釋著，一邊打量柯至雲身後幾人一番，客氣地拱手，頗有小大人的架勢。「家裡有爺爺和我娘在，各位院裡請。」

「這是陶小醉，他爹陶子貫就是釀酒的能手，也是我認識幾年的好友了。」柯至雲給幾人一番介紹，率先抬腿邁了進去。

院子裡，搭著一排長長的葡萄架子，葡萄架子下擺著一套石桌石凳，只是這會兒天氣已冷，連葡萄葉子都變得微微的黃，更別提葡萄的影子了。

院門右邊，是七、八間磚瓦房，除了正中間的門開著，其他幾間都是門窗緊閉。這會兒離得近了，酒香味便越發濃烈。

「請。」陶小醉在前面帶路。

正中間的屋子裡，擺著長長的木桌，兩邊各擺了三條長凳，靠牆的兩邊，豎著木架，木架上擺著各種大大小小的罈罈罐罐。

「就在這兒吧。」柯至雲指了指桌子，轉身和唐瑭兩人扶下軟轎上的烏承橋。唐瑭直接付了銀子，打發走那抬軟轎的兩人。

等安置好烏承橋，柯至雲才攬著陶小醉進了另一頭的門。「走，先帶我去拜見一下陶伯。」

「好香啊。」唐果湊在一邊的罈子前嗅了嗅。

「果然香醇。」唐瑭陪烏承橋坐在桌邊，笑著應道。

烏承橋微閉上眸，深深地吸了一口氣，含笑說道：「我猜，這酒裡放的有桂花、月季、桃花、葡萄、李、桃、杏……」

「我怎麼聞不出來？」唐果瞪大眼睛，努力地抽了抽鼻子。

「妳就知道闖禍。」唐瑭搶白。

唐果聞言，朝唐瑭扮了個鬼臉，扭頭拉著允瓔站在架子前，低聲問道：「師傅，妳聞出什麼沒？這一屋子的酒味，明明都一樣嘛。」

「我也聞不出來。」允瓔笑了笑。剛剛烏承橋說的七種，她倒是聞出了五種，只不過她現在是邵英娘，一個船家女，而不是允瓔。

「這位小兄弟，好見識。」這時，柯至雲扶著一位老人回來了，老人邊走邊笑。「小兄弟以前可曾品嚐過花釀酒？」

「花釀酒？比花酒好聽多了。」唐果嘀咕。

「這位是陶伯，這些酒是陶伯釀的。」柯至雲介紹道。「陶伯，我可是對我這幾位朋友拍胸脯讚您的酒好喝的，您可不能小氣喔。」

「好好好，管夠。」陶伯捋著短鬚呵呵笑著。「客人不嫌棄，老漢就高興，這些酒，本來也是老漢自己愛喝才釀的，現在也就附近的街坊鄰居喜歡，才多釀了些分予他們。你們坐，我去讓小醉他娘做幾個小菜。」

「多謝陶伯。」烏承橋幾人紛紛抱拳行禮。

「你們坐。」陶伯微笑著擺擺手，又回去了。

「陶伯可好客了。」柯至雲跳過長凳，坐到唐瑭和烏承橋身旁，笑看著烏承橋。「烏兄弟也愛喝兩口？」

「以前是。」烏承橋抬眸看了看允瓔，點點頭。

「那一會兒我們不醉不歸。」柯至雲來了興趣。

「醉酒傷身，不醉不歸可不行。」允瓔聽到，有意見了。這身上還帶著傷呢，再說花釀酒和果酒是拿來品的，牛飲不是浪費嘛。

「呃，早知道不帶妳們來了。」柯至雲開玩笑地指了指允瓔。

「喂，你什麼意思？」唐果一聽，瞪著眼就到了柯至雲面前，眼見就要發作。

這時門後傳來腳步聲，陶伯先走了進來，身後跟著一個中年婦人和陶小醉，兩人都端著托盤。

「給陶伯添麻煩了。」烏承橋打量這一家一番，笑著道謝。

允瓔也在打量。這院子占地頗大，雖然她沒能看到裡面的規模，但在這城裡，能有這樣的院子，也不是普通人家，可是瞧著他們的穿著，似乎比他們也好不到哪兒去呀？

顯然，陶家的日子未必好過。

第五十章

「來來來，我兒媳婦的手藝還是不錯的，大家不要客氣。」陶伯幫著婦人一起擺好小菜，一邊招呼眾人。「小醉，好好招呼。」

中年女人長得普普通通，眉宇帶笑，顯得很溫婉，放下菜以後，她朝眾人笑了笑，拿著托盤退了進去。

陶伯招呼一番後，交代了陶小醉幾句，也進去忙了。

「小醉，各種酒各來一小壺，你也去忙吧，我們自己來就行。」柯至雲笑道。他來好幾次，知道這家人的難處，也就不拴著陶小醉作陪。

陶小醉點頭，按著柯至雲說的，取了七個瓶子放到桌上，便出去了。

「來，都嚐嚐。」柯至雲像個主人一樣地招呼著。

允瓔坐在烏承橋身邊。

唐果挨著她坐下，卻與柯至雲面對面，她有些不滿意，但是她看看烏承橋，看看唐瑭，撇撇嘴沒再吭聲——除了這兒，也就只能坐到柯至雲身邊了。

她總不能坐到允瓔和烏承橋的中間吧？

「桃酒。」烏承橋僅僅一聞，便品出了酒的種類。「果然純淨，比我之前喝過的還要香，好手藝。」

「哈哈，烏兄弟果然是行家。」柯至雲再倒上一種。「這個呢？」

烏承橋也不推讓，三指捏起酒杯，在鼻前一湊，薄唇微抿，嘴角便勾起好看的弧度。「月季。」

此刻的他，不再是一間麵館裡普通的船家漢子，舉手投足間，自然而然流露著優雅。

允瓔側頭注目。她不是第一次看到他的笑，也不是第一次感覺到他這分氣質，可她從來沒像現在這樣，看到他笑得如此自信，看來，他之前說略知一二，還是謙遜之詞。

「瓔兒，嚐嚐這個，這種尤其合適女子。」烏承橋察覺到她的目光，轉頭笑了笑，將他杯中的酒倒了些許給她。

「烏兄弟，這一整壺都是，你不必這樣節省。」柯至雲見狀，拿起酒壺就要給允瓔滿上。

烏承橋忙攔下，笑道：「她不會喝酒，而且這兒有七種酒，每樣飲一杯，怕是不勝酒力。」

「那……好吧。」柯至雲看了看允瓔，隨即把酒壺移到烏承橋面前。「她不勝酒力，我信了，你可別跟我說什麼不會喝酒，這會喝不會喝的，我一眼就看出來了，來，滿上。」

烏承橋這次倒是沒有推辭。

滿滿一杯飲下，柯至雲又拿起第三種，興致勃勃地讓大家品酒。

一輪下來，唐果已然雙頰染紅，倒是允瓔，面色如常。

「小娘子的酒量也不像烏兄弟說的那樣淺呀。」柯至雲驚訝，不過也沒有逼著允瓔多喝。

「這種酒，後勁足。」烏承橋輕笑，目光在允瓔臉上流連片刻，挾了菜放到她面前的碟子裡，柔聲說道：「吃菜吧。」

「好。」允瓔點頭，這酒確實不錯，相信推出去會受歡迎吧，不知道為什麼這家人卻沒有宣傳出去？想到這兒，她直接問了出來，立即惹來柯至雲和唐瑭驚訝的目光。

「小娘子對做買賣有興趣？」柯至雲問。

「邵姑娘覺得這酒能拿出去賣？」唐瑭問的卻是另一個問題。

「我只是好奇，這酒這樣好，外面可有賣的？」允瓔沒想到會惹來兩人這樣大的反應，有些不好意思地笑了笑，既要表達自己的想法，還要顧忌到邵英娘的身分，還真不是輕鬆的事。

「之前，陶哥試過開鋪子，只是生意不盡人意，沒賺到錢反而賠了不少，就把鋪子給租出去，現在知道他家酒好喝的，都會直接來家裡。」柯至雲倒是知道一些。「這酒吧，怎麼說呢，男的嫌不夠勁兒，女的麼，這酒樓飯館的，有幾個女客喝酒？尋常人家買不起，富貴人家麼，門檻也進不去，而且這一帶的富貴人家，都有專門的釀酒人，哪會出來散買？」

「這酒很貴嗎？」允瓔又問。這是頭等大事，要是真太貴，她乾脆就放棄販酒的念頭吧。

「貴倒是不貴，這一壺也不過是三十文。」柯至雲搖搖頭。

三十文一小壺還不貴？

允瓔有些驚訝，可看看烏承橋、唐瑭、唐果一臉不以為然，她便知道了，在他們眼裡，這一小壺三十文真的不貴。

「比起當初的喬大公子，這一小壺根本不夠看的。」柯至雲笑道，意外地提起喬大公子。「小娘子，妳都不知道，清渠樓一壺杏花釀就要三百兩，當年喬大公子包場，一晚便花去上千兩，那才叫貴。」

這麼霸氣？允瓔瞟了烏承橋一眼。

烏承橋有些尷尬，不自然地清咳一聲，挾了菜放到允瓔面前。「別人的荒唐事，說他做什麼。」

允瓔似笑非笑地看著他，撇嘴問道：「清渠樓是什麼地方？酒樓？」

「是呀，聽著這名似乎不錯。」唐果在一邊附和著問。「哥，下次去泗縣，你帶我去見識見識唄。」

「咳咳，那個……不是酒樓。」這會兒，唐瑭也尷尬地咳了起來。

「姑娘家，好好在家繡花做飯就是了，去什麼樓啊。」柯至雲嗆聲道。

「什麼叫姑娘家就得繡花做飯？」唐果立即反擊。

兩人又開始唇槍舌戰。

唐瑭無奈，他是兩個都勸不下來，乾脆無視，和烏承橋慢慢地飲著酒。

烏承橋一邊和唐瑭交流著這酒的味道，一邊暗暗注意著允瓔的表情。

允瓔挑眉，看她幹麼？她又沒說什麼。

烏承橋見狀，私底下伸手握住她的手，緊了緊，目帶歉意，如今想想，他也覺得自己過去太荒唐了。

「雲哥，有件事我不太明白。」那邊，唐果和柯至雲兩個人的辯論幾乎白熱化，唐瑭實在看不下去，試著打斷他們糾戰。

「何事？」柯至雲占了不少嘴上便宜，倒是爽快地回來聆聽唐瑭的問題。

「喂，你……」唐果卻不高興了，這一番較量，她屢屢落後，不由心生好強。

「唐果，我們說正經事，莫鬧。」唐瑭攔下唐果。

唐果不情不願地坐下，氣鼓鼓地瞪著柯至雲，拿起筷子在盤子裡使勁地戳戳戳。

「瑭瑭，你什麼事不明白？」柯至雲好奇地催促著。

「你到底拿了你爹什麼寶貝？他們這樣死咬著不放？」唐瑭之前聽他說起被追逐的經過，卻不知道內情，只是一紙契約，至於這樣嗎？

「就一張契約啊。」柯至雲聞言，不由苦笑。「只不過喬家開出來的條件很誘人，誰要是助喬家度過現在的難關，那麼以後就有江南運河的掌控權。」

「江南運河的掌控權又是什麼意思？」允瓔忍不住問。

「喬家最初發家，就是靠江南運河，他們家的船塢更是江南運河上聞名的，這次喬家商船大批離開，據說就是老船塢裡幾名老人不服喬二當家主，帶著人脫離了喬家商隊。」

柯至雲這會兒倒是一本正經，沒有之前的吊兒郎當。

「喬二沒辦法，只好召回所有喬記倉的人，為的就是召集船隊護送皇糧進京，我家的死老頭，就是看中喬家這份實力以及柳侍郎的關係，拚了命地巴結喬家，這次要是助喬二完成差事，度過這一關，以後江南運河上的喬家船全部退出，便連船塢也交給柯家經營，我家那老頭子自然就心動了。」

「你是柯家人，怎麼不幫著你爹實現這樣的宏圖大業反而扯後腿呢？」唐果鄙夷地看著柯至雲。「做兒子的怎麼還偷拿父親的東西，真真是大不孝！」

「一旦拿到整個江南運河的掌控權，以後你們家不更是財源滾滾來了？」允瓔也奇怪地問。柯家要是拿到江南運河的掌控權，只怕這一帶的百姓也要遭殃了。

「宏圖大業誰不想？可是我不希望喪失柯家的尊嚴。」柯至雲帶著一絲憂傷嘆氣。「如果他好好地做生意，我當然會幫他，可他幹的都是什麼？這些年來柯家的名聲如何，出去聽聽就知道，可是他呢，一意孤行，這次為了江南運河，他居然連家業都敢投進去。這契一簽，喬家就算是讓出江南運河的一切，柯家都不是柯家了，而是喬家的家奴，他喬家退了不是跟沒退一樣嗎？」

說到這兒，柯至雲忍不住氣悶，就近拿起一壺酒，直接仰脖子灌了下去。

「你這樣不服氣，為什麼不去搶了掌控權？喝悶酒算什麼男人？」唐果看向柯至雲的目光有些古怪，不過語氣還是有些生硬。

允瓔安靜地坐著。

她深深知道這件事對烏承橋的重要，喬承軒一旦得勢，不僅他們在這一帶也不好混了，烏承橋要拿回自己的一切更會困難重重。

烏承橋也沈默著。

他不管家裡的生意，可是從小到大耳濡目染，他當然不會不知道江南運河上那幾個老船塢是怎麼回事，那是喬家發家的根本，如今竟被喬承軒說棄就棄了？

就算是把柯家變成喬家的家奴，可根本上船塢也改了姓不是？

平靜的心裡，竄上了火，原本想著就此陪伴允瓔安穩度日的烏承橋，第一次感到如此強烈的不甘。

失去了根基，爭取到皇糧任務又能怎麼樣？遲早也會被別人替代。

拿著酒杯，他靜靜地抿著杯中酒，緊握著允瓔的手無聲地洩漏了心情。

允瓔手上吃疼，轉頭看向他，另一隻手搭上他的手背，才驚醒了烏承橋。

帶著歉意，他鬆了手，扯了扯嘴角。

允瓔安撫地一笑。

這時，柯至雲已經喝盡了一壺酒，長長一嘆，看著唐瑭說道：「瑭瑭，你可想過自立門戶做點什麼？」

唐果聽到這兒騰地站了起來，指著柯至雲怒聲說道：「喂！你什麼意思？什麼叫自立門戶？是要脫離家族嗎？我哥可不是你。」

「小丫頭，別鬧，我說的可是正經事，又沒說讓妳哥脫離家族。」柯至雲第一次沒有回嗆唐果，他擺擺手，看著唐瑭正色說道。「我說的是成家立業，成家尚早，這立業可是不分早晚的，看的是機緣，如今喬家大亂，喬家把持的江南運河空缺一大片，正是我們一展抱負的時候，就算我們無法成為第二個喬老太爺，但，總能撈一匙湯羹吧？」

「你有想法？」唐瑭認真地問。

「喬老太爺當年只憑一把斧頭，就造出了一個喬記船塢，從船塢到船隊，到後來掌控江南運河命脈，我相信只要我們肯拚，就算做不到喬老太爺的一半，也能學個一、二成吧？」柯至雲豪氣沖天，說著說著就站起來，雙目發亮。「我們也可以組建船隊，去接南來北往的送貨生意，這次喬家不是需要大量的船隊護送皇糧嗎？我們也可以去試試。」

「說的容易，做起來難啊。」唐瑭不像柯至雲那樣腦熱，他很冷靜地分析。「船不是問題，有錢就能買到，可人手，短短時日之內去哪裡籌集？這行船可不是趕車，隨意懂些就能上路；而且我們沒有根基，就算護送成功，也不可能讓喬二把江南運河的掌控權讓給我們。」

「可是……」柯至雲聽到這兒，不由一愣，緩緩坐了下去，但他並不甘心，一抬眼，看到了一旁的烏承橋，拉救兵似的轉向他說道：「烏兄弟，你說說，我的法子可行嗎？」

烏承橋和允瓔兩人之前一直沈默地聽著他們談話，直到這時他才看了看允瓔，開口說道：「柯兄弟的想法極好，可是先人走過的路，未必就適合我們，就如唐兄弟所說的，種種問題良多，一時半會兒的只怕撐不起來。」

「怎麼連你都這樣說……」柯至雲洩氣了，拿起杯子一飲而盡。「那你們說怎麼辦？」

「辦法……也不是沒有。」烏承橋看了允瓔一眼，緩緩開口說道。

「什麼辦法？」柯至雲急急地問，杯子還緊緊地捏在手上，目光直勾勾地鎖在烏承橋臉上。

唐瑭也有些意外，側頭看著烏承橋等待著答案。

「販貨。」烏承橋微笑著說道。「我覺得這個可以試試。每個地方總有每個地方的特產，只要瞭解各種特產的價格，賺些小財應該不難。」

「販貨？」柯至雲抽了抽嘴角，似乎對烏承橋說的建議很不以為然。「這能賺多少銀子？」

「任何事，都是積少成多。」烏承橋說道。

「烏兄弟說的沒有錯，只是這販貨……真的是條路嗎？怎麼個做法？」唐瑭倒像個合格的生意人，考慮的方向與柯至雲明顯有差別。

「南水北調。」允瓔聽得熱鬧，忍不住插了一句。

「沒錯。」烏承橋回頭看著她，笑了笑，沒想她倒是頭一個理解了他的想法。

「還有反季節促銷。」允瓔又吐了一句，只是這次說的名詞太現代化了，連烏承橋也對她露出疑惑的表情，她忙補了一句。「就是夏天賣冬天的東西，冬天可以賣夏天的東西，這樣一定會賺錢的。」

「師傅，妳怎麼知道這些的？」唐果大大地意外，睜著眼睛看著允瓔。

「聽說的呀。」允瓔眨眨眼，敷衍道。

「說的好像有那麼點意思。」柯至雲摸著下巴，輪流打量著允瓔和烏承橋，似乎有些不相信這些辦法居然是這對再尋常不過的船家小夫妻想出來的，他覺得這對小夫妻很不尋常，看待兩人的目光，也頗耐人尋味。「烏兄弟可有興趣合夥？」

「說沒興趣，未免矯情，但你們也知道的，我們倆唯一的身家就是那條船，做生意……唉。」烏承橋嘆氣。「要是有本錢，我們早就做了。」

「有船就行啊。」柯至雲拍桌而起，好像就在等烏承橋這句話，他一腳踩在長凳上，興沖沖地說道。「我別的沒有，這各地的朋友卻是有些，我可以向他們打聽各地有什麼特產、什麼行情，你有船可以運送呀，至於瑭瑭麼，出錢就行了。」

「你倒是好算計。」唐果哼道。「我哥出錢，我師公出船，你什麼都不出呀？」

「我出力，不也是一樣嗎？」柯至雲被問得有些不好意思，訕訕地放下了腳，坐了回去。

「我覺得柯公子所說的可行。」允瓔輕聲對著烏承橋說道。

「嗯，可以一試。」唐瑭卻是一臉深思熟慮，好一會兒才點頭。

「喂喂，怎麼你們都……」唐果很是意外，左看看右瞧瞧的，皺了皺眉嘟嘴說道：「那我也要玩，我……我也出錢。」

第五十一章

「行，只是先跟妳說好，這做買賣總是有虧有盈的，妳得想好了，別到時候賠進了嫁妝，到處哭鼻子。」柯至雲戲謔地說道。

「呿，你自己管好你自己吧，別到時候貼了娶媳婦的錢而哭鼻子。」唐果不屑地白了柯至雲一眼，興沖沖地看著唐瑭問道：「哥，需要多少本錢？」

「這……我也不知。」唐瑭猶豫著，轉頭徵求烏承橋的意見。

「瓔兒，我們家的船值多少銀子？」烏承橋沒及時回答，而是轉頭看向允瓔問道。他知道一壺杏花酒的價格，卻是不知道一條船多少錢。

「我……不清楚。」允瓔也為難地搖頭，她怎麼知道？

「你們家那船，全新的也不過三兩，更別提現在的了……」柯至雲揮手。「要是按著你家的船算，本錢就只有六兩……能做什麼事？」

「有人還白手起家呢，六兩銀子，在尋常人家，足夠好幾年的口糧了。」允瓔反駁道。

「那妳說說，妳有什麼主意了？六兩要做些什麼？」柯至雲一臉不相信。

「這個。」允瓔把面前的杯子往前推了推，淺淺地笑著，一臉很有把握。

「這個？」柯至雲和唐瑭驚訝地互相看一眼，柯至雲搶著問道：「妳方才問這個有沒有賣，就想到做這個買賣？」

「不是。」允瓔搖頭。「事實上，自那天你說到花酒，我就有這個想法了。」
「難道妳要跟著來，敢情是想看看這種酒好不好啊。」柯至雲恍然大悟，朝允瓔豎了豎大拇指。「好心思。」
允瓔不由汗顏。
好心思？是讚還是貶？
「邵姑娘說的在理，不過這本銀……還是這樣吧。」唐瑭想了想，有了主意。「不如這樣，我們先試一次，這一船的本錢由我來墊上，要是賣出去了，就把我墊的還給我，賺到的部分當本錢，你們看怎麼樣？」
「好。」柯至雲第一個贊成。
「好。」烏承橋也點頭，他現在一窮二白，又沒有什麼厲害的生意經，這樣自然是最好的。
唐果卻是著急，起身跑到唐瑭的身邊，拉著他著急道：「我呢？我呢？」
「我出銀子，算妳一半，可好？」唐瑭無奈地應道。
「好，當然好。」唐果得了便宜，高興得笑彎了雙眼。
幾人說定，立即行動起來。柯至雲跳起來就去了後院，找陶伯談生意，留下其他幾人討論去什麼地方賣比較好，選什麼樣的酒比較受歡迎。
一番討論下來，卻都是唐果和允瓔說得熱火朝天，烏承橋和唐瑭在邊上含笑旁聽，偶爾才插上幾句話。

沒多久，陶伯隨著柯至雲回來了。

柯至雲一回來就宣告了喜訊，陶伯答應把酒賣給他們。

「謝謝陶伯。」唐果嘴甜，跳著到了陶伯面前，笑盈盈地道謝。

「這是互惠互利的好事，如果你們賣得出去，我也賺銀子不是？」陶伯樂呵呵地說道。

也不知道柯至雲怎麼說的，讓陶伯也很興奮。

於是又花費了大半個時辰，幾人和陶伯敲定了訂單，每種口味的酒各訂了一些，唐瑭當場付了一半的銀票，約好了來取貨的時日。

陶伯高興，把他們今天吃的、喝的都免了單。

允瓔才知道，這陶家除了酒，還兼營私家菜的買賣。

談定了正事，陶伯遣了陶小醉出去尋了頂軟橋，等到轎子到了後，眾人才告辭出來。

「我明兒就先去秀成鎮，找找門路，你們稍後接了酒再過來，我在碼頭等你們。」柯至雲還沈浸在興奮中，出了門，就自告奮勇要當開路先鋒。

「行。」唐瑭點頭。「我們跟烏兄弟一起走。」

這時，柯至雲落後一步，搭著唐瑭的肩，壓低聲音說道：「那個……瑭瑭，先借些銀子花花唄，我出來急了，什麼都沒帶……」

允瓔和唐果兩人卻是聽得清清楚楚，唐果轉身就要去笑話柯至雲，允瓔一把拉住她，微微搖了搖頭。

柯至雲是去做正事，路上沒盤纏自然不行。

唐果這才作罷。

來的時候，他們走的是小道，這次卻是穿過大街，直接來到一間叫「康濟堂」的醫館裡，找了一位郎中給烏承橋看了腿傷，重新換了夾板。

「骨接得不錯，只要好好養著，頂多兩、三個月就能活動了。」坐堂郎中道。「記得，不要心急。」

「這麼說，過了年就能好了？」允瓔驚喜地問。

「若無意外，是的。」郎中點頭。

「太好了。」允瓔轉頭看向烏承橋。

「多謝。」烏承橋顯然心情極好。

從醫館出來，一行人又齊齊往渡頭走去。

路上，心情大好的柯至雲不時地挑釁唐果，唐果說不過他，漸漸地，兩人的「戰鬥升級」，從鬥嘴上升到動手，一路你追我跑，一直延續到渡頭邊。

唐瑭喊了幾句，沒能阻止唐果，只好無奈地搖頭，不再理會，放緩了腳步跟在烏承橋身邊，兩人輕聲地聊著天南地北的種種特產。

只剩下允瓔一個無聊地跟在後面，聽著他們的談話，看著唐果和柯至雲的打鬧。

突然，她一抬眸，不由愣住了——她家的船呢?!

允瓔頓時變了臉色，顧不得其他，提著裙襬跑了下去。

那可是她和烏承橋唯一能安身立命的地方啊！

船沒了，他們就真的連乞丐都不如了！

允瓔站在之前停船的岸邊，四下搜尋，只見空空如也，剩下一片黑黑的漂浮物。

水面上的黑色擴得極大，這會兒在水波流動下，已經有不少往下漂去，但細一看，還是能發現，這些是燃燒後的灰燼！

允瓔臉色一白。

此時，唐果和柯至雲也發現了異樣，匆匆趕過來，一看到這情景，唐果驚呼。「怎麼會這樣？誰幹的！」

柯至雲臉色頓時黑如鍋底，他想到了一個可能。

接著，烏承橋和唐瑭也到了。

「這是……」唐瑭臉色凝重，看了看柯至雲。

「瓔兒。」烏承橋想過去安慰允瓔，可是他還坐在軟轎上，除了低低地喊，什麼也做不了，心裡愧疚萬分。

要不是他，她何至於家破人亡，又何至於連最後的家也保不住？

允瓔在最初的憤怒之後，心情居然平靜下來，她在水邊來回走了一趟，細細看了一遍，有了結論，緩步到烏承橋身邊，有些遺憾地說道：「我們的家……好像被人燒了。」

「對不起。」烏承橋伸手握住她的手，目光憐愛。

「不關你的事。」允瓔搖頭。「又不是你願意的。」

「總有一天，我會還妳一個家，一個我們的家。」烏承橋緊握她的手，聲音低沈，無比鄭重。

「嗯。」允瓔抬眸，看到他的認真，點點頭。在他的目光裡，她看到了太多東西，他的自責、他的歉意……她都懂了。

「早知道我就不慫恿師傅一起去了。」唐果也垮了臉。

「幸虧妳們去了，要不然妳們兩個女子……更危險。」唐瑭反駁。

「這下怎麼辦？我們才剛剛和陶伯談定生意，這邊船就沒了，我們要另外租船嗎？」唐果擔心地嘟囔著，接著又大罵道：「到底是哪個缺德的王八蛋幹的？要是讓本姑娘知道，一定扒了他的皮、抽了他的筋！」

「烏兄弟，今晚先去客棧吧，我們商量接下來的事情。」唐瑭不理會唐果，轉身回到烏承橋身邊，一邊抬頭看了看柯至雲。

柯至雲站在水邊，盯著那些漂浮著的灰燼，面沈如水，一動不動。

「雲哥，回客棧了。」唐瑭看著不對，提醒了一句。

「喂，你變木頭了？走……」唐果離柯至雲最近，看他不理會自家哥哥，她不由把惱意遷怒到他身上，上去就想拍他一下，結果卻拍了個空。

柯至雲轉身，恰好讓開了唐果的這一拍。

唐果收勢不住，整個人往水面撲去，腳下更是打滑，眼見就要跌到水裡。

唐瑭一驚，快步趕去。

就在這時，柯至雲手一伸，撈住唐果的腰，拖著她往上面臺階走了兩步，解救唐果免於落水的危險。

「你……」唐果莫名其妙的臉一紅，一把推開柯至雲，瞪了他一眼，跑到允瓔身邊。

允瓔看看她，又看看柯至雲，她覺得，柯至雲有些奇怪。

「你們先去，我去個地方，明兒就回來。」柯至雲沒了半點嬉皮笑臉，此時此刻，他身上就似貼了生人勿近的符紙般。

「你去哪兒？」唐瑭忙問。

柯至雲卻三步併作兩步地跑上臺階，沒了身影。

「唐果，妳帶烏兄弟和邵姑娘先回客棧，好好招待他們，我去找雲哥。」唐瑭皺了皺眉，轉頭飛快地叮囑。「烏兄弟、邵姑娘，還請幫我盯著唐果。」

「哥，你又要去哪兒？」唐果不高興地問。

「辦事，記住，不許亂跑，我們最晚明後天就回來。」唐瑭扔下一句話，也跟著匆匆走了。

「欸！」唐果追了幾步，見唐瑭也沒了蹤影，不由連連跺了幾下腳，回頭看了看允瓔他們，倒是乖乖回來了。「師傅，我們先回客棧吧。」

允瓔和烏承橋互看一眼，點點頭。

「走吧，順悅客棧。」唐果吩咐著兩個轎夫，自己則陪在允瓔身邊，嘀咕道：「他倆也真是的，發的什麼瘋，說走就走，也不說去哪兒了。」

「他們應該是有事要辦，等辦完事就會回來的。」允瓔話說一半，腦海中閃過一個念頭，瞬間震驚。

難道是柯家的人幹的？

很快就到了客棧，唐果找了掌櫃的開了兩間上房。

兩個轎夫也是態度極好，把烏承橋直接送到三樓的房間裡，將烏承橋安頓好後，才領了唐果給的碎銀子走了。

「師傅，我去讓夥計給你們送熱水，你們先歇歇，我這就去幫你們買兩套衣服回來。」唐果體貼地說了幾句，帶上房門走了。

「相公，你覺得這事與柯家有關嗎？」房裡只剩下允瓔和烏承橋，允瓔走到他身邊坐下。

「或許。」烏承橋點點頭，拉住允瓔。「瓔兒，妳覺得我們在鎮上租間鋪子開麵館可好？」

「之前有船，我們還能和他們合作一番，可現在，也只能如此了。」允瓔點頭。

「沒錯，等唐兄弟和柯兄弟回來，我便與他們說。」烏承橋嘆氣。「我們沒本錢，如今又沒了船，這會兒與他們合作，免不了有占人便宜的嫌疑，這……」

「我明白。」允瓔微微一笑。「你怎麼決定，我們便怎麼做，錯過一次機會沒什麼的，怕的是合夥人之間有……怎麼說呢，我不希望你因此覺得矮他們半截，我們也可以做得很好的。」

「那……」烏承橋暖暖一笑，隨即又皺了皺眉，有些猶豫地問：「我們還有多少錢？是不是都還在船上？」

「錢都在我這兒。」允瓔忙說道，伸手摸向腰間，暗中卻是把空間裡的錢移出來，放在桌上倒了出來。「都在這兒了。」

原先喬承軒給的碎銀還有剩餘，裡面還有柯至雲給的一錠銀子、唐果兄妹給的兩粒碎銀，再就是這些日子積攢下來的銅錢，零零碎碎加到一起，也有十九兩之多。

「租鋪子……夠嗎？」允瓔忐忑地問。

「應該……夠吧。」烏承橋也沒底氣。

「我明兒就去看看。」允瓔把銀子一粒一粒的裝回袋子裡，拿在手裡掂了掂。

「瓔兒，又要辛苦妳了。」烏承橋一隻手撫在自己的膝上。

之前還覺得兩、三個月很短的他，此時卻覺得兩、三個月太長太長，要是他現在就能站起來，這些事就不必勞累允瓔去辦了。

「沒事，夫妻同心，其利斷金，我們一定會成功的。」允瓔捏著錢袋，很快拋去之前的消極，笑道：「我們之前還一文錢都沒有呢，你瞧瞧，除去柯公子和唐公子兄妹倆給的，喬承軒的也不能算在裡面，這樣的話，我們也賺了四貫銅錢，我們可以靠這些做本錢。」

「好。」烏承橋看著允瓔的笑容，目光灼灼。

「等我們賺了錢，有錢有閒了，我們就造一艘很大很大的船，遊山玩水。」允瓔順口說起自己的夢想。

「走遍天下江河湖海，吃遍天下美食，遍賞天下美景。」烏承橋輕笑，柔聲說道。

浮宅泛舟，走遍天下江河湖海，吃遍天下美食，遍賞天下美景……那是允瓔前世今生的終極夢想。

但，夢想終歸是夢想，此時此刻，現實更重要。

允瓔收起錢袋站起來，正要去鋪榻，房門就被敲響了。

之前唐果出去只是帶上門，此時房門不過是虛掩著，外面的人卻沒有魯莽地闖進來，允瓔忙轉身過去，拉開了房門。

門外站著手拿包裹的唐果和兩個端著熱水的小夥計。

「進來吧。」允瓔讓到一邊。

唐果示意小夥計把熱水送往隔間，自己提著包裹拉著允瓔回到桌邊。

「師傅、師公，我從成衣鋪買了幾套衣服，你們看看滿不滿意？」唐果解開包裹，裡面整整齊齊地疊著四套衣服，天藍、淺綠兩套女裝，藏青、月白無疑是烏承橋的，她挑出淺綠的那套，抖開。「師傅妳看，這個一定適合妳。」

允瓔伸手摸了摸衣料，還好，是尋常的棉布料，她還負擔得起。

「辛苦妳了。」允瓔笑著打量。這衣服剪裁大方，樣式簡簡單單，倒是挺合她的心意，而且別看唐果這丫頭平時一刻不安分，可這心還真的挺細膩，這些衣服由內到外，全都置辦整齊了，允瓔算不出這四套衣服的價格，想了想，還是直接問道：「唐果，花了多少錢？我還妳。」說著就去摸腰間的錢袋。

「師傅，這是我送你們的，妳可不許推。」唐果立即退後一步，不高興地看著她。「要不然，我不高興了啊。」

允瓔失笑，爽快地收回手。

「我去點菜，師傅、師公先洗漱更衣，一會兒我讓人送晚飯過來。」唐果生怕允瓔再來，把手中的衣服往她手上一塞，轉身就跑了。

「唐果。」允瓔追到門口。「妳別亂跑呀。」

「我不會亂跑啦。」唐果停下腳步，俏皮地扮了個鬼臉。「哥讓我照顧你們的，我怎麼會亂跑呢？我房間就在左邊，跟你們隔了兩間房，師傅有事隨時喊我。」

「好。」允瓔這才放心。不亂跑就好，之前聽唐瑭所說，似乎是費了老大的勁兒才逮住唐果，要是這會兒失散了，唐瑭回來又要抓狂。

「師傅歇著吧。」唐果揮揮手，朝她甜甜一笑，快步走了。

允瓔關上門回來，抖著衣服看了看，笑道：「這唐果，心思還挺細膩的。」

烏承橋笑了笑，不對唐果作任何評價。

第五十二章

「相公，你先洗吧，我扶你進去。」允瓔快步到了桌邊，把衣服往桌上一放，上前扶起烏承橋。

烏承橋擺擺手，柔聲說道：「妳先去倒水，我自己過去就行了。」

「自己過去？你……」允瓔狐疑地低頭，打量了他的腿一下，他行嗎？

「沒事的，妳看。」烏承橋伸手拉過一把凳子，扶著凳子一點一點往前挪，倒是比她扶著還要靈活一些。

「那你當心些。」允瓔這才點頭，放心地進了隔間。

隔間裡，又用屏風隔開，一邊放著大浴桶，而另一邊則放著恭桶，旁邊放著一把臉盆架子，上面還放著一塊全新的香胰子。

允瓔上前，拿起那香胰子聞了聞，淡淡的清香撲鼻而來，她不由笑了笑，這客棧，倒是挺周到的。

放下香胰子，允瓔轉身探了探大浴桶裡的水，水溫也是兌好的，溫度正合適。

「相公，快來，一會兒水該涼了。」允瓔很自然地喊道。

「來了。」烏承橋聽在耳中，心裡卻是一跳，語氣也不自覺更柔了幾分。

藉著凳子，烏承橋安然來到隔間裡，坐在大浴桶邊。

「這腿剛打的夾板，能進去洗嗎？」允瓔打量那木桶的高度，又看了看烏承橋的腿，有些擔心。

「妳幫我。」烏承橋帶著笑意抬眸看她。

「呃……」允瓔莫名其妙地臉紅，看向那浴桶，腦海裡閃過某些電視劇、小說裡的片段，臉更加的燙。

「瓔兒。」烏承橋見她不語，有些疑惑地喊了一句。

「啊？」允瓔回頭，心虛不已。他最近總是能猜出她在想什麼，剛剛想的不會被他看穿了吧？

「妳怎麼了？」所幸屋裡有些昏暗，烏承橋並沒看清允瓔的表情，只以為她是在心疼船沒了，便伸手拉住她的手，輕聲問。「是不是累了？還是……還想著船的事？」

「沒呢。」允瓔搖頭。「燒都燒了，想又有什麼用。」

「總有一天，我們會有的。」烏承橋嘆氣，把她拉入懷中，輕撫著她的背。

這一摟，令允瓔的臉更燙，埋在他懷裡，努力揮去腦海中某些畫面，好一會兒才輕輕推開烏承橋。「我沒事，快洗吧，水要涼了。」

「我不進去了，就跟以前一樣簡單洗洗吧。」烏承橋一隻手撫了撫膝蓋，看著允瓔，心裡有了決定。

等他的腿好了，他一定補她一個風光的婚禮。

「好。」允瓔點頭，離了他身邊，過去取了木盆過來，用水清洗兩遍後，才打了熱水，拿了香胰子過來。

烏承橋很自然地褪去衣衫。

雖然他這段日子沒怎麼動彈，可這二十幾年來與好友打獵、搏擊，不務正業練就的身材還是極不錯的；當初荒唐時，他們幾個好友袒胸露背比身材，他都是數一數二的。

允瓔絞了布帕，一抬頭，不由愣了愣，目光不由自主地停在他身上，心跳加速。

「瓔兒，妳怎麼了？」烏承橋有些奇怪地看著允瓔。

「啊？沒事……」允瓔收回目光，慌亂地拿著布帕往他身上抹。

烏承橋已經留意到她的不對勁，伸手握住她的手，目光直直鎖住她，離得近了，才發現她雙頰飛紅。他微愣，隨即便明白過來。

他不由微微一笑，伸手攬住她的腰，深情凝望。「瓔兒……」

「快洗吧。」允瓔這下徹徹底底的變成煮熟的蝦，從頭紅到腳。她推開烏承橋，站到背後，拿著布帕一下重過一下地抹著烏承橋的背。

「呵呵。」烏承橋倒是挺開心，低低地笑著，也不再逗她。

好一會兒，允瓔才算緩了過來，深深吸了口氣，認真替他洗漱起來。

當然，有些不方便的地方自然還是得烏承橋自己動手，她則出去替他取衣服。

唐果挑衣服的眼光很不錯，買的幾套衣服都合允瓔的心意，簡潔、素淨，便是烏承橋的兩套，也沒有過多的紋飾。

允瓔比了一下，放下那套月白色衣衫。他是喬家大公子，那些大家公子們不就最喜歡白衣飄飄嗎？他這樣一穿，哪裡還像個船家？只怕要露餡兒。

只是，等到烏承橋穿上之後，允瓔還是忍不住皺了眉。

藏青色長衫穿在他身上，更顯帥氣。允瓔的腦海忽然閃過一個畫面，當初烏承橋攔船時一身玄衣、長身而立的偉岸身影……

「怎麼？不合適？」烏承橋伸手揉了揉她的眉心，笑問道。

「不是啊，是……太合適了。」允瓔打量著他，犯愁了。「這樣出去，估計會招人注目，萬一……被人認出來怎麼辦？」

「我們小心些，應該不會。」烏承橋一愣，隨即笑道。「喬承軒這會兒可沒空理會我，他忙著呢。」

「還是小心些好。」允瓔打量他一番，接著整理換下的衣衫。

允瓔自己洗漱完後，就勢洗了衣服，晾在木架上，等她出來，發現烏承橋面前的桌上已經擺放了飯菜。

三菜一湯，有葷有素，允瓔對唐果越發刮目相看。

「來。」烏承橋看到她，替她盛好飯，舀好湯放到她面前。「嚐嚐這菜做得如何？」

允瓔坐了下來，打量了幾道菜。從賣相上來說，只能算是普普通通，她拿起筷子嚐了嚐。「還行。」

「還不及陶伯家的飯菜是不？」烏承橋笑著問。

「是呢，陶家嫂子做得好吃。」允瓔點頭。

「瓔兒，等我們找到房子，教我做麵條吧。」烏承橋又道。

「你怎麼也要學？」允瓔很意外。

「我是男人，總不能躲在妳身後，事事看妳辛苦我卻幫不上什麼吧？」烏承橋笑道。之前他還能搖搖船、燒燒火，可現在船沒了，鋪子一開，他能做什麼？好像，什麼也不會呀。

「好。」允瓔看著他，心裡暖暖的，好一會兒才欣然點頭。這才是一起過日子嘛，要是他整天裝大爺，說不定她還會不想理他。

次日一早，允瓔早早起來，打水給烏承橋洗漱，經過唐果房間時，見房門緊閉，便逕自回了自己屋裡。

等到辰時，唐果也起來了，幾人一起吃過早點，百無聊賴地坐著等唐瑭和柯至雲歸來。

小半個時辰後，唐果坐不住了，在屋子裡來來回回地踱步。「怎麼還沒回來呀……那死小子不會跟他老爹打起來了吧？那我哥去了，不會被……哼，都怪柯至雲那小子，惹的都是什麼事，他們家真是亂七八糟，誰要是嫁給他，肯定是倒了八輩子楣才……」

「噗——誰嫁他，妳擔心什麼？」允瓔噴笑，走到唐果身邊，睨著她打趣道。「難不成……妳對他有意思？」

「呸呸呸，誰對他有意思，那小子……哪裡值得本姑娘喜歡他啦？」唐果一聽大窘，背過身連聲否認。

「我又沒說妳喜歡他。」允瓔輕笑，拍了拍唐果的肩。

「我才不會喜歡他。」唐果像蚊子般地叫道，雙手扭了扭衣角，走了幾步，轉身拉住允瓔，轉移話題。「哎呀，他有什麼可說的，師傅，陪我一起去逛街唄。」

「逛街？」允瓔回頭看了看烏承橋，搖頭拒絕。「不了吧。」

「在這兒多無聊啊。」唐果苦著臉，哀求道：「師傅——」

「別吧，一會兒妳哥他們回來找不著我們，又要擔心了。」允瓔還是搖頭。

「啊——好無聊……我要是一個人出去，妳肯定也不會同意，在這兒……師傅，要不，妳教我和麵唄，我那天和的麵都摔了，妳都沒能看到。」唐果在屋子裡來來回回的走了好幾趟。

她不要困在這兒呀，從小到大，她還沒這樣安靜地在屋裡待這麼久過呢，當然，睡覺除外。

「好。」允瓔點頭，只要唐果能安分些就好，等唐瑭回來，她和烏承橋的任務就完成了。

「我這就去拿材料！」唐果跳了起來，飛快地衝出房間。

「還真是難為她了。」允瓔哭笑不得。

「妳怎麼不去？不是說要看看有沒有房子租的嗎？」烏承橋問道。

「你一個人在這兒怎麼行？等唐公子他們回來再說吧。」允瓔倒了一杯水慢慢地喝著，等著唐果回來。

沒多久，唐果就帶了兩個夥計回來，一個手裡拿著一只布袋，看著應該是麵粉，另一個拎著木盆，提著清水。

「放這兒吧。」唐果指了指桌子，隨手打賞了兩人幾十文錢。

兩個夥計坦然謝過，退了出去。

「師傅，我先來，妳看看對不對。」唐果立即挽高了袖子擺開架勢。

允瓔坐到烏承橋身邊，笑看著唐果行動，只在唐果猶豫時出口指點一番。

半個時辰後，唐果手捧著麵團，雙眼發亮。「師傅，這樣對嗎？」

「不錯。」允瓔點頭，比她剛剛做的時候好多了。

「那下一步怎麼辦？」唐果一聽，興奮不已。

「發麵。」允瓔微微一笑，側頭看了看烏承橋，正好他也想學，那就一塊兒教了吧，於是允瓔開始細細說起這和麵、發麵、做各種麵條的法子。

她自己會的也不多，所說的也只是自己的一點心得，不過烏承橋和唐果兩人倒是聽得津津有味。

這一日，唐瑭和柯至雲仍不見蹤影。

唐果明顯有些煩躁，吃晚飯的時候，她看了看允瓔，看看烏承橋的腿，欲言又止，但最終，她沒說什麼。

第二日，三人依然在房間裡學做麵，做好的麵都被唐果送到了廚房，也不知是賞給了那些夥計們，還是被她扔了，總之允瓔一直沒見到那些麵條出現。

直到入夜，唐瑭和柯至雲還是沒有出現。

允瓔也忍不住私下和烏承橋嘀咕。「不會出什麼事了吧？」

「應該不會吧。」烏承橋頓了頓，有些遲疑地搖頭。「柯至雲怎麼說也是柯家人，而唐兄弟家世必不一般，以柯家老爺的心態，他不會為難唐兄弟的。」

「那怎麼還沒回來呢？我看唐果都坐不住了，我擔心她耐不住性子會跑去找他們，以她的性子，要是遇到錢發或是柯家的人，真的會出事。」允瓔越說越擔心。

「要是明天他們還沒回來，妳就陪唐姑娘出去打聽一下消息，我留在這兒，反正我不出去，妳也不用擔心有人會認出我。」烏承橋也有些不安。允瓔擔心唐果的性子，他卻是擔心柯至雲的性子。

柯老爺那樣的人，卻養出柯至雲這樣的兒子，真不知道是天意弄人，還是上天刻意安排柯至雲來懲罰柯老爺的，不論如何，柯至雲這樣衝動，保不準就和柯老爺起了衝突。

「嗯，打聽一下也好，柯家有什麼動靜，應該瞞不住。」允瓔猶豫了一下，點頭。「再等等，看明天他們會不會回來再說。」

帶著疑慮，兩人相依入眠。

第三日，唐果起得比平時還要早。

允瓔一開門，就看到唐果在她門口來來回回地踱步。

「師傅，剛剛我去我哥房間看了，還是空的，怎麼辦？」唐果一看到她，就可憐巴巴地上前，嘟嘴說道：「怎麼辦啊？我想去找他，可是……」

「妳再安心等等，要是今天還沒有消息，我陪妳出去打聽。」允瓔安撫道。

「……好。」唐果猶豫著，不過還是點頭答應。

只是這一天，她卻一直心不在焉，不是麵團和得軟了，就是麵條切得碎了，允瓔看不過去，乾脆收了全部東西，直接出門。

「瓔兒，妳們出去的時候小心些，早去早回。」烏承橋見唐果焦躁不安，看了看窗外的天色，開口說道。

「你也是，當心。」允瓔點頭，叮囑一句。

「師傅，快走吧。」唐果一聽，立即跳了起來，拉過允瓔的胳膊就往外跑。

允瓔被拉著跑了幾步，總算拉住了唐果，抽回自己的手。「妳走慢些。」

唐果著急地看著允瓔，似乎有些不滿，不過沒說什麼，先出了門。

允瓔回頭看向烏承橋。「我們很快回來。」

烏承橋微笑點頭。

允瓔才帶上了門，跟上唐果的腳步。

兩人一前一後快步下樓，才到大廳，就聽到有客人在談論事情，連夥計也湊了過去，聽得極是認真。

「柯公子居然揚言斷絕父子關係，他捨得嗎？離了柯家，就什麼都沒有了。」

「柯家做盡壞事，這柯公子倒是有幾分血性的，聽說前幾天渡頭有條船被燒，就是柯家人幹的。」

允瓔聽到這兒，不由緩了腳步。

「師傅，快走啦。」唐果一回頭，見允瓔居然停了下來，忙跑回來，伸手要拉允瓔。

允瓔反手拉住唐果，朝大廳抬了抬下巴。「等等。」
「怎麼了？」唐果疑惑地看著那些沒事聚在一起瞎聊的眾人，這有什麼好看的？
「他們在說柯公子的事。」允瓔低聲說道，拉著唐果湊了過去。
「這會兒渡頭正熱鬧呢，可惜被柯家的人給攔了路，想看熱鬧都不成。」
「你倒是膽子大，柯家的熱鬧豈是說看就能看的？小心你的小命。」
「走。」允瓔決定先去渡頭看看。
「去哪兒？」唐果這會兒倒是聽進去了，可她正聽得入神，允瓔就要走，她不由愣住。
「渡頭。」允瓔低聲說道，反拉著唐果往外走，出了門，正好看到一輛空馬車經過，允瓔想也不想地伸手攔下，拉著唐果上了車。「麻煩去渡頭。」
「姑娘，這會兒渡頭可去不得，柯家人封道呢。」趕車老漢有些為難。
「老伯，不用趕得太近，到了那兒，你遠遠地把我們放下就好了。」允瓔忙說道。
「好吧，先說好，不能離得太近啊，柯家人老漢惹不起的。」老漢猶猶豫豫地應下。
「您放心，不用離得太近。」允瓔忙點頭。
「老伯，那邊出什麼事了？」唐果好奇地問。
「柯家父子反目，正在渡頭談條件呢，之前好多人在看，這會兒都被趕走了。」老漢回道。
「小姑娘，妳們要是坐船，還是晚些再去吧，當心遇到柯家人，妳們倆會吃虧的。」
「我們才不會吃……」唐果正要反駁，被允瓔拉住。
「謝謝老伯，我們不坐船，我們是去找人。」允瓔淺笑。「我們也是怕他們吃了柯家的虧，特意趕去找他們的。」

「原來是這樣。」老漢瞭然地點頭。「那妳們坐好了，我們得趕緊去，去晚了，要是不知情的，怕是吃定虧了，柯家……可不是善茬。」

「謝謝老伯。」允瓔道謝，一邊朝唐果使了個眼色，示意她稍安勿躁。

第五十三章

一路疾馳，還沒到渡頭，馬車便遠遠地停住了，老漢回頭說道：「兩位姑娘，老漢只能送妳們到這兒。」

「多謝。」允瓔下了車，問了車費，老漢倒是沒有宰她們，一人不過十文，允瓔付了錢，轉身時，唐果已經心急地往前走。

不遠處，人群雲集，封鎖了道路。

「唐果，等等我。」允瓔怕唐果走散，忙追上去。

「讓一讓，讓一讓。」唐果已經到了前面，可不管她怎麼說，圍觀的人也沒人肯理她，令她不由跳腳，喊得更大聲。

「麻煩讓一讓。」允瓔也是無奈，顯然柯家人無法擋住眾人高漲的好奇心。

「師傅，妳還有銅錢嗎？」唐果退後來到允瓔身邊，伸出手。

「有。」允瓔疑惑地看著唐果。

「先給我，等下還妳。」唐果忙催促道。

允瓔不知道她想做什麼，一遲疑，才把錢袋拿出來，她已經把碎銀都扔進空間，這袋裡裝的都是零散銅錢，全加起來也不過七、八百文。

唐果也不及細看，直接拿過，倒出一把往後奮力一撒，一邊大喊道：「哇！好多錢啊！」

離得近的眾人回頭，果然看到滾落一地的銅錢，紛紛奔了過去。

唐果見有效果，乾脆把袋裡的全倒出來，往別處拋撒。

錢，到底還是比柯家的八卦更吸引人，很快的人群被吸引過去，唐果拉著允瓔就往前鑽。

兩人通行無阻地到了前面，看到封路的柯家人。

「走，過去看看。」唐果對柯家人卻是一點顧忌都沒有，拉著允瓔就往前面闖。

「站住！」立即有人過來阻攔。

允瓔聽到這聲音，頓時一驚，一抬頭，看到了穿著柯家家丁服的錢發，他正趾高氣揚指著她和唐果兩人說道：「幹什麼……喲，原來是妳。」

錢發認出允瓔，目露欣喜。「看不出來嘛，這一打扮更俊了。」

「讓開。」允瓔冷著臉。

「師傅，妳認識他？」唐果皺著眉打量錢發。

「他不是好東西，妳離他遠些。」允瓔提醒道。

「也是，柯家人能有什麼好東西。」唐果冷哼，把允瓔往身後一護，倨傲地上前，指著錢發說道：「讓開，否則讓你吃不了兜著走。」

錢發細細打量著唐果，目光閃爍，最後又回到允瓔身上，好一會兒，他不知道想到了什麼，竟配合地退開一步，揮手讓人放了允瓔和唐果過去。

「算你識相。」唐果冷哼一聲，拉著允瓔逕自過去。

「那人陰狠得很，妳別大意了，以後遇到他離遠些。」允瓔怕唐果不知情吃虧，忙把之前的事告訴她。

「這麼卑鄙？」唐果驚訝，回頭瞧了瞧，朝允瓔笑道：「師傅消氣，等找到我哥，我替妳好好出氣。」

「沒讓妳出氣，妳自己當心就好了。」允瓔搖頭，目光停在水邊，她已經看到柯至雲和唐瑭，還有站在船上的柯老爺，雙方正成對峙之勢。

「哥。」唐果順著允瓔的目光，飛快地跑下去，埋怨道：「你去哪兒了？擔心死我了。」說完，一邊打量著柯至雲，白了他一眼。

允瓔只好緩步過去。

「妳們怎麼來了？」唐瑭驚訝地皺了皺眉，壓低聲音說道：「快回去。」

「我不。」唐果撇嘴，瞪著對面船上的柯老爺。「哥，是不是他們欺負你們了？這麼久都不回來。」

「回去再說。」唐瑭有些著急。「邵姑娘，麻煩妳帶唐果先離開。」

「我就不。」唐果強道。

允瓔回頭看了看，見錢發正站在不遠處注視她們，不由嘆氣。「唐公子，只怕是出不去了，還是先解決眼前的事吧。」

這時，柯老爺開了口。「雲兒，你真的不願意跟爹回去？」

「我沒你這樣的爹！」這幾日，柯至雲似乎又經歷了什麼，聲音沈重沙啞，他沒有回頭看剛剛到來的允瓔和唐果，注意力全在對面的船上。

唐瑭之前一直在柯至雲身邊，這會兒多了唐果和允瓔，他只好又退開些許，提防著四周。

兩人身上穿的還是那天的衣衫，衣衫上甚至還被刮花了幾道口子。看來，他們這幾天的行動也不是很順利。

「雲兒，不論你承不承認，我都是你爹。」柯老爺似乎很有耐心，絲毫沒有為剛剛柯至雲的話生氣，只是有些痛心地看著他。「爹只有你一個兒子，爹拚的這份家業，不就是為了你嗎？以後這一切，都是你的……」

「天下哪有當爹的千方百計想把自己的子孫變成家奴的？」柯至雲冷聲說道。「這樣的爹，這樣的家業，我不稀罕！」

「雲兒，你真要和爹對著幹嗎？」柯老爺嘆了口氣。

「你休想得逞！」柯至雲絲毫不退讓。

「那好吧。」柯老爺無比遺憾地看著柯至雲。「我就當沒生過你這個兒子，來人！」

「老爺。」管家應聲走了過來。

允瓔皺眉看著船上的幾人，單子霈也在後面，只是這會兒他正面無表情地看著這一切，沒有插手的意思。

「吩咐下去，讓他們記清楚柯至雲身邊所有朋友的臉，見一個，逮一個。」柯老爺瞇起眼，輕描淡寫地吩咐道。

「我看誰敢！」柯至雲大驚，大喝道。

「你已經不是柯家的公子了，他們為什麼不敢？」柯老爺似笑非笑地看著柯至雲。

「你敢動他們，我就讓你斷子絕孫！」柯至雲青筋暴起，怒瞪著柯老爺，不得不承認，他被捏住了軟肋。

「沒了你這個兒子，我還可以再生，你想斷就斷吧。」柯老爺絲毫不怕。

「雲兒，你最好不要太衝動，想來你也記得前幾天那條船，我可保不準哪天一高興，就找你的朋友聊聊天，我想，你不會喜歡我和你朋友走得太近吧？」

語氣中，滿滿的威脅。

「喂！你個老混蛋太無恥了，居然對自己的兒子這樣，你還有沒有臉皮啊？」唐果氣憤地指著柯老爺大罵，走上前把柯至雲拉後幾步，站在他身前說道：「小子，你雖然可惡，不過沒他可惡，所以這次我幫你，好好教訓這個老混蛋！」

說罷，突然躍起，就跳到了那船上，手中也多了一條鞭子，直接抽向柯老爺。

「來人！保護老爺！」管家嚇了一大跳，把柯老爺往邊上一推，自己也瞬間縮回角落裡。

單子霈皺眉，晃身到了前面，單手擋下唐果的鞭子，繃直了鞭子使勁一震，唐果便不由自主地鬆了手。

這時，船上幾個護院齊齊持刀上來，唐果奮力反抗了幾下，卻也在瞬間被刀架上頸間。

這速度快得連唐瑭都來不及反應，他正要行動，唐果已經落在護院們的手裡。

「老爺，你沒事吧？」管家見狀，迅速鑽了出來，扶起被他推倒在船板上的柯老爺。

「你個飯桶，推我做什麼？」柯老爺扶著老腰站起來，伸手就是一巴掌。

「老爺……」管家捂住臉，點頭哈腰不敢反抗。

「一邊去！」柯老爺瞪了管家一眼，推開他走到唐果面前打量一番，若有所思地回頭看向柯至雲。「你小子倒是豔福不淺，身邊的女人一個比一個尤物。」

「柯老爺，你若敢動我妹妹半根頭髮，洛城唐家必不會放過你！」唐瑭此時也顧不得客氣，沈聲說道。

「洛城唐家？」柯老爺驚疑的目光在唐瑭和唐果身上來回打量。「你們是洛城唐家的人？」

「沒錯。」唐瑭第一次亮出身分。

「原來是洛城唐家的公子、小姐，失敬失敬。」柯老爺瞬間綻放笑容，對著唐瑭抱拳說道：「唐公子放心，我必會讓人好好招待唐小姐的。」

竟沒有放人的意思。

允瓔不知道洛城唐家是什麼來歷，她比較關心今天的事怎麼解決，就在她再次看向單子霈，想尋找一些蛛絲馬跡時，柯至雲開口了。

「你不是想要那紙契約嗎？好，只要你答應我三個條件，我就還你！」

柯至雲的話頓時吸引了眾人的注意力。

「你還想談條件？你有這個資格嗎？」柯老爺卻是一臉不以為然地冷笑道。

「你別以為我不知道，你為了這張契約費了多少心思。」柯至雲突然平靜下來，從懷裡抽出那紙契約，另一隻手卻不知何時拿了個火摺子。

「喬家尋求合作同伴，也不是隨便哪個阿貓阿狗都能進的，這次拿到他家契約的也不過八人，而這八人裡，只有一半的機會能與喬家合作，所以這一張一旦銷毀，你覺得你還能找得到第二張嗎？或者，我把這張拿去賣給別人如何？」

「說說你的條件！」柯老爺這時才算正色地看著自己的兒子。

「一，放了她。」柯至雲的火摺子慢慢地湊到契約下方。

柯老爺的目光一凝，隨即便放鬆下來。

允瓔一直留意著柯老爺的舉動，她皺了皺眉，看來這柯老爺也是老狐狸。

「放人。」柯老爺隨意地揮揮手。

唐瑭聞言，一個起落便到了船上，拉著唐果重新回到岸上。

「幹麼便宜他！」唐果不依不饒。

「妳閉嘴！」唐瑭難得地凶了她一下，瞪著她說道。「要不是妳亂來，至於這樣嗎？」

「我……」唐果頓時噎住了。

「第二呢？」柯老爺有些遺憾地看著自家兒子，可惜了，這孩子有些本事，但火候卻是不夠。

「第二，你得立下字據，不許動我朋友半根汗毛。」柯至雲的軟肋就是太講義氣，第二個條件一開口，便是保障朋友的安全。

「可以。」柯老爺爽快地點頭。

「第三，你毀了我朋友的船，必須賠新的給她。」柯至雲沒為自己爭取一條，說的都是別人的事。「白紙黑字寫清楚，以後不許再找他們的麻煩。」

「沒問題。」柯老爺的臉上露出一絲笑意，揮手吩咐道：「筆墨準備。」

話音一落，馬上有人去備了筆墨上來，柯老爺也不含糊，挽了衣袖過去就提筆寫起來。

沒多久，字據便寫好了，管家雙手取過，到了船邊笑道：「公子請過目。」

柯至雲沒有動，轉頭看了看唐瑭。

唐瑭會意，跳上船取過那字據看了看，朝柯至雲點頭。

「按手印。」柯至雲瞪著柯老爺。

唐瑭直接過去，把字據放到柯老爺面前，看著他簽下名字、按下手印，才拿著到了柯至雲身邊，把字據展給柯至雲看。

允瓔在一邊也看到了隻字片語，大抵就是柯至雲提的幾個條件，下方是柯老爺的話，表示以後與柯至雲再無瓜葛。

「船呢？」柯至雲看罷，示意唐瑭收起來。

「那樣的船暫時還沒有，我得去訂。」柯老爺耐著性子伸出手。「你先把契約給我，我保證明日就送到。」

「誰說一定要那種船？家裡多的是漕船，你也不用麻煩，就你站的這條不錯，就它了。」柯至雲指著柯老爺腳下的船說道。「乾脆些，我可不想跟你拖拖拉拉的，交了船，這張契約就是你的，從此，我們再無瓜葛！」

他還真有這個決心……允瓔打量著柯至雲，只見他表情冷漠，絲毫看不出有半絲留戀。

唐果也在看柯至雲，眉宇間盡是困惑。

「給他。」柯老爺定定地看著柯至雲，許久才嘆了口氣，揮著手發了話。

「快，那邊的船過來。」管家立即招呼不遠處的船過來，扶了柯老爺上船，其他人也紛紛轉移，這條船則緩緩靠近岸邊。

唐瑭上船，裡裡外外的檢查一遍，確定安全。

「現在可以給我了吧？」柯老爺盯著柯至雲手中的契約，對兒子從此陌路的事，竟沒有半點難過。

「自然，我不是你，做不來說話不算數的事。」柯至雲冷笑，慢慢拿開火摺子，把手中的契約隨意地扔過去。

「快接好了！不可掉進水裡！」柯至雲拋得沒有預警，柯老爺急得大喝，單子霈動了，他身形一晃，伸手去接契紙，可惜的是，他還是慢了一步，只能在契約落水時，勉強把契約撈回來，可他卻整個人掉入水裡。

水花四濺，單子霈整個人沈到了水裡。

柯老爺大驚，忙喊道：「快救人！快救契約！」

眾人一陣忙碌，取了竹竿過來打撈。單子霈露出了頭，手中高舉起契約，可惜契約入水，哪裡能不濕？

「快拉他上來！不能碰契約！碰壞了要你們的狗命！」柯老爺氣急敗壞。

「看吧，連老天爺都看不過去。」柯至雲這會兒卻是幸災樂禍起來。

這時，單子霈已經被拉上了船，手中的契約被柯老爺捧在手心，顧不得和柯至雲繼續爭辯，他還急著回去曬乾這契約。

柯家的人迅速退去。

錢發經過允瓔身邊時，若有所思地看看她，加快腳步離開。

「邵姑娘，對不起。」柯至雲看著柯家人消失在水道那頭，緩緩轉身，歉意地看著允瓔。

「是我那天疏忽，連累了你們。」

「跟你沒關係，其實就算沒有你，我這船估計也保不了多久。」允瓔笑著搖頭。

「為什麼？」唐瑭奇怪地問。

「唐公子還記得那天街上的事嗎？那帶頭的錢發，就是剛剛走最後一個的家丁，沒想到他竟真的混進了柯家。」允瓔指著柯家人離開的方向說道。「他以前就那麼囂張，藉著柯家的名誆騙，如今真成了柯家人，他能饒過我嗎？」

「妳放心，有我們在，他們休想動妳一根汗毛。」柯至雲滿滿的歉意。

唐果看看這個又看看那個，見唐瑭和柯至雲身上這樣狼狽，忙催促道：「先別說了，天快黑了，你們一出去這麼多天，我們都急死了，師公還一個人在客棧等著呢。」

「這船怎麼辦？」允瓔有些擔心。

「邵姑娘，之前的船因我被毀，這船自然是賠給妳和烏兄弟的。」柯至雲說道。

「不是，我不是這個意思。」允瓔見他誤會，忙解釋道：「我是說，晚上就這樣停著無人看管，會不會不安全？」

「這……」柯至雲想起柯家做的事，皺了眉。

「不如我雇個人看著，我們先回去商量接下來要怎麼做最好，明兒就接了貨離開。」唐瑭左右看看，想尋找看船人。

「哥，你傻了，別到時候付了銀子還讓人拐跑了船。」唐果卻不同意，撇嘴說道。

「那，我留下，你們回去。」唐瑭想想也對，重新提議。

「行，你功夫比我好，要是他們再來，不要跟他們客氣。我們去接烏兄弟，今晚大家都在船上過吧。」柯至雲想了想，贊同唐瑭的提議。

「船上還缺什麼？」允瓔上了船。

這漕船比她原來的要寬了一倍，她之前第一次看到這船，就定下了第一個目標，那時她只想著等賺了錢，就換這樣的船，卻沒想到這船如今竟是這樣來的。

第五十四章

允瓔伸手打開船艙的木門，艙裡擺放著一個小几，整間艙房都鋪上柔軟地毯，邊上還有幾個靠墊和一條薄毯。

「這些都是老頭子用過的，一會兒全扔了吧。」柯至雲也跟上來，看著艙中的東西淡淡說道。「這一條船，看似與別的船差不多，可這艙裡卻是不同的，別的漕船沒這樣寬敞的艙房，也沒這樣舒坦，妳和烏兄弟以船為家，住的地方總不能太馬虎。」

他也是考慮到這個，才搶了那死老頭的船，反正那死老頭不缺錢，沒了這條再換就是了。

「謝謝柯公子。」允瓔真心道謝。她的船雖然是他們的家，卻不過是破船一條，如今倒是他們占了便宜。

「從方才開始，我已經不是什麼公子了，妳還是和烏兄弟一樣喊我……雲兄弟吧。」柯至雲抿唇，連柯字都不願意提起。

「好，雲兄弟。」允瓔從善如流地改口。

唐瑭留下守著船，柯至雲、唐果陪著允瓔去接烏承橋。一路上，允瓔默默地盤算著空間裡的東西、手頭上的銀子，以及需要先置辦什麼東西？

客棧中，烏承橋眼見天已黑下，允瓔卻還沒回來，等得有些焦急。

「怎麼去這麼久？」

允瓔急步上樓，甫推開門便聽到烏承橋著急的問話，她走進去，歉意地說道：「遇到一點事，耽擱了，雲兄弟和唐公子都回來了。」

「雲兄弟？誰呀？」烏承橋納悶。

「是我。」柯至雲走進去，這一路過來，他已經把狀態調整過來，一進門便如往常一樣，笑呵呵地開口。「以後別喊我柯兄弟，我跟柯家沒關係了。」

「你們沒事了？唐兄弟呢？」烏承橋看向後面，沒見到唐瑭，有些奇怪。

「這事說來話長。」柯至雲訕然一笑。「我先去找陶伯，你們晚上還是歇這兒吧，我一會兒直接回渡頭陪瑭瑭，明天早上，大家到渡頭見吧。」

「好。」允瓔點頭。

「我也去。」唐果不放心唐瑭，跟在柯至雲身後急急說道。

「妳去幹麼？」柯至雲訝然。「妳也看到了，船上什麼也沒有，一個姑娘家去了不方便。」

「我當然去陪我哥啊。」唐果理所當然地說道。

「妳去？不合適吧，還是乖乖在這兒，明天跟烏兄弟和邵姑娘一起過來。」柯至雲也不知是因為心情不好還是什麼，居然沒有嗆唐果。

「可是……」唐果嘟嘴，一臉不情願。

「我去就行了。」柯至雲看了她一眼，朝烏承橋和允瓔兩人揮手，走了出去。

「欸！」唐果在後面喊了一聲，急急回頭朝允瓔說了一句。「師傅，我去送他，馬上回來。」說罷，匆匆跟了出去。

允瓔過去關門，看到唐果在走廊上追上柯至雲說著什麼，便關上門回來。

「發生了什麼事？」烏承橋關心地問。

「我們的船是柯家人燒的……」允瓔細細把事情的經過述說了一遍。

「錢發成了柯家的家丁？」烏承橋聽完，對柯家的事不感興趣，不過倒是抓住了一個重點。

「嗯，不知道怎麼回事，看雲兄弟的反應，好像也不認識他。」允瓔應道，隨即想起了單子霈。「對了，今天單公子接契約的時候落水了，那契約還不知道能不能用呢。」

「他必是故意的。」烏承橋點點頭。

「那我們現在怎麼辦？」允瓔問道。

「之前想租鋪子也是因為我們的船沒了，又沒有本錢，現在柯家既然賠了船，我們倒是不必如此。」烏承橋笑道。

「這船可比我們原來的好太多呢，我們真要啊？」允瓔有些猶豫。

「船是柯家賠的，為何不要？」烏承橋卻想得透澈。「那船是岳父、岳母留下的，船上的物件倒也罷了，可還有許多東西是他們賠不起的，就算是新船，又如何？」

「也是……」允瓔點頭，是啊，那可是邵英娘從小到大的記憶，只不過烏承橋不知道現在的她不是原來的邵英娘罷了。

不過在允瓔看來，倒也是因禍得福，失了破船，換了漕船。

次日一大早，允瓔照顧烏承橋洗漱好、吃過早點，便想著出去購置日常用品，卻不料柯至雲已經拉著一車東西來接他們了。

上了車一清點，允瓔便發現了其中的不足。

灶、鍋、鏟、勺、刀、菜板、擀麵棍、木桶、木盆，米和麵也準備了一些，可是卻沒有食材，也沒有被褥，這天氣雖然不是很冷，但夜裡住在艙裡，卻也不能少了被褥。

「是喔，我讓陶嫂子幫我準備的，忘記說了，我一會兒再去準備。」柯至雲一聽，訕然一笑。

「你身上有銀子嗎？」唐果鄙夷地看著柯至雲。

「呃，沒有，這些還是從陶嫂子家借來的。」柯至雲卻不在意地揮手。「沒事，到時候我還他們就是了。」

「拿著吧。」唐果白了他一眼，直接從腰間錢袋裡取出幾張銀票扔過去。「本姑娘可要吃好的，你可不能買得太寒酸了。」

柯至雲看她一眼，抖了抖那幾張銀票，也不矯情，直接收下。

很快便到了渡頭，唐瑭抱著寶劍端坐船頭，看到馬車停下，轉頭看了看。

他身上的衣服也換成了布衣，一襲深藍長衫，卻絲毫不減帥氣。

接著便又是一番忙碌。各樣東西搬上船，整理的事便只能靠允璎動手指揮，烏承橋腳不方便，其他三個都是公子小姐，對這些都是一頭霧水。

唐果興致勃勃，跟在允璎後面幫忙，費了一個時辰，總算把所有東西都整理歸位。

「剩下的交給你們去買了。」唐果累得滿頭大汗，坐在船頭扯著衣袖直搧風。

允璎把要買的報一遍給柯至雲聽，最後特意叮囑道：「記得，一定要準備幾張漁網。」

「你別記差了，缺一樣都不行，還有，本姑娘要吃瓜果蜜餞。」唐果在後面大呼小叫，指使著柯至雲。

「知道啦，貪吃的丫頭。」柯至雲擺擺手，上了岸。「瑭瑭，你還是留在這兒陪著他們吧。」

「成。」唐瑭爽快地點頭。

「喂喂喂，等等我。」唐果見狀，立即站起來，跳到柯至雲身邊。「得了，你一個人去，一會兒估計又要忘記這個忘記那個，姑娘我委屈點陪你走一趟。」

柯至雲睨著她。「得，那就委屈唐小姐陪我一趟。」

「走。」唐果下巴一抬，走在柯至雲前面。

柯至雲看著唐果的背，無奈地笑了笑，緩步跟上。

「唐公子，這次我們先去哪兒？」允璎淨了手，也坐到烏承橋身邊，向唐瑭打聽下一站的行程。

「現在計劃有變，之前雲哥是想每個鎮都去看看，可現在我們沒有那麼多工夫了，倒不如直接找個規模大的縣城看看。」唐瑭和柯至雲昨夜留守在船上，商談了一夜，對接下來的行程也是心裡有數。「烏兄弟，你看這樣好不好？以後你們夫妻倆專門負責運送，這銷貨的事交給我和雲哥，附近幾個縣城我們倒是認識不少朋友，或許能打聽到很多事情。」

「沒問題。」烏承橋點頭。

「那附近最大的縣城是哪兒？」允瓔又問。「要走幾天？我得準備好食材。」

「泗縣。」唐瑭笑道。「雲哥說，這一批直接賣給喬二，最近喬府賓客雲集，正是個時機，而且泗縣有四大花樓三大坊，或許我們能找到伯樂。」

「泗縣？」允瓔低呼一聲，看了看烏承橋。

「是啊，怎麼了？」唐瑭訝然地看著允瓔。

「沒事，她之前有親戚在那兒。」烏承橋隨口說道，平靜地看了看允瓔。「那就去泗縣吧。」

「原來如此，那正好，邵姑娘可以順便去訪訪親。」唐瑭不疑有他，含笑建議道。

「不了，多年不走動，早斷了聯繫。」允瓔收斂起驚訝，看了看烏承橋，順著他的話編下去。

這一日，幾人都在不斷的討論中度過。

柯至雲和唐果跑昭縣跑了好幾趟，總算把允瓔列出來的東西全都採購齊全，空蕩蕩的船艙也被填充了不少。

這船艙倒是與允瓔之前的船不同，以前的船艙兩頭空，這個卻是單向的，而且還有木門，進去之後就像個房間似的。

船艙的兩邊都有空間，可以不用經過船艙就走到船尾，這樣倒是方便不少，不用天天捲鋪蓋、鋪被褥的麻煩。

而且，緊連著船艙的那邊，還有個小小的艙房，放著一個恭桶，艙門朝著左邊，進去也極方便，允瓔倒是挺喜歡這個設置，這樣一來，她想洗個澡也能安心了。

只有烏承橋有些不滿意，兩邊的通道極窄，他去船尾搖船很不方便，而且船尾也沒有坐的地方，搖船只能站著。

「我來就行了。」允瓔追問半天，知道他的擔心，不由失笑。「這又不是什麼大事。」

「可是……」烏承橋還是擔心。

「別可是，也不過是三、五個月的事，等你傷好了，我絕不跟你爭。」允瓔寬慰道。

「正好，你不是說學做麵條嘛，這幾天就安心練著吧，這幾天的一日三餐交給你了。」

「好。」烏承橋這才笑著點頭。「怕只怕他們吃不慣。」

「那沒辦法，誰吃不慣自己動手。」允瓔開著玩笑。

「都齊了，烏兄弟，不如我們現在就上路吧？」另一頭傳來柯至雲的問話，剛剛他和唐瑭負責去挑清水，現在一切準備妥當。

「好哇好哇，我一直好奇師傅是怎麼在船上過日子的，這下可以試試了。」不等烏承橋開口，唐果已經搶著回話了。

「這水上討生活可不是玩的，妳這會兒興致倒是好，過兩天妳可別哭著鬧著要下船。」

唐瑭在那邊取笑道。

「才不會呢。」唐果不滿地朝著他們扮鬼臉。

「那就走吧。」烏承橋看了看允瓔，對他和允瓔來說，什麼時候走都沒事，反正，船就是他們的家。

「好。」允瓔點頭。

說走就走，柯至雲樂顛顛地去解了繩子，一使勁推離開岸，把船繩收起來繫在船頭。

允瓔站到船尾撐槳，慢慢地控著船上路。她現在的技術倒是大有長進，沒一會兒就摸清了漕船和之前那小船的區別，掌握了力道。

不安分的唐果安靜了一會兒，又跑過來，打量允瓔的動作好一會兒，接著期盼地看著她，雙手合十道：「師傅，我能試試嗎？」

「呃，這個可不行。」允瓔可不敢讓唐果胡來。

「就一下嘛。」唐果哀求道。

「一下也不行。」允瓔嚴肅地看著唐果。「我們船上有五個人，還有那麼多貨，一個不小心就會出大事，妳沒撐過船，可不能讓妳胡來。」

「好吧。」唐果見沒戲，不高興地嘟嘴，轉身往船頭走去。

船的中間堆著大大小小的酒罈子，船頭處還有空間，柯至雲和唐瑭站在那兒，看著前面的水道，也不知道在說什麼。

唐果過去之後，拉著唐瑭的袖子晃了好一會兒。

允瓔看了幾眼，撇了撇嘴，專心搖船。

唐瑭似乎也沒同意唐果的要求，唐果噘了嘴，背對著他坐在船邊，柯至雲在一旁睨著她，和唐瑭說著什麼。

沒一會兒，唐果便按捺不住，轉頭和柯至雲辯了起來。

入夜，允瓔尋了一處僻靜的水灣停泊，幾人各自忙碌，開始做晚飯。

唐瑭和柯至雲兩個都不會，而唐果不搗亂就夠客氣了，至於烏承橋跟著允瓔有段日子，生火點灶倒是熟練得很，沒辦法，允瓔只好自己動手。

翻出柯至雲和唐果一起買的食材，倒是各種各樣都有，允瓔挑了幾樣存放不了多久的蔬菜，炒了幾道小菜，燜了一鍋飯。

柯至雲把船艙裡的木方几搬了出來，幾人圍坐著吃過晚飯，收拾妥當，一個個興奮得一時睡不著，都坐在船頭閒聊。

「妳先去歇著吧。」烏承橋輕聲對身邊的允瓔說道。疼惜她今天的辛苦，而明天，顯然還得她挑大梁，無論是做飯還是搖船，其他幾個也只能看看，插不上手。

「沒事，先坐會兒。」允瓔搖頭，伸手幫他按揉傷腿，那些久病不動的人，病癒後最可能出現的就是肌肉萎縮、走路無力的症狀，他可不能這樣。

烏承橋沒有阻攔，只是溫柔地看著她，目光憐惜。

曾經被他評判是無鹽的容貌，如今卻讓他這樣順眼，而她，似乎也有種內藏的光華，在一點一滴為他綻放。

如果不是因為這次的大劫，他能遇到她嗎？

答案無疑是明確的。

沒有這樣的劫，他還是喬家大公子，就算繼承不了家主之位，他也會像以前那樣，呼朋引伴、風花雪月、一擲千金、渾渾噩噩，或許，永遠找不著如今這樣清晰的生活目標。

「在想什麼？」允瓔一抬頭，就看到他凝望著她發呆，不由心頭一悸，微微紅了臉。

「想妳。」烏承橋微微一笑，說得直白。

「我怎麼了？」允瓔驚訝，瞪著他問。「我哪裡做錯事了？」

「想妳就是妳做錯事了？」烏承橋好笑地拍了她的後腦勺一下。「我只是覺得，我家娘子越來越美了。」

「貧嘴。」允瓔白了他一眼。她現在長什麼樣，自己心裡清楚，根本與美字沾不上邊，頂多就是端正、清秀，他這樣說，分明就是在哄她開心罷了，可清楚歸清楚，她心裡卻還是按捺不住的甜蜜。

「別揉了。」烏承橋拉過她的手，握在掌中細細捏著手指，心疼地說道。「我真沒用，什麼都幫不上妳。」

「瞎說什麼？」允瓔有些奇怪地抬頭打量他。「你今天有些怪怪的，是不是因為要去泗縣，有心事？」

「沒呢，只是覺得自己很沒用，什麼都不會，以前只知道混日子、花銀子，現在……」烏承橋嘆了口氣，伸手攬著她的肩，低低說道。「現在，又只能眼睜睜看著妳為我受累，我卻無能為力。」

「你想太多了。」允瓔輕笑出聲。「都說了，夫妻同心，其利斷金，為了我們的夢想，不論是你做多些，還是我做多些，又有什麼關係？你呀，安心養傷，早點傷好了，才是大事，別想那些有的沒的，這次我們去泗縣，又不用進縣城，東西送到就好了嘛。」

「嗯。」烏承橋心事被她猜到，訕然一笑，抬頭看著天空的繁星，嘆氣。「我之前還曾想過，從此不踏進泗縣一步，沒想到，竟回去得這樣快。」

「為什麼不踏進一步？錯的又不是你。」允瓔不同意他的話，反駁道。「我們今天也不算是真正回去，不過，遲早有一天，我們會堂堂正正回到那兒，別人的東西，我們也沒想要，可我們的東西，我們也不能便宜了他們。」

「好。」烏承橋收回目光，看著她淺淺一笑。

第五十五章

「師傅，你們在說什麼悄悄話呢？」唐果和柯至雲、唐瑭一起並排坐在船舷上，這時回頭看向這邊，大聲地問道。

「我說丫頭，妳有點眼力好不好？人家小倆口親親熱熱地說話，妳別這樣不識趣行不行？」柯至雲鄙夷地拍了她的後腦勺一下。

唐果不服輸地打回去，瞪著他說道：「你又知道了？你很懂小倆口親熱說話的嗎？」

「當然，想知道嗎？要不要我教教妳？」柯至雲嬉笑道。「來來來，一百兩銀子。」

「你想錢想瘋了吧，這樣就要一百兩銀子，哼，誰要你教？本姑娘可是有師傅的。」唐果一把拍開他的手，不顧形象地翻白眼。

「妳師傅是女的，她怎麼教妳？妳總不能找妳師公教吧？真要那樣，妳師傅得拿刀宰了妳，所以小爺委屈一些，屈尊教一教妳吧。」柯至雲的魔爪又伸向唐果的後腦勺。

「哥，你看他啦，都欺負我。」唐果說不過柯至雲，只好向唐瑭求救。

「妳不欺負別人就好了。」唐瑭卻不管她，在那邊幸災樂禍。

「瞧瞧，妳親哥都這樣說。」柯至雲樂得哈哈大笑。

「喂，唐瑭，你太過分了，我哪有那樣？」唐果頓時把矛頭轉向唐瑭。

「真好。」允瓔羨慕地看著他們打鬧，突然想起苕溪灣的船家們，出來這麼久，也不知道他們怎麼樣了？

「是呀……」烏承橋也有些懷念，當年他和朋友們不也這樣鬧過嗎？可後來……想到後來，他不由自主地斂了笑。

允瓔感覺到他的情緒變化，抬頭看看他，卻沒說話，他的事，她不盡知，想猜也猜不到，不如不提。

「閒著無事，不如撒幾網吧，我看他們一時半會兒的也睡不著。」允瓔提議道。與其坐著瞎發呆惹心事，還不如找點樂子做做。

「好。」烏承橋贊同地點頭，拋開那些煩人的往事。

允瓔回後艙尋了新買的漁網出來，站在中間的走道信手便撒了下去。

「哇，師傅，我也要玩！」唐果眼尖，第一個看到，站起來就往這邊跑。

「來，幫忙拉。」允瓔笑了笑。「當心些。」

「怎麼拉？」唐果興奮地伸手，卻無從下手。

允瓔倒是耐心，教唐果怎麼拉上來又怎麼撒下去，這時，柯至雲和唐瑭也圍過來。

不消一會兒工夫，漁網便沒了允瓔的分兒，她只好退下來，去找了個空木桶，倒了些水，提到一邊負責接收魚兒。

「怎麼還是空的？你真笨。」柯至雲拉上網，唐果嫌棄地吐槽。

「妳聰明，哈哈，怎麼一尾魚也沒有？沒魚有蝦也行啊。」唐果拉上網，柯至雲在一邊不客氣地打擊，很快的，漁網又引發了他們兩人新的一輪舌戰。

唐瑭也不去和他們搶，笑著搖頭，轉身走到烏承橋身邊。

突然，他猛地抬頭，目光如電地掃向左邊岸上，暴喝一聲。「什麼人！」

「我來……」唐果正要搶柯至雲的漁網，突然聽到這一聲，驚了一驚，身子歪了歪，柯至雲伸手一攔，攬著唐果的腰退了兩步。

允瓔和烏承橋迅速看了一眼，同時看向岸上。

岸上只有一排矮樹，看不真切，卻也沒有動靜。

「朋友，既然來了，何必躲躲藏藏？請出來一見。」唐瑭朗聲說道。

但，那邊仍然靜靜的，除了風拂過樹梢的聲音，再沒有異樣。

難道是聽錯了？

允瓔好奇地看向唐瑭。

「瓔兒，我們還是離開這兒吧。」烏承橋也是臉色凝重。

「好。」允瓔立即放下木桶，朝唐果和柯至雲說道：「唐果、雲兄弟，把網收起來，我們馬上離開。」

「師傅，出什麼事了？」唐果一臉茫然。

「沒事，小心些好。」允瓔沒有細說，腳步匆匆去了船尾。「快些。」

「別問了，收網。」柯至雲掃了他們三個一眼，也不敢大意。

「好吧。」唐果有些遺憾，放了十幾網，一條魚也沒網到，白忙活一場了。

等到柯至雲和唐果把網收上來，允瓔立即搖動了船。

唐瑭則警惕地打量著四周，岸邊影影綽綽，卻一直沒有人出來，也沒有聲音應答，他不由皺了眉，懷疑自己聽錯了。

岸邊的寂靜，反而讓允瓔的心提得高高的，這種感覺，就像被人窺視，卻不知道那人藏在哪兒一般。

船離開水塘駛了好長一段路程，也沒有意外發生。一路上，唐瑭和柯至雲一左一右警惕著兩邊，見船駛過河道，有一段還是完全沒有阻擋的平原，兩岸根本沒有藏身的地方，而身後也沒有任何船隻跟隨，耳邊所聽，除了隱隱的風聲，便只有船槳破水的聲音。

「哥，你不會是看錯了吧？」唐果質疑地看著唐瑭。「你剛剛聽到了什麼？」

「或許，真是我聽錯了。」唐瑭皺眉，含糊其詞，目光依然留意著兩邊。

「真是的，害我們的魚都沒吃到。」唐果不高興了，嘟著嘴埋怨道。

「想吃魚，改天找個好地方賠給妳就是了。」唐瑭無奈，回頭看了看唐果。「妳去睡吧，妳不是說姑娘家熬不得夜嗎？現在可是很晚了。」

「又敷衍我。」唐果撇嘴，待在船板上不願意先去休息。

「既然沒事，那我們先找地方停下，明天還要趕路，大家都歇歇吧。」柯至雲轉頭，看了看唐果，提議道。

「前面有方水草叢，我們可以去看看。」烏承橋指著前面說道。

「這麼黑，你怎麼看到的？」唐果驚訝不已。

烏承橋卻只是笑了笑。他可是從泗縣過來的，之前邵父選的落腳處，他當然有印象。

他沒有回答唐果的話，轉頭朝允瓔說道：「瓔兒，就在前面吧，應該是往右行百丈，也有個小水塘，我們就在那兒停吧。」

「好。」允瓔點頭，沒有任何異議。這一段路過來，她倒是找到一點感覺，這一片，她似乎來過。

在允瓔模糊的記憶中，加上烏承橋時不時的提醒，總算，船安全地來到了那片水塘，允瓔把船停在正中央。

到了這兒，記憶一下子清晰起來。

歇在這兒的那一個深夜，烏承橋站在船頭，看著漆黑的夜空發呆，邵英娘含羞帶怯地站在船門口打量他的背影，手中拿著一件灰色短衫……

「我們幾個輪流守夜吧。」唐瑭四下看了看，還是不放心，他看了看柯至雲和烏承橋，提議道。

「好，我先來吧，你們去睡。」柯至雲自告奮勇，搶了第一個。

「我第二個。」唐瑭接得飛快。「烏兄弟卯時再起吧。」

他也是關照烏承橋的傷。

烏承橋沒有多廢話，這種時候，沒必要推來推去。

於是，唐果被安排到最裡面，再是允瓔，烏承橋避嫌，讓允瓔幫他把床鋪在艙口。

唐瑭則在艙口外。

幾人也是累了一天，一躺下，就沈沈地睡去，只留下柯至雲坐在船頭守夜。

卯時，烏承橋按時醒來，起身換崗，可是他一動，允瓔便醒了。

「再睡會兒吧，還早呢。」烏承橋壓低聲音，伸手想把允瓔按回去。

「不了，你歇著，我出去做早飯，等會兒好早些上路。」允瓔搖頭。卯時一過，天很快就會亮了。

烏承橋見她堅持，當下也不勉強她，兩人一起起來，換了唐瑭去休息。

夫妻倆則在船頭洗漱，準備早飯。

一個生火，一個熬粥、做餅，倒也頗有另外一番感覺。

「瓔兒。」過了一會兒，烏承橋忽然有些尷尬地喊了一聲。

「怎麼了？」允瓔把鍋中的烙餅翻了個面，聞聲回頭。

「附近可有方便的地方？」烏承橋有些不好意思。

之前的那條船，恭桶就放在夾艙裡面，加上船上又只有他和允瓔，兩人彼此都有默契，這方面倒是沒出過糗事，可現在走道太窄，而且船上還有另外三個人，其中一個還是個姑娘家。

「我看看。」允瓔瞭然，起身往四下搜索一番，倒是發現船的右邊有座矮山，地勢平坦，往裡還有片樹林，她把鍋裡的餅夾到盤子裡，站了起來。「去那邊吧？」

「嗯。」烏承橋點頭，代替允瓔看著火。

允瓔把船搖過去，選了一處平坦的地方，穩穩地停下來。

拴好船，允瓔先跳下去，伸手去扶烏承橋。「當心些，這樣……能行嗎？」

「沒事。」烏承橋坐在船舷，沒受傷的腿先下了地，一手扶著允瓔，站了起來。

「烏兄弟，怎麼了？」柯至雲睡在最外面，聽到動靜，爬了起來，他揉了揉惺忪的睡眼，看到剛剛下船的允瓔和烏承橋，忙飛快地跳起來，下了船，幫著允瓔扶著烏承橋，目光落在他的腿上。「你的傷不能亂動呀。」

「去方便一下。」烏承橋有些尷尬。他到底還沒和允瓔成為真夫妻，說著說著還是有些難為情。

「我陪你去。」柯至雲聞言，咧著嘴笑。「正好，我也想去。」

「多謝。」允瓔倒是感激柯至雲及時醒來，要不然烏承橋腿上有傷，她只能扶著……還真的挺彆扭。「當心些。」

「沒事，有我呢。」柯至雲笑著點頭，代替了允瓔這邊的位置，架著烏承橋的胳膊往林子那邊走去。

允瓔回頭看了看，這會兒早飯也差不多了，她也不急著回船上，便轉身往另一個方向走去，邊走邊打量著四周環境，不知不覺，她進了林子。

時值初冬，樹木凋零，所見之處還有不少枯樹枝。

允瓔看到枯樹枝，突然靈光一閃，她轉頭看了看外面，微微一笑，快步上前，尋了一段粗細長度都合適的樹幹，放在自己腋下比了比，側著頭想像了一下烏承橋的身高，滿意地揮了揮。

看了看天色，她沒有再繼續往深處走去，轉身拾了些柴禾捆好，用那根樹幹挑著往回走。

剛走出幾步，眼角餘光掃到樹根下一簇東西，她立即停下來。

都說山中多寶，這話果然沒錯。允瓔看到樹下那一簇蘑菇，心喜不已。

不過，她也不是胡亂採摘，而是挑著最尋常的蘑菇摘下，全扔進空間裡。

「瓔兒！」這時，外面傳來烏承橋的喊聲。

「我在這兒。」允瓔提聲應道。「馬上就來。」

允瓔看了看附近，這樣的蘑菇倒是挺多，不過她還得趕路，算了，採的也不少了。背上柴禾，允瓔快步出去。

烏承橋已經回到船上，唐果和唐瑭也都醒了，正在洗漱。

「給我吧。」柯至雲見允瓔揹著柴，伸手要接。

「不用啦，後面還很多，麻煩雲大哥再跑一趟。」允瓔很自然地迴避。上了船，把柴禾放到灶邊的同時，也把空間裡的蘑菇取出來，扔到船板上。

允瓔抽了那根樹幹，來到烏承橋身邊，遞給了他。「相公，你看這個能做成枴杖嗎？」

「枴杖？」烏承橋愣了一下，接過樹幹細細比劃了一下，笑道：「確實可以。」

「你再拾掇一下，別劃到手了，還有這是應急用的，平時沒事可不能胡亂走。」允瓔叮囑道。「畢竟這個也不結實，我找了好一會兒也沒找到合適的。」

「我知道。」烏承橋點頭，收下這根樹幹。

柯至雲已經跑進林子撿柴禾去了，沒一會兒又樂顛顛地回來，長衫兜在手裡，興沖沖地說道：「瞧我找到了什麼？這個燉小雞可鮮美了！」

「你不會採了毒蘑菇吧？」允瓔正仔細清理自己採來的蘑菇，聽到柯至雲的話，不由回頭看了一眼，小雞燉蘑菇可是名菜，一聽就知道了。

「這個有毒嗎？看著挺好看的呀。」柯至雲一愣，停在船前。

「越好看的東西越可能有毒。」允瓔打趣道。「沒聽說過美人蛇蠍嗎？」

「美人蛇蠍又不是這樣解釋的好不好？」柯至雲哭笑不得，低頭看了看衣襬兜著的蘑菇，抬頭看了看允瓔，想了想，還是選擇相信她的話，手一抖，衣襬放下，兜著的鮮豔蘑菇全都掉進水裡。

「我這兒選了一些，夠我們今天吃的了。」允瓔指了指她自己挑的。

「妳不是說有毒嗎？」柯至雲反問。

「這些無毒呀，沒看出不同嗎？」允瓔沒解釋哪裡不同，指了指船板上的蘑菇，便去取木盆打水去了。

柯至雲也沒追問。在這方面，他還是相當有自知之明，知道自己沒經驗，也就不爭辯，完全聽從允瓔的安排，反正他不餓著就好了。

可是，他這樣想，有一個人卻不這樣想，唐果洗漱完畢湊了過來，一看到船板上的蘑菇，她就大驚小怪地喊起來。「哇！好多蘑菇，哪來的？」

「邵姑娘採的。」柯至雲指了指允瓔。

「師傅，哪裡採的？帶我一起去好不好？」唐果立即追著允瓔說道。

「林子裡，不過，我們吃過飯就能上路了，還是別採了吧。」允瓔倒上水端起來，邊走邊說。

「哎呀，我們又不趕時間，也不急這麼一時嘛。」唐果噘嘴。

「邵姑娘，這天還沒大亮，不如我們等天亮了再走吧，泗縣也不遠，不過就兩、三天的事。」柯至雲一反往常，竟幫著唐果說話。

「那就等天亮再走吧。」烏承橋也不想允瓔那麼辛苦，笑著點頭。

「好。」允瓔見幾人都這樣說，也不堅持。

「太好了！」唐果馬上跑下船，拉住柯至雲。「小子，前面帶路。」

柯至雲白了她一眼，居然也乖乖在前面帶路。

「不好意思，唐果一向貪玩，沒一刻閒的時候，給大家添麻煩了。」唐瑭留在船上，陪著烏承橋往灶裡添柴禾，一邊留意著四周。

「沒什麼，是我心急了。」允瓔坦然一笑，承認道。「我是巴不得馬上飛到泗縣把這些酒全換成銀子。」

「哈哈，我也是。」唐瑭大笑，看向唐果的方向。「我這妹子，一向好動，不喜待在家裡，我這些年的工夫，差不多都用在逮她回家上了，每回明知道她鬼點子多，卻偏偏還是上她的當，逮她回家變成了跟在她後面收拾爛攤子，這次能遇上烏兄弟和邵姑娘，她還算是安分的了。」

「唐姑娘尚年幼，過些年會好些的。」烏承橋寬慰道，全然忘記了唐瑭也大不了多少。

「噗——相公，唐公子和唐果可是雙胞胎，唐果年幼，唐公子也大不了哪兒去。」允瓔忍不住笑著調侃道。

「我今年十七。」唐瑭也笑著拍了拍烏承橋的肩。

「是我一時忘記了。」烏承橋莞爾。

「沒什麼，認識的人也常常忘記我們是雙胞胎兄妹。」唐瑭笑著搖頭，這又不是什麼大事。

「一定是唐果太調皮，你太老成，讓人忘記你的年齡。」允瓔一語中的。

「沒錯。」唐瑭老實地點頭，有些不好意思。「還不是我那妹子從小搗亂慣了，我跟在她後面收拾爛攤子也習慣了。」

「有你這樣的哥哥，是福氣。」允瓔洗好了蘑菇，準備炒菜。

「師傅！哥！快來！」就在這時，林子那邊傳來唐果大喊的聲音，頓時嚇了幾人一大跳。

唐瑭更是飛快地跳下船往那邊衝去。

第五十六章

允瓔的心七上八下起來，她站在烏承橋旁邊緊張地看著岸上，她想到那夜的黑衣人，而烏承橋無疑也是這樣的想法，神情無比凝重。

沒一會兒，唐瑭回來了，一臉的尷尬。「抱歉，她就是這樣一驚一乍，讓兩位受驚嚇了。」

「怎麼回事？」允瓔見唐瑭無恙回來，才鬆了口氣，看來真的是他們草木皆兵了。

「那丫頭……發現了一些果子和紅色蘑菇，一時高興了。」唐瑭伸手捏著自己的眉心，一臉無奈地解釋。

「什麼樣的果子？」允瓔好奇地問。

「黑色的，他們也沒敢吃。」唐瑭回答。顯然在聽了允瓔剛剛說的毒蘑菇之後，他們不敢亂吃。

「我去看看。」允瓔向烏承橋說了一句，下了船，快步過去。

「師傅，妳看那是什麼果子？」唐果手裡捏著一小截樹枝，那截樹枝上，掛著一串串類似葡萄的果子，黑黑的，一粒粒的渾圓，唐果看著允瓔，眼中滿是希冀。「師傅，這個能吃嗎？」

似乎在她的心裡，她喊一句師傅，允瓔就成了無所不知的萬事通般。

允瓔接過，細細看了看，聞了聞味道，確定這是什麼了。

前世時，外公便時常搗鼓一些草藥，他書房裡放著的一排架子上，有一半放的不是書，而是各種藥酒，其中有一種專治跌打、風濕的藥酒中就有一味這個。

「這個……應該是藥。」不過允瓔也不敢一口認定，只是含糊地說道。「好像叫什麼藤五加，很多人用來泡酒製成藥酒，治風濕……嗯，跌打。」

「不能吃呀？」唐果有些失望，沒了興趣。

「這兒這麼多……」允瓔心裡卻似有靈光閃過，舉步向前，只見前面一片黑色果實，密密麻麻。

「邵姑娘，那邊還有一大片紅色蘑菇，還有一些細細長長的淡黃色蘑菇，妳看看，是不是都不能吃？」柯至雲的注意力也在別處。

「在哪兒？」允瓔驚訝地看向柯至雲手指著的方向。

「那邊。」唐果搶著帶路。

很快地他們便到了那邊，只見一片陰暗樹林中，滿目紅色。

允瓔上前就近找了一簇蹲下來，只見那紅色蘑菇菇蓋呈扁半圓形，中心下凹，呈紫紅色，菇桿卻是肉白色，紅白相間，煞是好看。

「師傅，這些會不會有毒？」唐果小心翼翼地走在紅菇叢中，一邊詢問道。

「這種應該是紅菇。」允瓔摘了兩朵細細辨別，最後肯定地說道。「這些可貴著呢，我們可以帶回去試著賣賣看，還有那些藤五加，我們也可以試著帶回一些，去各個醫館問問要不要收？」

「這些都能賣錢？」唐果驚訝地問。

「我這就回去拿工具。」柯至雲一聽能賣錢，頓時跳了起來，轉身就往船那邊跑。

「來，我們採蘑菇。」允瓔招呼唐果上前動手。

柯至雲很快就帶著菜刀和空木桶回來，身後還跟著唐瑭，顯然他已經把新發現都告訴了唐瑭和烏承橋兩人。

允瓔和唐果兩人負責採蘑菇，柯至雲和唐瑭兩人負責收集藤五加。

「邵姑娘，這玩意兒是用根還是果？」柯至雲拿著菜刀，看著藤五加，有些無從下手。

「根、莖都要。」允瓔回頭看了一眼。

「好！」柯至雲聞言，一菜刀砍在地上，開始整棵整棵的挖。

唐瑭則更直接，拿著寶劍在那兒忙著。

允瓔的動作很快，採的時候趁著幾人沒注意，偷偷地撿根尖尖的樹枝，劃起一大片帶著土的紅菇扔進空間裡。

很快便到了辰時，幾個人忙得不亦樂乎，連時辰都拋在腦後。

還是允瓔一抬頭，看到大大的太陽，驚覺時辰不早，這才提醒了他們一句，幾人才七手八腳地開始收拾東西。

跑了好幾趟，才算把東西收拾回船上。

「這些就是紅菇和藤五加？」烏承橋好奇地捏起藤五加和紅菇，看向允瓔。「瓔兒，妳能確定？」

「我不能確定。」允瓔搖頭笑道。「所以，我們得去打聽一下，要是有醫館肯收，這些就是額外的收穫了，還有一點，我們說不定還可以試一下藥酒。」

「主意是不錯，可問題是……」烏承橋有些擔心，剛剛還說蘑菇有毒呢，他們就找了這麼多紅色的蘑菇。

「先去打聽打聽唄，說不定就有那識貨的。」柯至雲倒是看得開，笑呵呵地應下。

「放心吧，不會有問題，至於能不能賣得出去，就看雲大哥的了。」允瓔含笑看了柯至雲一眼。

「要賣，總得自己先知道這東西好不好吃嘛，來，先做一碗我嚐嚐。」柯至雲蠢蠢欲動。

「你真敢喝？」唐果好奇地問。

「當然敢，怎麼？妳是不信我還是不信妳師傅？」柯至雲挑著眉反問道。

「當然是不信你。」唐果沒好氣地白了他一眼，轉頭看了看那一大堆的蘑菇，撇撇嘴，不說話了。

「那就試試。」允瓔不由失笑，挑了幾朵大紅菇，開始熬湯，一邊指使柯至雲把那些藤五加搬到另一邊放好。

一碗蘑菇湯，也費不了多少工夫，烏承橋一個人留在船上的時候，一直關注著灶裡的火，這會兒除了保溫粥和菜，還燒開了兩鍋的水。

允瓔騰了一個鍋出來，倒上少許的油，把洗好切了片的紅菇放進去，翻炒一會兒後，加入少量熱水、調味料。

沒多久，一碗蘑菇湯便出了鍋。

「好香……」唐果抽了抽鼻子，卻不敢動筷，她把目光瞅向柯至雲，催促道：「小子，你不是敢嗎？快嚐嚐味道。」

柯至雲似笑非笑地看了唐果一眼，找了個勺子舀起嚐了一口。

唐果緊緊盯著他看，便是唐瑭和烏承橋也都側頭關注著他的反應。

允瓔也被他們感染，關心地看著柯至雲。

「呃……」柯至雲看著他們，突然翻了個白眼，雙手緊緊掐著自己脖子，嗓子裡呵呵作響，整個人也開始往後傾。

「雲哥！」唐瑭大吃一驚，伸手就拍向柯至雲的背。

「喂！臭小子，快吐出來！」唐果更是花容失色。

允瓔也忍不住駭然，難道這些真的是毒蘑菇?!

「哈哈——」就在眾人驚駭之際，柯至雲卻仰天大笑，指著唐果說道：「笨丫頭，逗妳玩的，妳也信。」

「喂！你太過分了！」唐果一愣，氣憤地拍打著柯至雲的手臂，大聲罵了一句，站起來就跑進船艙裡。

柯至雲的笑頓時凝住，錯愕地發了會兒愣，轉頭看向唐瑭問道：「我……她怎麼了？」

唐瑭看著他嘆了口氣，手指了指柯至雲，跟著往船艙走了。

「我說錯什麼了？」柯至雲一頭霧水，繼續問著餘下的兩人。

「吃飯吧。」允瓔也忍不住嘆氣，沒有回答柯至雲的話，只是笑了笑，自顧自去忙。

「柯兄弟，方才我們可當真被你嚇到了。」烏承橋也有些不悅。東西是允瓔弄回來的，如果有毒，第一個逃不了自責的就是她，所以柯至雲的嚇人舉動，連他都被驚出一身冷汗，不過他見眾人都不理柯至雲，想了想，還是決定開口敲打敲打。「說實話，有些過了。」

柯至雲尷尬地撓撓頭，訕笑道：「我只是開個玩笑……抱歉。」

「你該道歉的，不是我們。」烏承橋淡淡一笑，瞟了船艙方向一眼。「唐姑娘怕是受驚不輕。」

「我去……」柯至雲轉頭看了看，有些不自在，不過還是站起來，轉向船艙的方向，卻沒有動。

「雲大哥，麻煩你去請他們出來吃飯。」允瓔總算把早餐給端上了桌，今早起來，這一頓早飯還真不太容易，到現在才吃上。

柯至雲感激地看了看允瓔，飛快地走了。

「瓔兒，給我來一碗。」烏承橋剛才根本沒來得及提喝湯，就鬧出柯至雲那一場，這會兒只剩下他們兩個，才有好好品嚐紅菇的機會。

「好。」允瓔點頭，舀了一碗遞過去，一邊玩笑似的問道：「你不怕這菇有毒嗎？」

「這有什麼好怕的，只要是妳做的，就算有毒我也喝。」烏承橋很隨意地應道，捧著碗吹了吹熱氣，便低頭喝起來。

「何時學的這樣油嘴滑舌。」允瓔心裡一甜，微嗔道。

「嗯？」烏承橋聞言，抬頭看著她，帶著一絲古怪的笑，低聲說道：「妳想試試嗎？」

「試什麼？」允瓔沒聽懂，端上最後一碗清炒菘菜，驚訝地抬頭看他。

「油嘴滑舌。」烏承橋頗有深意地一笑，目光落在她唇上。

一瞬間，允瓔便明白過來了，頓時連耳根子都紅了，她瞪了他一眼，正要說話，唐瑭和唐果已經出來，柯至雲陪在一邊，看起來倒是雨過天晴了。

允瓔忙嚥下即將出口的話，給各人準備餐點。

一場鬧劇，一個暗示，都這樣不了了之。

允瓔匆匆吃過飯，就先去船尾，他們耽擱了一、兩個時辰，是時候啟程了。

也許是因為藤五加和紅菇的刺激，接下來幾天，柯至雲和唐果更熱衷於路上的探索尋找，每一次允瓔都被兩人拉得四處轉。

不過，每次的尋找倒是都有不少收穫，野果、野菜積攢了不少。

這些東西對允瓔和烏承橋來說，這段日子已經吃得膩了，可對唐家兄妹和柯至雲來說，卻是新鮮貨，於是他們的餐桌上幾乎沒斷過野菜，每天除了唐果做的麵條，更多的就是野菜。

終於，這樣的日子在他們安然來到泗縣外的碼頭時結束。

按著之前說的分工，柯至雲和唐瑭去聯繫賣家，允瓔和烏承橋的任務算是暫時完成。

至於唐果，唐瑭自然不會放她一個人在這兒，他深知自家妹子的脾性，她學麵條已經有些小成就，只怕接下來又要心不定，允瓔和烏承橋未必能看得住她。

「唐果，跟我們一起去。」唐瑭提出讓唐果跟著一起走，他甚至已經準備好了一大堆說詞要說服妹妹。

「好。」卻不料，唐果只是瞟了柯至雲一眼，就爽快地應下。

唐瑭有些意外，忍不住狐疑地打量著唐果。

唐果卻像沒事人一樣，直接跳下了船。

柯至雲則把各種東西都準備了一小份，大包小包的提著上了岸，一邊催著唐瑭。「瑭瑭，快點。」

「烏兄弟、邵姑娘，當心些，我們一有消息就回來。」唐瑭落在後面，看了看允瓔，交代道。

「好。」烏承橋笑了笑。「靜候佳音。」

目送他們離開碼頭，允瓔和烏承橋才坐下來，商量兩人要怎麼辦。

「白天到各處轉轉吧，晚上回來。」烏承橋看著熟悉的碼頭，心潮起伏，面上卻是波瀾不興。

「也行。」允瓔打量著人來人往的碼頭，點點頭。雖然她挺想在這兒重整一間麵館，可一想到烏承橋，她還是把話嚥了回去。

不論是爭還是忍，這會兒都不能與喬家正面遇上。

可是有些事，卻不是想避就能避開的。

允瓔依著烏承橋的想法，把船搖到附近比較僻靜的河道上停下，如在苕溪那段時日般，她撒網，他打鳥。

一下午倒是過得挺快，只見夕陽西斜，天色漸漸暗下，允瓔才收了網，載著今天的收穫往碼頭趕。

「咦，那不是柯家老爺的船嗎？」快回到碼頭的時候，允瓔突然聽到後面傳來一個疑惑的聲音。「喂，前面的船，停一下。」

允瓔沒在意，往來船隻這麼多，誰知道喊的是誰。

「喂，前面的船，停一下。」豈料，那個聲音又響起來，接著，允瓔看到一條大船超越了她，她好奇之下抬頭，只見一個人站在船頭上俯看著她。「停下，停下。」

允瓔皺了皺眉，定睛一看，卻是大大地吃了一驚，跟那人一起的還有幾個人，而中間的，赫然就是喬承軒！

「停下停下！」那人見允瓔還是沒停下，有些不耐煩，皺著眉問道：「你們柯老爺人呢？讓他出來說話。」語氣很不客氣。

「這船上沒有什麼柯老爺。」允瓔看著喬承軒，心裡有些忐忑，她藉著察看河道的時機，飛快地瞄了前面的烏承橋一眼，只見他端坐船頭，正無動於衷地在那兒生火點灶，頭也沒抬一下。

「胡說，這明明就是柯老爺的船，之前他還坐這船來到泗縣，我豈能看錯！」那人眼一瞪，打量允瓔一番，突然瞇著眼喝道：「莫不是妳偷了柯老爺的船？來人，拿下！」

「是！」立即便有侍從應聲出來，瞧樣子似乎要跳到她船上拿人。

允瓔心裡一突，目光掃過喬承軒，心裡忽地有了主意。

那次她害得柳三小姐出糗，喬承軒卻放過了她，還贈了她銀子，顯然他是個在意虛名的人，或許她能再搏一次，引得他的注意？

「喂！」想到這兒，允瓔立即停了船，扠腰怒看著船頭那些人，與其讓他們上船注意到烏承橋，還不如把他們的注意力都吸引到自己身上。「什麼叫偷了柯老爺的船？你既然知道柯老爺，必定也知道他是什麼人吧？你覺得，誰膽子這麼大敢偷他的船？」

「這……」那人一時語塞，眉頭一皺，他轉了話鋒。「那妳說說，為何柯老爺的船會在妳這兒？」

「這是他賠給我的。」允瓔抬起下巴，一臉倨傲地說道：「他毀了我的船，這是他該賠的。」

「哈哈哈——妳這小娘子，說謊也不臉紅一下，柯老爺是什麼人？他會賠妳船嗎？編瞎也該找個可信的理由。」那人一聽，居然哈哈大笑，揮手要指使人去逮人。

「確切地說，這船是他賠給了柯至雲。」允瓔冷哼。「你的消息還真不靈，柯老爺和他兒子鬧翻的事，幾天前就傳開了，你們居然不知道？」

「他們的事我不感興趣，我只知道這船是他的，如今卻在妳手上，妳若是不說清楚這船是怎麼來的，今天就別想離開。」那人也不看喬承軒，逕自說道。

「說就說，有什麼了不起的。」允瓔頓了頓，狀似委屈卻不服氣地爭辯著。「柯老爺心懷不軌，為了爭得喬家的船隊名額，弄虛作假，柯公子看不過去，勸他不要試圖糊弄喬家，偏偏柯老爺不聽，弄了一張假契約，柯公子擔心喬家報復，就偷了那張紙。柯老爺一火，就因為我的船載了柯公子，他就燒毀我的船，再後來柯公子去理論，就有了渡頭父子決裂的事，這事已經不是什麼新鮮事，這也是船在我這兒的原因了。」

一番話，真真假假，允瓔都險些相信自己說的是真的。

船上那人猶豫了一下，一時不知道信還是不信。

就在這時，喬承軒開口了。

第五十七章

「姑娘，原來是妳。」喬承軒笑盈盈地俯看著允瓔，態度謙和。

「喬公子。」允瓔微微曲膝，算是行了禮。

今日的喬承軒穿著一襲白衣，玉冠束髮，手中拿著一把玉扇，整個人顯得比之前更加清新俊逸。

「方才瞧著便有些眼熟，沒想到是姑娘妳。」喬承軒看到允瓔似乎挺高興，一直保持著那笑容。「只是，剛剛姑娘所言，可當真？」

「當然是真的。」允瓔重重點頭，無比真摯地抬頭看著喬承軒說道。「喬公子是好人。」

好吧，她說的是烏承橋，這樣一想，果然，手臂上的寒意都消減了許多。

「姑娘認識柯公子？」喬承軒打量允瓔，揮揮手，示意侍從放下竹梯，竟從竹梯上走下來，站到允瓔的船上，他轉頭看了看一直坐在那兒忙活灶火的烏承橋一眼，便漫不經心地走到船尾，站到允瓔面前，展顏一笑，柔聲問道。「姑娘能否為喬某說說到底是怎麼回事？」

允瓔下意識地退後一步，腳後跟還沒落地，她突然驚覺自己的反應有些不妥，忙又收回那後退的一步，暗暗調整了心情，看著喬承軒說道：「那是四天前的事了，那天在黑陵渡的渡頭，柯老爺帶人圍追柯公子……」

允瓔真真假假的，又把柯至雲如何阻止柯老爺糊弄喬家、柯老爺如何堅持用假契的事，細細重複了一遍。

契約已經被柯老爺拿回去，那麼，想要阻止柯老爺和喬家結盟的辦法，也就只剩下讓他們彼此生疑了；今天也是湊巧了，竟遇到喬承軒，允瓔臨時靈光一閃，才編出這樣的故事。

說完之後，連她都要佩服她自己，竟這樣能扯，更關鍵的是，她居然還扯得如此坦然。

「多謝姑娘。」喬承軒聽罷，半點不悅也不曾顯現，依然笑如春風般，向允瓔道謝，手中的玉扇緩緩搖動。

允瓔站在一旁都感覺到一絲絲的冷意，而他卻似毫無知覺般，不停搖著，看著允瓔，他開口問道：「我與姑娘兩次相遇，也是有緣，不知姑娘芳名？」

「我叫邵英娘。」允瓔也不瞞著，之前他們被徵用，只怕喬家已經記錄在案了。

「好名字。」喬承軒讚道。

好在哪裡？允瓔直接無語。

「那位是？」喬承軒略略側身，手中的扇子一合，指了指烏承橋，目光中有著一絲疑惑。

「這是我家相公。」允瓔心裡一跳，看了一眼烏承橋。

這段時日的辛苦，烏承橋早蛻去了以前的白淨，此時的他穿著灰色布衣，頭髮隨意地用布巾包著，額前微微凌亂的碎髮擋去了半邊臉，加上天色已然暗下，這樣看去，也看不出什麼。

允瓔暗暗鎮定，流露出一絲不好意思，對喬承軒笑了笑。「那是我家相公，他……聽不見……」

喬承軒有些驚訝，轉頭看向烏承橋，同情地說道：「怪不得他一直不曾……原來是聽不見。」

「是呀。」允瓔點頭，心裡也是有些著急。

就在允瓔還沒找著藉口時，喬承軒看著烏承橋，玉扇點著自己的下巴，若有所思地問道：「邵姑娘，說實話，妳家相公給我的感覺倒是與我兄長極相似呢。」

「喬公子這樣說，可真是折煞我們了，我們不過是四處流浪的貧寒船家，哪敢和喬公子的兄長相比呢。」允瓔忙說道。

「我只是說說。」喬承軒朝烏承橋的方向看了許久，才展顏笑道。「不過，應該是我看錯了，我那位兄長，從來都是衣來伸手、飯來張口……妳相公做的事，他絕對做不來，也不會做。」

「我們是貧寒船家，這些事，從小到大要是不學這些，就等著餓肚子，哪能與公子比。」允瓔笑道：「喬公子，天色不早，公子還是早些回去吧，當心天涼。」

「好，日子閒暇，再來叨擾。」喬承軒又打量烏承橋兩眼，這才對允瓔笑了笑，搖著玉扇轉身往大船走去。

允瓔見狀，暗暗鬆了口氣，還好天色晚了，要不然說不定就露餡兒了。

喬承軒倒是一步不停地踩著竹梯回到他自己的大船上，上去之後還朝允瓔笑著擺了擺玉扇。

趕緊走吧……允瓔在心裡祈禱。

「軒表弟，那人怎麼看著像那敗家子呢？」就在這時，之前想捉住允瓔的那個人突然出聲說道。

允瓔的心頓時提了起來。

「你看錯了。」喬承軒回頭望了一眼，淡淡地說道。

「軒表弟，雖說他已經沒了，可是這人呀，活要見人，死要見屍，我們這不是人或屍都沒看到，萬一……還是看看為好。」那人湊到喬承軒身邊嘀嘀咕咕。

事關烏承橋，允瓔支著耳朵傾聽，倒是聽了個大概，心裡不由大急，這人當真可惡，怎麼就這樣多事！

「你是覺得……」喬承軒聽罷，把目光投向烏承橋。

怎麼辦？允瓔一時沒了主意。

那人也不知道又和喬承軒說了什麼，兩人看著烏承橋的方向嘀咕了好一會兒，那人便朝著竹梯走去。

允瓔的心頓時狂跳起來。

他們真認出烏承橋了？

她想過去阻止那人下來，也想過現在立即逃離，可念頭只是一閃，便被她拋在腦後，這個時候有任何多餘的舉動，都會招來喬承軒的懷疑，那樣烏承橋就真的危險了。

那人下了船，已經往烏承橋的方向走去，他走得很慢，邊走邊盯著烏承橋的背影細細打量，似乎在疑惑，又似乎在努力辨認。

耳邊只剩下自己的心跳聲和喘氣聲，允瓔強作鎮定地直直站著，看著眼前的一切，心裡直默唸：千萬別回頭……

「這位兄弟，我表弟要見見你。」那人到了烏承橋身後，伸手拍向他的肩，語氣中帶著不懷好意。

他似乎認定了眼前就是他要找的人，這一拍，用上了極大的力。

就在這時，烏承橋順著那人的力道歪倒在地，同時，他受驚般地猛然抬頭。

允瓔的心幾乎跳到了嗓子眼，認出來了?!

喬承軒也站在船中定定看著烏承橋的方向，手中的扇子就這樣停頓著。

「娘啊！」就在這時，那人驚呼一聲，連連倒退幾步，嫌惡地看著烏承橋，大聲罵道：「真他娘的晦氣，鬼呀！」

嗯？允瓔一愣，下意識地看向烏承橋。

昏暗中，她隱約看到烏承橋的左半邊臉漆黑一片，薄唇也微微歪著。

允瓔心裡湧上一絲笑意，想之前她幫他抹鍋底灰時，他還曾抗拒過，沒想到他這會兒自己動手，毀得更徹底。

「呸呸呸！真晦氣。」那人嘀咕一番，嫌惡地白了烏承橋一眼，一腳踹在烏承橋背上，轉身就走。

「喂！你幹麼動手打人！」允瓔從船尾跑過去，看著那人憤憤不平地問。「我們招你了還是惹你了？你憑什麼打人?!」

「喲，還挺潑辣。」那人驚訝地回頭，打量允瓔一番，轉過身，伸手就要摸向她的臉。

「啪！」允瓔毫不客氣地揮掉那人的手，氣憤地說道：「拿開你的狗爪子！」

「妳個臭娘兒們，居然敢跟爺動手，妳……」那人不能置信地看著自己的手，好一會兒才瞪向允瓔，說著就要上前抓她的頭髮。

允瓔飛快地退後一步。

喬承軒好名，這會兒雖然天色微黑，但河道上往來船隻卻是不少，他們兩條船停在這兒許久，已經招來往來船隻的注目，她覺得喬承軒在這種時候，應該不會允許他喬家的名聲因此受損。

「黎表哥，我們該回去了。」果然，喬承軒沒有讓她失望，開口阻止道。「你如今可是喬家大管事，與一船女這樣計較做什麼？快些回來吧。」

那人雖然之前搶了喬承軒好幾次話，也對喬承軒不那麼敬重，可到底他還是有所顧忌，回頭看了看烏承橋，又瞪了允瓔一眼，罵罵咧咧地爬上竹梯，上船時，扶他的侍從慢了一步，頓時惹來他一陣打罵。

「黎表哥，你可看清楚了？」喬承軒打斷他的謾罵，帶著一絲隱晦的不耐問道。

「別提了，簡直就是鬼面。」那人這才停止打罵，邊走邊大聲說道。「沒法看，半張臉比鍋底還黑，嘴還斜著，不是他。」

「你可看清了？」喬承軒問道。

「看得真真的。」那人拍了拍胸膛，保證道。「表弟，你又不是不知道他，視美如狂，別說這人自己長得可怕，便連身邊的女人，那擱在以前，就是無鹽女啊，我覺得一定不會是他，他那人嘴毒得很，怎麼可能忍受身邊有這樣的女人呢？」

「既然不是，那走吧。」喬承軒淡淡地應道，轉過來朝允瓔抱了抱拳，笑道：「邵姑娘受驚了，只因家兄失蹤，我等一時心急，見妳家相公身影與家兄相仿……得罪了。」

「喬公子客氣了。」允瓔一直提著心支著耳朵聽著他們的對話，加上那人囂張的行事，說話也沒個遮掩，她早把他們的對話聽了個清清楚楚，這會兒也算是放下一半的心。

「告辭。」喬承軒風度極好地朝允瓔拱手，示意侍從們離開。

看著喬家的船遠遠地拐入另一條河道，徹底消失不見，允瓔這才鬆了口氣，腳上一軟，險些滑倒在地。

所幸，她還有一絲理智，這往來的船隻不少，誰知道有沒有喬家的眼線，她可不能不謹慎。

靜靜地站著平復了一下心情，她才緩步往烏承橋那邊走去。

「相公，你沒事吧？」允瓔好奇他臉上塗的東西，蹲到他邊上關心地問道，一雙眸直直往他臉上掃。

在這樣昏暗的時候，陡然看到這樣一副容貌，也難怪那人會被嚇得不輕呢。

允瓔看著烏承橋的臉，忍俊不禁，笑了出來。

烏承橋這時才收回放遠的目光，看了她一眼，低聲說道：「快回去吧。」

「好。」允瓔點頭，轉身去了船尾。

尋了一處空位停下，允瓔謹慎地打量了一下四周。

碼頭附近倒是停了無數的船隻，有大有小，她這船夾在當中，倒是不顯眼，此時正值黃昏，偶爾有幾條船頭升起裊裊炊煙，碼頭上，來來往往的挑夫正忙著給大船卸貨裝貨，一片熱鬧。

不過，允瓔看了好一會兒，也沒見到柯至雲和唐家兄妹的身影。

回到船頭，烏承橋已經回船艙去了。

之前說要回泗縣，他的心情便有些起伏，沒想到，剛到泗縣的第一天就遇到喬承軒，想必他一定心情低落。

允瓔嘆了口氣，抬頭看了看船艙，見他靜靜地枕著手躺著一動不動，她也沒想去打擾他，便安靜地去做飯。

今天新網的魚選了條稍大些的做成蔥油魚，新打下的鳥兒則做了紅燒，採的野菜炒了一盤，涼拌了一盤，最後又做了一碗紅菇湯，晚飯就得了。

允瓔把木方几端回艙中，點上小油燈，又把飯菜都端進去。

允瓔準備妥當，坐到他身邊，輕聲喊道：「相公，起來吃飯了。」

烏承橋瞇著眼靜靜地躺著，看著似乎是睡著了。

允瓔看了看他仍然黑著一張臉，想了想還是出去打了盆水回來，也不喊他，坐在一邊絞了布帕，輕柔地替他擦去炭灰。

他的呼吸有些不穩，顯然，他並沒有睡著。

允瓔卻不想打斷他，只是更加放輕手腳，慢慢地把炭灰洗去，回復了他變得微黑卻依然俊逸的臉。她不由自主地嘆氣，到底是兄弟倆，今天幸虧是天黑遇上，要是白天，喬承軒認不出他才是怪事。

「相公，我們離開這兒吧，走得遠遠的，找個安靜的地方安頓下來，做做小生意……」允瓔突然覺得心疼。赤手空拳的，還被喬家人除了姓氏，他怎麼和喬家人鬥？

一瞬，允瓔想到的是隱居，找個沒人認識的地方，安穩度日，可說到最後，她卻是沒了聲。

那樣做的話，就意味著放棄報仇、放棄一切，他甘心嗎？

或許，初時不會覺得什麼，可時日一長，指不定便會生出怨懟，佳偶成怨偶，相似的故事太多太多，允瓔可不敢誇口也不敢保證她和烏承橋之間能一直甜甜蜜蜜下去。

烏承橋緩緩睜開眼睛，伸手握住允瓔的手，目光平靜地看著她，低聲說道：「等報了岳父、岳母的仇，我們就尋一處好地方，從此男耕女織，過安穩的日子。」

果然，他不甘心。

允瓔心裡一嘆，微笑道：「起來吃飯吧，以後的事，以後再說。」

「我不餓，妳去吃吧。」烏承橋鬆開她的手。

「喂，我都忙半天了，你一點面子也不給呀？」允瓔瞪他。

烏承橋靜靜地看著她，目光充滿眷戀。

「你是嫌我做的不好吃嗎？」允瓔故意激他。「那些人不是說你無美不歡就是視美成狂，怎麼？我這無鹽女做的菜也成了無鹽菜不成……」

話沒說完，只見他猛地坐起，唇便被他堵上。

允瓔瞪大了眼睛看著他。

烏承橋卻抬手蓋住她的眼睛，加深了這個吻。

待到允瓔找回理智，她已被他擁著躺下。他如視珍寶般，目光膠著在她臉上，拇指輕撫著她的唇，聲音低沈微啞。「美人、美景、美食、美酒，誰人不喜？我只不過是要求高了些罷了。」

允瓔不自覺地噘嘴，手伸向他腰間軟肋。她可是與美人半點不沾邊的好不好？

「笨女人，如果妳是無鹽女，妳覺得，我還能下嘴嗎？」烏承橋的聲音越來越低，帶著媚惑的力量般，誘著允瓔再次迷失。

許久，她才突然清醒過來，他剛剛說的是什麼？下嘴？

「喂，你把我當什麼？菜？」允瓔凶巴巴地推著他質問道，不滿地嘀咕。「還下嘴呢。」

「是呀，專屬我一個人的菜。」烏承橋低笑，凝望著她的眸，收斂了笑，認真說道：「瓔兒，我們成親吧。」

允瓔一愣，狐疑地看著他，伸手探了探他的額，又摸了摸自己的額頭，奇怪地嘀咕一句。「沒發燒呀，怎麼說胡話？」

「我的意思是……」烏承橋哭笑不得，可看著她清澈的眸，突然有些說不出口。他雖然閱女無數，可只是「閱」，與行動毫無關係，要是這會兒自然而然能成就好事，他倒是不會彆扭，可要讓他說出來，就有些難了。

「你什麼意思？」允瓔不滿意了。「原來你一直沒把我當你妻子呀？」

「不是……」烏承橋見她不高興，忙解釋。「我的意思是……」

「我餓了，吃飯。」允瓔將他推開，爬了起來，逕自坐到木方几邊，端了碗筷吃飯。

「瓔兒，我真不是那個意思，我……」烏承橋以為她是真的生氣，急急跟著過來，看著她解釋道。

「吃飯。」允瓔給他盛滿了飯，放到他面前，打斷他的話。「我累了，吃完飯還要收拾，還得洗漱呢。」

烏承橋頓時噎住，心裡似被貓抓撓過一般，可一抬頭看到允瓔，到嘴邊的話又嚥了下去。

第五十八章

一頓晚飯，允瓔倒是吃得盡興，而剛剛在喬承軒等人面前沈著冷靜的烏承橋，卻如坐針氈，時不時地瞟允瓔一眼。

收了碗筷，允瓔暗暗好笑，收拾完，去後面小艙洗漱好，打了清水再回到船艙時，只見烏承橋坐在那兒，目光灼灼地看著她。

「給。」允瓔面無表情地走進去，把水放到他面前的空地上，自顧自地絞布帕。

「瓔兒。」烏承橋伸手抓住她的腕，解釋道：「我真不是那個意思，我的意思是……」

「什麼那個意思、這個意思的，你到底幾個意思？」允瓔努力憋住笑，嬌嗔地道。「我們明明已經拜過堂成了親的，你居然還說成親，這輩子到底要成幾次親？」

「我是說……」烏承橋居然發現自己莫名緊張，他緊緊攥著她的手腕，確保她再躲不開，才抬頭看著她，目光無比認真。「瓔兒，我們……做真正的夫妻吧。」

總算說出來了。烏承橋明顯地鬆了口氣，隨即又屏氣凝神等著她回答。

「夫妻還分真的假的？」允瓔抿唇，繼續逗他。

「當然，我們不是還沒有……」烏承橋說到這兒，突然臉上發燙，有些尷尬地清咳了一聲，後面的話卻接不下去。

真笨！允瓔在心裡笑翻了天，不過，一想到他要說的是什麼話，她也是心裡一慌，忍不住想：他要是真的說出來怎麼辦？她是應？還是不應？

一時之間，沒有答案。

「不早了，快些洗洗睡吧。」允瓔避開他的目光，坐到他後面，催促道。「快些，這會兒的天可不比夏日了，慢吞吞的當心著涼。」

烏承橋見機會就這樣溜走，無聲地嘆了口氣。

清晨的碼頭，早早的便熱鬧起來，允瓔緩緩轉醒，瞇著惺忪的睡眼，側頭看了看緊緊摟著她入眠的烏承橋。

昨夜，什麼都沒發生。

幫他洗漱好之後，他們便歇下了，他倒是一副想拉她長談的樣子，可她一沾到枕頭便沈沈睡了過去。

看著他的睡顏，允瓔心裡一軟，微撐起身子在他唇邊輕輕一觸，低低說道：「等你傷好了……我們就做真正的夫妻……」

說罷，忍不住臉上發熱，唇角卻流露一抹甜甜的笑。

她並不是主動的人，這些年，她一直堅守著寧缺勿爛的想法獨自走過，但，一旦愛上，她自信絲毫不會輕易放棄。

要麼不愛，愛了，就會認真愛，全力以赴。

不論是柯家還是喬家，她都會一直在他身邊陪著他。

允瓔輕輕抬開他緊攬著她腰的手臂，小心翼翼地挪動身子，輕手輕腳地穿上外衣，開了木門出去。

她沒注意到，她背坐著時，烏承橋嘴角綻放的笑意。

燒上熱水，熬上粥，允瓔拖了木盆坐在船頭洗衣服，一邊打量著碼頭。

黑陵渡的渡頭比苕溪灣附近的渡頭熱鬧不少，可與這兒一比，又有些小巫見大巫的感覺。

這會兒天還沒亮透，碼頭已經像一鍋燒開的水般沸騰起來。

吆喝聲、交談聲交織成聲浪，一波一波地泛開。

碼頭上，行人匆匆，等船的或三三兩兩、或孤身隻影站在一邊翹首等待，找著活計的挑夫們已經開始幹活，沒找著活兒的挑夫們則叼著啃了一半的餅或饅頭，輾轉著碼頭，一船一船的詢問著、尋找著有無事情可做。

沈寂了一夜的船隻也紛紛出動，大半的船離開，空餘的位置沒多久，又被新來的填上。

允瓔洗好衣服，拿了竹竿撐在船尾後面，把衣服晾好，再回到前面，烏承橋已經出來了。

「相公，怎麼不多睡會兒？還早呢，飯都沒開始做。」允瓔忙上前扶他。

「我陪妳。」烏承橋淺笑著，目光溫柔，昨晚的緊張和不安已經消失了。

「你要先去後面嗎？」允瓔指了指後面的小艙淨房。

烏承橋點頭，卻沒有馬上過去。「妳那天幫我尋的樹幹呢？」

允瓔左右看看，在一捆一捆的藤五加中間發現了那根木棍，忙過去拿過來。
「這個不太結實吧，還是我扶你過去。」允瓔不放心地看看木棍，船上通道窄，他怎麼過去呢？
烏承橋笑著伸手。「如今已經好多了，我想試著走走。」
「那……先試試，不能勉強。」允瓔想了想，點頭。「畢竟是在船上。」
「好。」烏承橋笑著答應。
今天的他，看起來更加溫潤。
允瓔有些奇怪，不過不及多想，把樹幹交給他，伸手去幫他站起來。
烏承橋側身，沒有受傷的那條腿先跪起來，在允瓔的幫忙下，慢慢地站起來，雖然吃力，但還是成功了。
允瓔緊緊環著他的腰，船因為他的使力不均，小小晃蕩著，她不敢大意，直到他完全站起來，拄好樹幹，穩住了身形。
「還是別過去了吧，另外找地方……」允瓔擔心地看著那窄窄的通道，她得另外想想辦法。
「沒事。」烏承橋安撫地一笑，鬆開允瓔，試著往那邊走。
允瓔不放心，如母雞般張著手護在一邊，看著他雙手拄著樹幹，一步一步往那邊挪，每走一下，船便沈浮著，令她更是緊張。
到了那邊，烏承橋側了過來，背貼著船艙外壁，一點一點地移動。

船開始左右晃動，烏承橋忙停下來，穩住身形往船艙方向靠。

允瓔嚇了一大跳，往他那邊跑了幾步，又停下，轉到船的另一邊。這是在船上，船本來就在晃，要是她再過去，只會增加那邊的重量，破壞了船的平衡，翻船雖不至於，但烏承橋很可能就會掉下水去。

「相公，你還是別過去了，我去把恭桶提過來。」允瓔皺眉勸道。

「沒事，都快到了。」烏承橋回頭，給了她安撫的微笑，調整重心繼續往後移。

允瓔不敢過去，只好往反方向走，最少，還能穩定一下船隻。

終於，烏承橋到了那小艙門口，開了門，他先坐進去。

允瓔才快速過去，到了門口，烏承橋卻是把門擋上，笑道：「瓔兒，妳去忙吧，我自己可以的。」

「那你當心些。」允瓔見他堅持，只好點點頭，叮囑一句退了回來。

這樣不行，她得想辦法在兩個艙房中間開個門，這樣他才能從裡面直接過去。

允瓔一邊做早飯，一邊想辦法，時不時地側頭去看船艙，裡面那門自然是要做推門，兩邊都安上門閂，不用的時候就鎖上。

「店家，一碗肉絲麵。」突然，有人上船來了，一上來張口便點了一碗麵。

允瓔驚訝地回頭，她開一間麵館可是在黑陵渡那邊，在這兒誰知道她這船有賣麵？

一抬頭，只見單子霈還是之前那身喬裝的打扮站在她家船頭。

「單……」允瓔張口便要招呼，又猛地停下，有些緊張地舉目四望，發現他後面倒是沒有柯家人的蹤跡，看來，他又是趁著外出出來的。
「一碗肉絲麵。」單子霈打斷允瓔的話，盤腿坐在船頭。
「可是……」允瓔被他弄得一愣一愣的。
「一碗肉絲麵。」單子霈這次倒是抬起了頭，斗笠下的眸帶著一絲不悅和凌厲，直直地看向允瓔。
「稍等。」允瓔抿了抿嘴，收斂了客氣。看來他是有事而來，既然他堅持一碗肉絲麵，那她就做吧，等一會兒烏承橋出來，讓他們自己談去。
允瓔不知道單子霈為什麼這樣藏頭縮尾，但想到他和烏承橋之間的約定，她才耐著性子，不再理會單子霈，逕自去忙。肉絲倒是還有，不過卻是鳥兒的肉，麵條也得現做。
單子霈不說話，允瓔也就慢慢地磨洋工。
過了好一會兒，麵和得差不多，烏承橋慢慢回來了，船一晃動，單子霈也注意到，他側了頭，卻是冷眼旁觀，沒有吭聲。
允瓔扔下手裡的東西跑過去，一邊扶烏承橋回來，一邊提醒他有來客。
烏承橋抬頭，看了看單子霈。
「這位客人要肉絲麵。」允瓔扶著烏承橋站在船艙門口。
「那邊沒有桌子，請那位客人到桌邊來坐吧。」烏承橋示意允瓔把木方几搬出來，擺在船門口，自己坐在一邊。
「請那邊坐。」允瓔過去，話剛說完，單子霈已經往烏承橋那邊走去。

踐什麼踐……允瓔撇嘴，回頭看了單子霈的背影一眼，逕自去做麵條，只不過這次做的卻也隨意了許多。

麵切得粗粗窄窄，肉絲……則乾脆用剁的，野菜也只放了些許，醬油卻是倒了不少，又胡亂地撒了些調味料進去，抽了雙筷子便送過去。

不是說她的麵難吃嗎？那就請他試試什麼叫難吃的麵吧。

麵條放下，允瓔又把烏承橋的早飯端過去，便站在一邊打量著單子霈。「這位客人怎麼知道我家是開麵館的？」

「最好還是把店招掛上吧。」單子霈拌了拌麵，答非所問，而且看都沒看允瓔，而是朝烏承橋說道。

「好。」烏承橋點頭，看了看允瓔。

允瓔倒是明白他的意思，她在這兒，單子霈怕是有顧忌，有些話不方便說。

於是，允瓔嬌嗔地瞪了烏承橋一眼，乖乖回了船頭。

單子霈倒是沒有停留太久，沒一會兒便站起來，經過允瓔面前時，他隨意拋了一樣東西過來。

允瓔下意識地接住，定睛一看，卻是一粒碎銀子，再抬頭，單子霈卻已混入人群，消失不見。她撇撇嘴，收起銀子，快步過去，她以為單子霈定不會吃那碗麵，沒想到碗裡卻是空空的。

「都吃完了？」允瓔驚訝不已。

「自然。」烏承橋點頭，隨即笑道：「瓔兒，妳是不是不喜歡單兄弟？」

「相公，我喜歡別的男人，你就這樣高興？」允瓔似笑非笑地看著他，故意問道。

「當然不是。」烏承橋忙改口，伸手拉了她坐下。「妳還沒吃吧？」

「他來幹什麼？」允瓔對單子霈沒多大好感，她總覺得那人城府太深。

「他來通知我們，柯老爺最近忙著和喬家簽契約、忙著成親，一時半會兒的沒空搭理我們，不過那個錢發他已經查清楚了，錢發從小父母雙亡，跟著叔父長大，叔父好賭，欠下賭債無數，無力償還，便把錢發賣給賭坊。」烏承橋把單子霈打聽到的消息一五一十都告訴允瓔。「錢發在賭坊十六年，做盡了壞事，直到五年前，賭坊老東家過世，那老東家膝下無子，只有一女招婿入贅，錢發那時倒是鞍前馬後的相助，可誰知不到兩年，那女婿便大病而去，錢發一手幫著操辦後事。」

「他這麼好心？」允瓔才不相信。

「當然沒有。」烏承橋微微一笑，繼續說道：「那東家小姐因此大病一場，兩年後病癒，誕下一子，肖似錢發……」

「等等等等，她夫婿不是病死了嗎？怎麼會……」允瓔忽然明白過來，看來又是那錢發搞的鬼了。

「只可惜那孩子不過五歲，便因一次意外溺水而亡，那東家小姐也接著而去，留下大把的家產便成錢發私有，他販賣所有產業，遷往別處，這些年一直做著販糧生意，私底下他與泗縣、昭縣幾個花樓的人來往極近。前些天，錢發突然找了柯家管家，進了柯家，如今已經跟在柯老爺身邊做事了。」

錢發在誰的身邊做事，允瓔倒是不關心，她想起剛剛他說的那句話「柯老爺最近忙著和喬家簽契約、忙著成親」的話，不由好奇。「柯老爺成親？」

烏承橋聽到這個，也是忍不住笑。「沒錯，正如雲兄弟所說，是柯老爺與柳家姑娘的親事；據說，為了攀上喬家，柯老爺這次可不是納妾，而是續弦。」

允瓔頓時無語。這都什麼爹呀，跟兒子搶女人不說，如今還把原本和兒子相親的姑娘給娶了。

「雲兄弟若是知道，不知又要生出什麼風波來。」烏承橋嘆氣，也為柯至雲感到不忿。

「先不要告訴他。」允瓔不覺得現在告訴柯至雲是好主意，雖然柯至雲表面嘻嘻哈哈，但像他那樣的人，內心恰恰與表現的不同，心裡反而更敏感柔軟，包括烏承橋，就真的看得開嗎？

「只怕他已經知道了。」烏承橋卻搖搖頭，有些無奈。

「也不知道他們生意談得怎麼樣了，也沒見人回來報個信。」允瓔嘟嘴，這指望別人做事，還有些麻煩。

「再等等吧。」烏承橋安撫道。

無奈之下，允瓔也只能等柯至雲和唐家兄妹那邊的好消息了。

所幸，柯至雲倒是沒有像上次那樣一消失就是好幾天，第二天一大早，他便獨自一人興沖沖地回來。

「烏兄弟、邵姑娘，事情成了！」柯至雲跳上船，開心地上前抱住烏承橋，大笑道。「所有紅菇和酒都被清渠樓給包了，藤五加也被兩間醫館買下，他們說了，以後我們有多少，他們就收多少。」

「太好了，什麼時候交貨？」允瓔一聽，大喜，急急問道。

「馬上交貨。」柯至雲也是極興奮，說話飛快。「清渠樓的青嬤嬤還說了，清渠樓有個後院，可以借給我們存貨，不收銀子。」

「雲兄弟，還是別用那兒吧。」烏承橋聽到柯至雲提到青嬤嬤，不由皺了皺眉。

「為何?她人不錯，而且那兒可是不收銀子的。」柯至雲驚訝地問。

「那兒畢竟是清渠樓的地方，東西存在那兒，只怕有進無出。」烏承橋不方便直言，只好隱晦地勸著。「那錢發說不定和那兒的人也是熟識的，這樣瓔兒和唐姑娘過去，未免不方便。」

「她們倆不用去就行了，至於錢發，烏兄弟只管放心，有我們在，他不敢怎麼樣的。」柯至雲不以為意。

烏承橋見狀，也不再說下去，只是微皺眉坐在一邊。

「雲大哥，清渠樓到底是什麼地方？」其實允瓔早已猜到清渠樓是什麼地方了，不過她還是想問明白。

「清渠樓……就是……」柯至雲一開口就覺得不妥。「就是……很多姑娘住的地方。」

允瓔聽到回答，不由笑了。「是青樓吧？」

「是……」柯至雲這時才覺得尷尬，他看了看烏承橋，清咳一聲。「我再去看看別處，要是有合適的，就搬出來。」

烏承橋點點頭，對於柯至雲這番樂觀的想法保持沈默。

「那，現在就把這些運過去？」允瓔也不與柯至雲糾纏清渠樓的好與壞，側身指著船上的貨問道。

「是的，瑭瑭在那邊等著呢，讓我過來接你們。」柯至雲指著不遠處說道：「那邊有條小河直通城內，大船進不去，我們這樣的船卻是剛剛好，我們直接進去吧。」

「好。」允瓔一喜，這樣倒是好，少了轉運的銀子了。

於是，幾人也不多話，各自行動。

——未完，待續，請看文創風485《船娘好威》3

2016年6月出版

福氣臨門

文創風 418～423

管妳是福星還是災星，
愛情面前，百無禁忌！

溫馨時光甜甜蜜蜜 嘻笑怒罵活靈活現／翦曉

唉……世人都説她是災星，依她看，其實是「孤星」才對吧？
前世她是禮儀師，親人、前夫因此忌諱疏遠，最後孤獨以終，
不料穿越來到古代，她卻在母親死後才出生於棺中，
從此落得災星轉世的惡名，連祖母都嚷著要燒死她以絕後患，
幸有外婆帶著她避居山中，還為她在佛前求得名字「祈福」，小名九月，
哪怕眾人懼她、嫌棄她，她也是個有人祝福的孩子！
好不容易兩輩子加起來，終於有個外婆真心疼愛她，
偏偏當她及笄了，正要報答養育之恩時，外婆卻過世了，
如今又回到一個人生活，不管未來有多坎坷，她都記得外婆的叮嚀——
「要好好活給所有人看，告訴他們，妳不是災星！」

2016年12月出版

商女發威

文創風 477~480

歷經那不堪回首的磨難與滄桑後，
自她重生的那一刻起，便在心中起誓，
這一世，她的命運，只能由自己掌控！

曖曖情思 暖心動人／清風逐月

重生後的蕭晗，回到了抉擇命運的前一日，
有了上一世的經驗，這次，她絕不會再傻傻地任人擺弄！
原本和哥哥一起設局，打算好好整治那些惡人，
沒想到，哥哥竟找來了師兄葉衡當幫手……
家醜不外揚，此刻她的糗事全攤在他面前，真是羞死人了！
幸虧葉師兄心地好，不但幫她解決了難題，還處處施以援手，
更絕口不提她意圖與人「私奔」一事，化解了她的尷尬。
為了答謝他一次又一次不求回報的幫助，
她決定下廚做幾道拿手好菜，好生款待他，
但他居然膽大妄為地當著哥哥的面，調戲起她來了?!
被他輕舔過的手指殘留著熱度，久久不散，她不禁慌了……
看來想要還上他的恩情，恐怕不是吃頓飯那麼容易的。

相見不晚 緣來就是你

2016
年終幸福特別企劃

一年很快又過去啦～～在2016年的寵物情人裡，
也有傳來喜訊唷！一起來看看這些溫馨的小故事吧！

第258期耐思 約翰　台中／Lenon

我總覺得生命似乎無法盡善盡美，所以領養了一隻有特色的貓，並用我喜歡的搖滾明星給牠取名，於是我們就變成了約翰和藍儂。

約翰不只是個搖滾明星，還是一隻相當有文藝氣息的貓。牠不抓沙發，也不咬電線，牠還有特別愛的一本書，就是謝爾．希爾弗斯坦的《失落的一角》，每次經過都要啃個兩下，現在書皮的確是「失落的一角」了。

有時候我覺得牠並不是貓，而是一位詩人。每天早上天亮前牠會醒來，喝一點水，然後爬上書櫃，掀開窗簾的一角，看著窗外平平淡淡的光，直到日出結束，才開始自己一天的活動（不過在假日時會陪我睡回籠覺）。

由於約翰的可愛與乖巧，連原本因呼吸道過敏而不想養貓的媽媽，都願意將約翰的姊姊小乖領養回家，是約翰將我們彼此的緣分連結在一起，感謝約翰出現在我的生命裡！

第258期艾思 小乖　台中／Amy

我女兒從家裡搬出去住不久，我便去探訪她，就發現她養了隻玳瑁色的小花貓。之後我又去了幾次，常常跟小貓玩耍，也會買些好吃的東西給牠吃，沒想到自己在不知不覺間也變成大家口中的貓奴了！

後來從女兒那裡得知，約翰的姊姊一直被退回中途，她希望我可以領養；經過幾天的考慮，我帶回了牠，並取名為小乖。小乖在我的朋友圈裡引起一陣熱烈關注，甚至有朋友也願意領養，於是我帶著朋友到台中動物之家。朋友領養貓咪時顯得十分興奮，而我自己看到獨自依偎在角落的瘦弱白貓後感到於心不忍，因此又將巧巧領回家。

現在在我開的小店裡，我將巧巧任職為貓店長，而小乖是貓副店！一年後的今天，小乖和巧巧都成了店裡的開心果呢！看到這些毛孩子在有愛的家庭裡健康並快樂的生活著，一切真是太棒了！

第261期妞妞　屏東／中途邱小姐代筆

去年，妞妞突然出現在我家前的大馬路上四處穿梭尋找食物。有天，當我下班過馬路時，心裡默念著：「不要跟著我！不要看我！我不能養你，拜託。」沒想到才這麼想完，牠竟然就從馬路另一端向我衝了過來。

於是，我就餵牠吃罐頭和飼料，也發現牠會在固定時間、固定地方等著（似乎牠就是在那個地方被人棄養的）。因為沒有看到牠和其他狗狗一起結伴討食物吃，就只是孤單的在馬路上來來回回，瘦巴巴的身影看得好心疼，也好擔心牠會被車撞到，我試著上網貼文好幾天，可是都沒有人來詢問。

後來，我和朋友帶妞妞去做結紮，也將認養訊息貼了出去。過了一段時間，很多有愛心的人都表示願意認養；經過考量，讓一位住在四林的女生認養了妞妞，我們感到非常的開心，因為妞妞終於有個新主人疼愛牠啦！目前妞妞被接去飼主親戚舅舅的農場餐廳幫他們顧綿羊去囉～～

等你為他亮1盞幸福的燈……

259期 派克 & QQ

在尋找可愛的小虎斑喵喵當家人嗎？溫柔體貼男的派克，還有溫和又有點小貪吃的個性男QQ是最佳選擇！牠們都正等待著你喔～～（聯絡人：李小姐→cats4035@yahoo.com.tw）

264期 Jimmy

善良又帥氣的Jimmy有著開朗的個性，牠喜歡向人撒嬌，對小朋友也非常友善，除了喜歡跟其他狗狗一起玩耍，甚至還能跟貓咪和平相處喔！快寫信來並給牠一個溫暖的家～～

（聯絡人：Carol 咪寶麻→carolliao3@hotmail.com）

266期 Buddy

憨厚的Buddy擁有完全不會生氣的好脾氣，而且聰明的牠聽得懂基本的坐下、握手及拋接球指令，如果你願意當給予Buddy溫暖幸福的主人，趕緊來把牠帶回家吧！

（聯絡人：Carol 咪寶麻→carolliao3@hotmail.com
或許小姐→vickey620@hotmail.com）

267期 Countess（咘咘）

看起來大隻的Countess其實是膽小又害羞的小女生，雖然有點慢熟，但牠十分乖巧又親近人，也很愛撒嬌的！Countess一直在期待遇見給牠關愛的好主人喔！

（聯絡人：Carol 咪寶麻→carolliao3@hotmail.com）

268期 黃兒

黃兒除了喜愛親近人，和其他狗狗也相處得融洽，更重要的是牠十分地忠心。如果你正期盼著有個「專一」的好夥伴，那麼快寄信來找黃兒吧！

（聯絡人：Lulu Lan→summerkiss7@yahoo.com.tw
或Carol 咪寶麻→carolliao3@hotmail.com）

船娘好威 2

國家圖書館出版品預行編目資料

船娘好威 / 翦曉著. --
初版. -- 臺北市 : 狗屋, 2017.01
冊 ; 公分. --（文創風）
ISBN 978-986-328-681-3（第2冊：平裝）. --

857.7　　105021302

著作者　翦曉
編輯　余一霞
校對　黃薇霓　簡郁珊
發行所　狗屋出版社有限公司
地址　台北市104中山區龍江路71巷15號1樓
電話　02-2776-5889～0
發行字號　局版台業字845號
法律顧問　蕭雄淋律師
總經銷　知遠文化事業有限公司
電話　02-2664-8800
初版　2017年1月
國際書碼　ISBN-13　978-986-328-681-3

本著作物由作者授權出版

定價250元
狗屋劃撥帳號：19001626
網址：love.doghouse.com.tw　E-mail：love@doghouse.com.tw